JONA WOOD

Sidebitch
Wo die Liebe hinfällt
Teil 2

AF194304

»Bis dahin würde ich gern wissen, was du davon hältst, wenn ... nun ... ich von dir ... auf mir ... träume? In meinem Kopf ist das alles so erotisch, so wunderbar liebevoll und erregend. Weißt du, was ich meine?«

»Hm.« Julie lächelt, will es ihm aber nicht zu leicht machen. »Vielleicht solltest du mir mehr von den Details erzählen.«

»Die Details? Du meinst, wie ich dir die Haare sanft zur Seite streiche, meine Lippen an deinen Nacken führe und dich zärtlich küsse? Wie ich mit meinem warmen Atem dein Ohr streife und mit der Zungenspitze hineinfahre?«

Julie Bender hat ein Händchen für Flirts und Dramen. Ihr Wunsch, nicht immer die Sidebitch zu sein, zerplatzt regelmäßig wie eine Seifenblase an den Bartstoppeln der Männer.

Sie ist erfolgreiche Architektin, aber auch hier verursacht Julie erdbebenartiges Chaos, das ihr die Zukunft verbauen könnte. Erst, als sie die gewitzte Greisin Greta kennenlernt, verändert sich ihre Perspektive. Ob Greta Julie auf den rechten Weg zurückführen kann?

Jona Wood

SIDEBITCH

Wo die Liebe hinfällt

Roman

Impressum:

Jona Wood
c/o autorenglück.de
Franz-Mehring-Str. 15
01237 Dresden

mail@jonawood.de / www.jonawood.de

Lektorat/Korrektorat/Buchsatz Print:
Herzblut-Lektorat – Stephanie Bösel
www.herzblut-lektorat.de

Covergestaltung: Jona Wood,
unter der Verwendung eines Bildmotives von
krivitskiy (pixabay.com)

Herstellung und Verlag: BoD – Books on Demand, Norderstedt
ISBN: 9783754349045

Wir alle streben nach Glückseligkeit,
manche wählen einfach nur den falschen Weg.

Ein Freund

Hinweis:

In diesem Roman habe ich mich dazu entschlossen, Verhütungsmittel in den entsprechenden Situationen nicht zu erwähnen. Hauptsächlich aus dem Grund, die Fantasie zu beflügeln. Nichtsdestotrotz möchte ich als Autorin in aller Deutlichkeit darauf hinweisen, dass im realen Leben an Verhütungsmitteln – vor allem zum Zweck des Eigenschutzes – nicht gespart werden sollte!

PROLOG

VOR ELF JAHREN
(22)

»Ich habe mich schon immer gefragt, wie es wäre, dich zu küssen …« Matteos Finger tippeln auf den Knien, den Blick stur geradeaus gerichtet. Julie mustert ihn. Seine dicke Daunenjacke raschelt, als er den Sicherheitsgurt zur Seite zieht, sich ein wenig auf dem Sitz herumschiebt und sich ihr zuwendet. »Hast du nie darüber nachgedacht?«

Sie seufzt. »Vielleicht.«

Das entstehende Schweigen breitet sich schwer zwischen ihnen aus. Julie ist müde, sie hat nach einer durchzechten Nacht alle ihre Freunde zu Hause abgesetzt. Mit Matteo eine Weile im Auto sitzen zu bleiben und zu quatschen, hat sich als kleines Ritual zwischen ihnen etabliert.

Er lehnt den Kopf an das Sitzpolster und betrachtet sie. »Wir könnten es einfach testen.« Das Lächeln, das seinen Mund umspielt, lässt ihn selbstsicher wirken. So kennt sie ihn.

»Ach komm schon, Matteo. Es ist spät, du hast zu viel getrunken und ich will ins Bett.«

»In mein Bett? Das steht dir nämlich zur Verfügung.« Er läuft anscheinend erst warm.

»Ist das dein Ernst? Jetzt hör auf mit diesen ekelhaften Sprüchen, küss mich, wenn du es unbedingt testen willst und dann lass mich nach Hause fahren.« Sie mag ihn, aber ihr Geduldsfaden ist ausgereizt.

»Nichts leichter als das.« Matteo beugt sich zu ihr, neigt den Kopf, hält kurz still, sieht ihr herausfordernd in die Augen und lässt dann seine weichen Lippen auf ihre gleiten.

Julie wartet ab, sie hält schon fast die Luft an, um nichts zu verpassen. Die Wärme, die von ihm ausgeht, seinen Geruch, die Zärtlichkeit, mit der sein Mund ihren umspielt. Als er sich von ihr löst, öffnet sie die Augen und seufzt.

»Möchtest du mehr?«

»Das geht nicht, Matteo. Deine Freundin findet das sicherlich nicht lustig, dass du mit mir rumknutschst, während sie brav im Bett liegt.«

Er zuckt mit den Schultern, sein Blick schweift aus der Frontscheibe.

»Wir haben es getestet, es war schön und jetzt gehen wir beide getrennt nach Hause.«

»Sei doch nicht so. Ich möchte es noch mal testen, weil ich mir nicht mehr sicher bin, ob es wirklich gut war.«

Julie murmelt vor sich hin, während sie ihrerseits nun den Blick nach draußen auf die schneebedeckte Straße richtet. »Ich bin leider nicht betrunken.« Das Kribbeln, das der Kuss in ihr ausgelöst hat, ist entfernt noch in ihrer Magengegend spürbar. Langsam löst es sich vollständig in Luft auf. Das macht sie traurig. Sie würde es gern festhalten oder erneut erleben. Sich mit diesem Glücksgefühl unter die Decke kuscheln und … tatsächlich kuscheln. *Verdammt.*

Matteo räuspert sich. »Darf ich dir noch etwas anderes vorschlagen?«

Sie bleibt still, beäugt ihn aber aufmerksam.

»Wir spinnen einfach mal ein bisschen rum und überlegen, wie schön und aufregend das mit uns sein könnte.«

»Du meinst, nur reden? Ein Gedankenexperiment?«

»Ja genau. Ich würde mit dem Gedanken anfangen, dass wir uns von Anfang an gut verstanden haben. Dass es genauso lange diese offene Frage zwischen uns gibt und ich, wenn ich darüber nachdenke, sie laut auszusprechen, in meinem Körper einen Adrenalinschub spüre. Schon immer feuchte Hände bekomme und eine Welle der Euphorie mich unruhig macht. Dann denke ich an den Kuss von eben, wie schön sich das angefühlt hat. Ein bisschen, als ob ich in meine Lieblingspizza gebissen hätte. Eine Gewohnheit, auf die man nicht verzichten möchte. Die zu mir gehört.«

Sie schüttelt amüsiert den Kopf. Er grinst, ist aber anscheinend noch nicht fertig.

»Es entspannt mich, bei dir zu sein. Und dann frage ich mich natürlich, wie erfüllend es sein würde, mit dir gar zusammen zu sein? Alles gemeinsam zu erleben, Pizza und Pasta zu vereinen. Unsere Familien zu einer großen zu machen, eins von diesen ekelhaft glücklichen Pärchen zu sein, über das unsere Freunde die Nase rümpfen werden.«

Julie sieht ihn ungläubig an. Wann wurde aus ihm so ein Poet? Und, wo kommen diese Gefühle her? Das neckische Flirten, das sie mit fast allen Jungs aus ihrem

Bekanntenkreis pflegt, scheint ihn im besonderen Maße anzuregen. Ihr wird heiß in dem dicken Daunenmantel. Die Wangen glühen, nicht zu sprechen von ihren Ohren. Hastig öffnet sie den Reißverschluss ihrer Jacke und lockert den Schal, der fest um ihren Hals gewunden ist. Unwissend, was sie antworten soll, entfährt ihr wieder ein kleiner Seufzer, während sie ihre langen Haare aus der Enge ihrer Jacke befreit, sie zusammenfasst, herauszieht und ein paar Mal um einen Finger dreht.

»Ich habe dich ja noch nie so gespürt wie eben und es war – wow! Findest du nicht auch?«, fragt er sie mit seiner rauchigen Stimme.

Julie, die die Hitze noch nicht verlassen hat, spürt wieder den sanften Druck auf ihren Lippen. Sie streicht mit den Fingern unbewusst darüber, bemerkt, was sie tut und legt die Hand schnell zurück in den Schoß. Kurz schüttelt sie den Kopf, während sie versucht, die Oberhand, über ihre Gefühle und Empfindungen zu erlangen. Matteo greift nach ihrem Arm, zieht ihn zu sich hinüber und küsst ihre Fingerkuppen. Julie schafft es nicht, sich zu wehren. Seine Berührung ist Balsam, seine Anwesenheit eine Herausforderung. Zu gern würde sie ihn erneut küssen, die Sanftheit seiner Lippen und die Rauheit seiner Zunge erleben. Mehr noch, sie würde gern ihre Hand auf seine starke Brust legen und seine Wärme direkt auf ihrer Haut spüren.

Matteo zieht fester an ihrem Arm, sodass Julie über der angezogenen Handbremse des Polo liegt. Sein Kopf ist zur Seite geneigt und er versucht, ihr in die Augen zu sehen. Doch Julie starrt auf die Markierungen des

Schaltknüppels – bloß nicht geschlagen geben! *Wer hat sich eigentlich überlegt, die Gänge wie eine Mistgabel anzuordnen?*

Als hätte Matteo einen sechsten Sinn für ihre ablenkenden Gedanken, hebt er ihren Kopf mit der freien Hand sanft an. Sie ringt mit sich, hat Angst vor weiteren Berührungen, gegen die sie nicht ankämpfen kann. Sie sieht in seine eisblauen Augen und weiß, sie hat verloren.

»Folgendes: Dein Auto darf hier nicht stehen bleiben, damit niemand Verdacht schöpft. Wenn du es kurz zu dir nach Hause fährst, kannst du gleich einfach wieder herkommen. Ich warte auf dich!«

Julie fängt lauthals zu lachen an. »Auf keinen Fall wandere ich gleich durch die kalte Nacht zu dir zurück. Das dauert sicherlich fünfzehn Minuten zu Fuß. Wahrscheinlich wirfst du mich dann nach unserem kleinen Techtelmechtel auch direkt wieder raus, damit deine Eltern und Mia nichts mitbekommen. Du Spinner! Auf gar keinen Fall!« Wild schüttelt sie mit dem Kopf, um ihrer Brüskierung Ausdruck zu verleihen. Dabei fällt ihr auf, wie geknickt er aussieht. Scheinbar hat sie ihn zu hart zurückgewiesen. »Hör mal, wir sind Freunde, und du bist vergeben. Belassen wir es dabei. Okay?«

»Nein, ich komme mit zu dir.«

1. KAPITEL

Die Party ist in vollem Gange, als Julie den Garten betritt. Laute Musik dröhnte ihr schon auf der Straße entgegen, die rosafarbenen Luftballons an der Hecke und am Hoftor weisen den Weg für die Besucher. Carlo hat sich alle Mühe gegeben, für Becky eine grandiose Überraschungsparty zu schmeißen. Bunte Girlanden hängen in den Bäumen und verbinden sie miteinander. Um die Stämme und Äste herumgewickelte Lichterketten sorgen für Ambiente. Julie ist erschlagen von der Menge der Gäste. Hunderte von Bekannten, Nachbarn und Verwandten tummeln sich auf der großen Wiese und der angrenzenden Terrasse des alten Bauernhauses. Da es dämmert, scheinen die Anwesenden sie nicht kommen zu sehen. Oder vielleicht liegt es an ihrem bereits erhöhten Pegel, der das geradeaus Schauen schwer macht.

»Julie! Hey Julie!«

Julie bleibt unter einer Lampe an der Hauswand stehen.

»Na endlich, wir haben dich schon sehnsüchtig erwartet!« Ein ehemaliger Klassenkamerad winkt ihr fleißig zu. Einige weitere Jungs stimmen in die Begrüßungsrufe ein.

Sie fragt sich unvermittelt, seit wann man wieder öffentlich mit ihr sprechen darf. Eigentlich ist sie doch die Geächtete des Dorfes, die nicht beachtet und schon gar nicht vor allen anderen angesprochen wird. Sind sie etwa erwachsen geworden oder sind die meinungsvorgebenden Frauen nicht anwesend?

Lachend winkt sie zurück, biegt aber ab, statt zu ihnen zu laufen, und betritt die Küche ihres Elternhauses durch die offene Terrassentür. In dem hell erleuchteten Raum stehen Becky, Carlo und der Familienhund Biggie. Die Labrador-Mischlingsdame trabt schwanzwedelnd und niesend auf Julie zu. Ein komischer Umstand bringt Biggie dazu, in Dauerschleife zu niesen, wenn sie sich freut.

»Na, meine kleine Fellnase. Hallo, du süße Maus!« Julie geht in die Knie und begrüßt den Hund überschwänglich mit Bauch-Streicheleinheiten, Popo-Klopfern und Ohren-Kraulern.

Sie sieht zu ihrem Bruder und seiner Freundin auf. »Na Becky, warst du überrascht? Schade, dass ich es verpasst habe, aber ich musste noch ein paar Mails schreiben …« Entschuldigend zuckt Julie mit den Schultern. Das ist allerdings nur die halbe Wahrheit. Seit dem *Agentur-Vorfall*, wie sie die Ereignisse des letzten Jahres in ihrem Kopf bezeichnet, mangelt es ihr an gutem Schlaf und Ausgeglichenheit. Sie vermeidet es tunlichst, ihrem Chef über den Weg zu laufen, weil diese ‚Sache‘ noch ungeklärt zwischen ihnen steht, und sie wenig Lust verspürt, vor den Augen der Kollegen eine Diskussion darüber zu führen, ob es sich anschickt, eine Angestellte ohne ihr Wissen an eine Escort-Agentur zu vermitteln. Da Herr Martin ein Morgenmensch ist, kommt sie erst nach dem Mittagessen ins Büro. Zu diesem Zeitpunkt ist er meist schon auf dem Weg zu Kunden oder auf dem Tennisplatz. Julie arbeitet dann bis spät in die Nacht und hat kaum noch Abende für sich. So läuft das nun fast ein Jahr. Sie versucht, sich zu sammeln, das Thema abzuschließen, damit es weitergehen kann. Privat und beruflich. Aber es fällt ihr schwer, einen Schlussstrich zu ziehen, sich zu entscheiden, was sie tun möchte. Abgesehen davon träumt sie immer denselben schlimmen Traum, wacht schweißgebadet auf und schafft es nicht, dank ihres Gedankenkarussells, wieder einzuschlafen. Ihr Unterbewusstsein scheint die Wut über Alex noch zu verarbeiten. Er hatte ihr nach dem *Vorfall* eine rosige Zukunft ausgemalt. Wie sie beide Hand in Hand durch das Leben gehen würden und alles, das Gute und das Schlechte, miteinander in Liebe teilen würden. Daraus wurde dann doch nichts und nun träumt Julie im Grunde jede Nacht, wie sie Alex mit einem gemieteten Porsche über den Haufen fährt. Nicht, dass sie das jemals tun würde. Der Traum stresst sie furchtbar, aber irgendwie löst er auch eine kleine Genugtuung aus, dass in einem parallelen Universum ihr böser Zwilling möglicherweise genau das tut, wozu Julie niemals in der Lage wäre.

»Ich bin aus allen Wolken gefallen!« Beckys Augen strahlen. Sie greift nach Carlos Arm und schmiegt ihren Kopf an seine Schulter. »Er ist der beste Mann der Welt!«

»Achtung! Wenn du nicht aufpasst, greift sich meine Schwester gleich vor lauter Schmalz deine Bierflasche.

Sie mag dieses Liebesgesülze nicht. Erst verkneift sie sich angestrengt das Augenverdrehen, dann hält sie Ausschau nach einer Ablenkung, erhascht den Anblick einer mit Alkohol gefüllten Flasche und schwups – ist sie leer!« Carlos Schultern wackeln von seinem kleinen Lachanfall. Becky grinst Julie an.

»Für einen Moment kann ich eure Verliebtheit noch ertragen, ohne mich gleich betrinken zu müssen! Ich hab ja den Hund, der mich zur Not rettet. Und jede Menge Menschen, die draußen auf euch warten.« Sie streichelt immer noch über Biggies Bauch. »Warum seid ihr überhaupt hier drinnen? Kann ich behilflich sein?« Sie gibt dem Hund ein paar sanfte Klapse auf den Brustkorb und wischt sich beim Aufstehen Hundehaare von der Hose.

Carlo streicht sich durch das Haar. »Ehrlich gesagt hatten wir gerade eine Auseinandersetzung darüber, wen ich zur Party eingeladen habe.« Sein miesepetriger Blick gleitet vom Fenster zu Becky.

Sie verzieht die Augenbrauen, öffnet den Mund, als wollte sie ihm widersprechen, doch besinnt sich scheinbar eines Besseren. »Nein, ich finde es etwas übertrieben. Immerhin werde ich nur vierundzwanzig. Das ist doch nichts Besonderes und fünfzig Freunde wären mehr als genug gewesen. Hier sind Menschen, die ich vielleicht einmal irgendwo am Rande kennengelernt habe. Tanten und Onkel unserer Freunde.« Während sie spricht, betrachtet Carlo sie mit einem süffisanten Lächeln. Das scheint sie zu irritieren. »Warum lächelst du jetzt? Es sind einfach viel zu viele Menschen, deren Namen ich nicht kenne. Das ist so anstrengend!«

Er nimmt sie in den Arm, lacht jetzt laut und gibt ihr einen Kuss auf den Kopf. »Mach dir keine Sorgen, Baby, die sind nur wegen des kostenlosen Alkohols hier. Die wollen nicht mit dir sprechen, genauso wenig wie meine Schwester!«

»Du frecher Hund! Das stimmt gar nicht!« Becky kämpft sich aus seiner Umarmung und boxt ihn leicht in die Seite.

»Das war wieder ein typischer Carlo. Komm her, Becky, aus meiner Umarmung spricht nur Liebe – kein Kampf. So kann ich dir auch noch mal ordentlich zum Geburtstag gratulieren!« Julie drückt Becky an sich und herzt sie wie eine Schwester. »Also, alles Liebe und Gute nochmals persönlich. Ich hätte mich heute Morgen bei unserem Telefonat beinahe verplappert, aber das ist doch noch mal gut gegangen!« Sie grinst erst Becky und anschließend ihren Bruder an.

»War ja wieder klar!« Er klatscht sich die Hand auf die Stirn.

Julie verfinstert ihren Blick theatralisch. »Komm Becky, wir gehen zu den netten Menschen auf diesem Grundstück.« Den Arm immer noch um Beckys Schulter gelegt, führt sie ihre Schwägerin aus der Küche in den Garten. Kühle Luft, der Geruch von gegrilltem Fleisch und laute Stimmen empfangen sie. Sofort wird Becky herbeigewunken. Julies Magen grummelt.

»Soll ich dich unterstützen?« Sie will Becky nicht den Wölfen zum Fraß vorwerfen, ist sich aber nicht sicher, ob sie bereit ist, in vergangene Zeiten einzutauchen, sich den Fragen ihrer alten Bekannten zu stellen, die pikant, aber auch tiefschürfend sein könnten und sie von einer in die nächste Sekunde innerlich zerstören würden.

»Ach nein, danke dir! Das sind doch tatsächlich meine eigenen Tanten und Onkel, die kenne und mag ich.« Sie lächelt und macht sich auf den Weg zu ihrer Verwandtschaft.

*

»Lange nicht gesehen, Julie.« Matteo steht am Grill und wendet betont gelassen das Fleisch auf dem Rost, während die Flammen immer wieder hochzischen. Er muss nicht aufschauen, um sie zu begrüßen, er weiß, dass sie es ist, die neben ihm steht.

»Hi, Matteo.«

Da sie nichts weiter sagt, hebt er den Kopf. Sie lächelt ihn verhalten an. Viel Zeit ist ins Land gegangen, doch die Frage steht immer noch ungeklärt zwischen ihnen. Was wäre wenn …? Er gibt sich einen Ruck. »Wie geht es dir?«

»Sehr gut, vielen Dank.«

»Das freut mich zu hören. Hast du inzwischen einen Freund?« Innerlich zieht sich alles zusammen. Er hatte die Frage überhaupt nicht stellen wollen. Nicht so plump und unvermittelt. Ein oder zwei Bier später vielleicht. Äußerlich beherrscht er sich jedoch recht gut. Er schließt kurz die Augen und schluckt seinen Ärger hinunter.

»Ohne Umschweife, direkt zum Punkt, hm?« Julie legt den Kopf schief. Ihr Lächeln wirkt gezwungen.

Matteo bleibt bei der Macho-Schiene. »Du kennst mich doch!« Er zwinkert ihr zu, überspielt das Chaos in seinem Innern.

»Nein, ich habe keinen Freund, aber riesigen Hunger. Also, würdest du bitte deines Amtes walten und mir das größte Stück Fleisch, das du hast, auf ein Brötchen legen? Das wäre herzallerliebst.«

Der leicht ironische Unterton des letzten Satzes befeuert seinen Willen, ihr näher zu kommen. Herausforderungen sind sein Fachgebiet. Und es ist Julie, verdammt noch mal! »Ich habe für dich das prächtigste Steak aufbewahrt. Hier sieh mal.« Er greift mit der Zange nach einer halben Paprika und hält sie in die Luft.

»Haha! Sehr witzig. Ich sehe mein Stück. Das da hinten.« Sie geht auf die Zehenspitzen und reckt sich ein wenig an ihm vorbei, um mit dem Finger auf ein Steak zu zeigen. Er blockiert ihr weiter absichtlich den Weg. Wahllos zeigt er mit der Zange auf die falschen Stücke. »Das hier? Dieses? Oder dieses?« Sein spitzbübisches Grinsen entlockt ihr ein Augenrollen.

»Matteo!«

Mit einem Mal schüttelt es ihn vor Vorfreude. Ihre genervte Stimme mit der drohenden Inbrunst klingt in seinen Ohren wie flüssige Schokolade. Eine Leckerei für das Gemüt. Er wünscht sich mehr, doch die Schlange, die sich hinter ihr bildet, hält ihn davon ab, den Spaß weiterzutreiben. »Na gut, Julie. Dein Wunsch ist mir Befehl.« Kurz bevor er das Steak auf ihrem Brötchen ablegen will, zieht er es doch noch einmal zurück. »Versprichst du mir, dass wir nachher noch einen zusammen trinken?«

»Wenn du mir endlich mein Fleisch gibst und ich bis dahin nicht verhungert sein sollte. Vielleicht.« Demonstrativ schiebt sie ihm ihren Teller entgegen.

Er erbarmt sich und legt das Fleisch ab. »Ich werte das als ein Ja. Ich freue mich schon darauf! Bis später, Julie.« Sie dreht sich nicht mehr zu ihm um, doch er weiß, dass sie angebissen hat. Das wilde Kribbeln in seinem Körper lässt ihn lächeln.

*

Etwas abseits stellt sie den Teller und ihre Handtasche auf einen Stehtisch mit weißer Husse ab, prüft gedankenverloren, ob sie eine Nachricht bekommen hat und steckt das Handy zurück in die weinrote crossbody Bag. Kaum will sie in ihr Steaksandwich beißen, erscheinen an ihrem Tisch fünf bekannte Männer. Sie parken eine Kiste Bier neben dem Tischbein und öffnen ihr eine Flasche. Obwohl sie lieber in Ruhe gegessen hätte, grinst sie die Jungs an und bedankt sich für das Bier. »Ist das alles für mich oder trinkt ihr mit?«

Sofort greift sich jeder eine Flasche. Sie werden elegant mit der Rückseite eines Messers geöffnet.

»Soll ich euch vielleicht einen richtigen Flaschenöffner organisieren?« Schon will sie ihr Brötchen, in das sie immer noch nicht gebissen hat, wieder ablegen und in die Küche laufen, da hält Steve sie auf und bricht endlich das merkwürdige Schweigen.

»Nee, nee, Julie. Wir sind hier mehr zu Hause als du. Alle Flaschenöffner sind verschwunden, deswegen haben wir uns damit geholfen.« Er hält das Messer in die Luft, bevor er es achtlos auf den Stehtisch plumpsen lässt. »Iss endlich, damit wir uns danach ordentlich mit dir unterhalten können!«

»Ja, ist ja gut. Dann erzähl mir doch in der Zwischenzeit, was es bei euch Neues gibt. Mein Bruder hält mich zwar halbwegs auf dem Laufenden, aber ihm muss ich auch alles aus der Nase ziehen. Also? Wer fängt an?« Sie grinst in die Runde und beißt beherzt in ihr Steak. Zu beiden Seiten quillt Ketchup hinaus und tropft auf den Teller. Die Jungs lachen.

Samuel räuspert sich, zeigt Verständnis. »Ich und Josipa müssen demnächst das Auto verkauf…«

»Josipa und ich, du Depp. Der Esel nennt sich stets zuerst«, dröhnt es aus der Runde.

Julie verschluckt sich fast bei dem Lacher, der aus ihr hinausdrängt. Sie scheinen doch irgendwie erwachsen geworden zu sein.

»Ist gut. Josipa und ich, halt. Mann ey, regt euch doch nicht über so einen Schrott auf. Ich und sie, sie und ich. Ist doch schnurzpiepegal!«

»Wie auch immer, was ist mit dem Auto?«

»Ai wir ham kein Geld mehr. Sie hat nur Teilzeit und ich kann net abbeide mit dem Fuß.«

Sein hessischer Dialekt bringt Julie zum Stirnrunzeln. Was auch immer das Problem mit seinem Fuß ist, sie fühlt sich mit einem Mal zehn Jahre zurückversetzt. *Doch nicht erwachsen geworden.*

Die Jungs waren immer witzig, haben sich nicht zu ernst genommen, aber ebenso keine großen Ambitionen gehegt und nie die kleinen Dörfer in der Heimat verlassen. Und jetzt scheinen sie sich sogar mit echten Schwierigkeiten herumzuschlagen. Dass er über die ganze Aufregung ins Hessische abrutscht, verstärkt Julies Eindruck, hier nicht mehr hinzupassen.

Sie konzentriert sich auf ihr Essen, folgt der Unterhaltung zwar gedanklich, will aber lieber niemanden ansehen. Sie mag ihren Job, verdient genug, lebt in einer Neubauwohnung in einer, wie sie findet, grandiosen Stadt. Aktuell könnte sie sich überhaupt nicht beklagen, selbst, wenn sie wollte. *Außer über Männer.*

Sie hat wenig Interesse daran, den Jungs vor den Kopf zu stoßen. Daher überlegt sie, wie sie dem Gespräch und der anstehenden Fragestunde entgeht. Ob sie sich einen Nachtisch holen und dann einfach nicht mehr zurückkehren soll? Aber sie müsste ihre Tasche hier stehen lassen, um keinerlei Verdacht zu erregen. Wenigstens das Handy würde sie mitnehmen wollen, wenn sie in eine ruhige Ecke verschwindet. Sie kaut immer länger auf den letzten Bissen herum, versucht, das Ende ihrer Schonfrist hinauszuzögern.

»Bist du Julie?« Ein großer, mittelalter Mann steht plötzlich neben ihr.

Sie beäugt ihn misstrauisch. Eine Strähne seines dunklen Haares hängt ihm in die Stirn und lenkt ihren Blick auf die gutmütigen Augen. Sie nickt, da sie immer noch angestrengt so tut, als würde sie essen.

»Dein Bruder schickt mich, es geht um eine Überraschung für Becky. Er wartet hinter dem Schuppen auf dich. Das hier sollst du mitbringen.« Erst jetzt fällt ihr die Weinkiste auf, die er ihr hinhält. Darin liegen zwei Flaschen Weißwein, Geschenkband, eine Schere, Chips und eine Stange Pappbecher.

Sie schluckt hinunter und versucht, die Gegenstände in einen sinnvollen Zusammenhang zu bringen. »Was soll das denn werden, wenn es fertig ist?« Julie betrachtet den Wirrwarr und lacht den Fremden an.

Sein Lächeln bringt die Augen zum Strahlen. »Da fragst du den Falschen, aber ich habe gehört, du wärst kreativ und dir würde schon etwas einfallen.«

Sie greift nach der Kiste, doch er behält sie bei sich.

»Ich trage sie dir rüber, sonst jagst du dir noch einen Splitter in deine zarten Hände.«

Sofort fliegen alle Augen auf Julie und ihre Hände. Die Jungs grölen. Sie streckt ihnen die Zunge raus, hängt sich ihre Tasche über die Schulter und nimmt die Bierflasche vom Tisch. »Bis später, Jungs, und danke für das Bier!«

»Aber komm wieder zurück, wenn du fertig bist, wir wollen endlich hören, was bei dir so abgeht.«

Im Gehen winkt sie mit der Flasche und freut sich über den etwas verzweifelt wirkenden Versuch, sie auszufragen.

»Ich bin übrigens Julian, Matteos Onkel.«

»Ah, schön. Freut mich, dich kennenzulernen. Aber warum kommt mein Bruder nicht selbst, um mich zu holen?«

»Das war eine kleine Notlüge. Ich sollte dich aus den Fängen der Clique befreien.«

In der von Sternen und Lichterketten erhellten Nacht laufen sie nebeneinander her. Doch statt den Weg nach links zu dem Geräteschuppen einzuschlagen, hinter dem Carlo sie erwartet, biegt Julian nach rechts ab.

»Der Schuppen ist da drüben.« Sie deutet mit dem Arm in die Richtung. Die Umrisse lassen sich in der Dunkelheit gerade so erahnen, da die hohen Tannen rund herum das Licht der Party verschlucken.

»Ich weiß, das war ebenfalls gelogen. Wir gehen zu der Sonnenterrasse hinter der Scheune. Falls dich jemand sucht, schaut er hinter dem Schuppen nach, aber da bist du nicht.« Er wirft ihr ein kleines Lächeln zu.

»Aha. Also treffe ich nicht meinen Bruder hinter der Scheune. Sondern wen? Doch nicht etwa Matteo?« Der einzige Grund, warum sie weiter neben ihm herläuft, ist, weil sie von diesem Mann aus den Fängen der Neugierigen gerettet wurde. Aber jetzt hat sie genug. Sie bleibt abrupt stehen.

Er dreht sich ihr zu. »Hm.«

Es scheint ihn zu amüsieren, dass sie immer unzufriedener mit der Situation ist. »Was heißt *hm*?« Ihre Stimme wird energischer, langsam reicht ihr die Geheimniskrämerei.

»Matteo wartet dort auf dich.«

Julie zieht die Augenbrauen vor Ärgernis zusammen. »Was soll das? Wieso schickt er einen Boten und wieso wartet er nicht ab? Ich habe schließlich vor nicht mal dreißig Minuten zugestimmt, später noch mit ihm zu sprechen.« Stürmisch dreht sie sich herum, schlenkert mit den Armen vor Entrüstung und will in die Richtung zurückmarschieren, aus der sie gekommen sind, doch Julians Reflexe sind überirdisch. Er setzt die Kiste auf der Wiese ab, hastet mit großen Schritten zu ihr und stellt sich ihr in den Weg. Julie zieht die Augenbrauen noch weiter zusammen und grummelt, um ihren Unmut mitzuteilen. Sie will an ihm vorbei, doch er breitet die Arme aus. Wie ein Hirte, der seine Schäfchen nicht auf die gefährliche Straße laufen lässt, versperrt er ihr den Rückweg. Er lacht sie freundlich an.

»Gib ihm eine Chance. Er will nur mit dir reden.«

»Ha, dass ich nicht lache. Du weißt, dass er eine Freundin hat, oder?«

»Ja, aber ich glaube, Mia und er legen gerade eine Pause ein.«

»Natürlich, wie passend. Dann, wenn ich auf der Bildfläche erscheine, sind sie alle Single oder haben große Beziehungsprobleme und suchen nach einer Ablenkung. Ich hab die Nase voll davon. Sag ihm …« Sie tigert hin und her, kickt einen kleinen Ast zu Seite und schnaubt verächtlich durch die Nase. »Nein, ich sage es ihm selbst. Gib mir die Kiste, die ziehe ich ihm gleich über den Schädel!« Sie läuft wieder in die entgegengesetzte Richtung, klaubt die Kiste von der Wiese und marschiert los.

»Sei nicht zu hart, gefühlstechnisch ist er schon am Boden«, ruft er ihr noch nach.

Julie schnaubt erneut und lässt sich nicht mehr aufhalten.

*

Matteo hört Stimmengewirr auf sich zukommen, doch außer Julies aufgebrachter Tonlage, kann er nicht verstehen, was gesagt wird. Er macht sich auf ihren Wutausbruch gefasst. Aber da er weiß, wie er sie besänftigen kann, grinst er bereits jetzt in sich hinein. Die Gläser stehen bereit, der Wein ist entkorkt, das kleine Lagerfeuer knistert vor sich hin, die Gartenstühle davor positioniert und an bequeme Auflagen und Decken hat er auch gedacht. Sehr hilfreich, dass er sich auf dem Grundstück ihrer Eltern so hervorragend auskennt.

Das Grummeln, das sich nähert, ist unverkennbar Julies üble Laune. »Hey, Maus, hast du gut hergefunden?«

»Ich geb dir gleich Maus!« Sie stürmt um die Hecke herum, direkt auf ihn zu und pfeffert die Holzkiste in seinen Bauch.

Er krümmt sich vor Schmerz nach vorn, und sie prallen mit den Köpfen zusammen.

Julie stöhnt auf und lässt mit einer Hand los, um sich an die Stirn zu greifen. Die Kiste hängt schief zwischen ihnen hinunter, sodass sich eine Weinflasche verselbstständigt und auf Matteos Fuß stürzt. Er jault auf und hoppelt mit einem Bein in der Luft um das Feuer herum.

Julie lacht aus vollem Hals über ihn. »Tut mir leid«, quetscht sie zwischen den Lachern heraus und wischt sich immer wieder die Tränen von den Wangen. Sie japst nach Luft und versucht, den Lachanfall unter Kontrolle zu bekommen.

Langsam beruhigt sich auch Matteo, lässt sich auf einen der Gartenstühle fallen und legt den verletzten Fuß auf einem Holzklotz vor sich ab. »Aua. Da hast du mich aber gleich mehrfach abgestraft.«

»Tja, so ist das. Karma, mein Freund. Was auch immer du hier mit mir vorhast, es widerspricht dem, was du laut gesellschaftlicher Konventionen tun solltest. Habe ich recht?« Sie setzt sich auf den freien Stuhl und atmet hörbar erheitert aus.

»Vielleicht liegt es auch einfach nur daran, dass du mich bestrafen wolltest. Bauch, Kopf, Fuß – du hast mit

einem Schlag alles getroffen, herzlichen Glückwunsch!«
Er strahlt sie an, doch sie scheint gedankenverloren.

Auf dem kleinen Tisch zwischen ihren Stühlen stehen die Weingläser und die geöffnete Weinflasche. Matteo überlegt nicht lange, er will die entspannte Stimmung nutzen, um Julie dortzubehalten. Der Wein plätschert in die Gläser, was sie wohl nur am Rande wahrnimmt. Sie starrt in den Himmel.

»Ich habe lange nicht mehr so viele Sterne gesehen. In der Stadt ist entweder der Blick versperrt von zu vielen Hochhäusern, ist es zu diesig, dank der Abgase, oder es ist einfach zu hell, dank der vielen Hochhäuser und Laternen. Schön, mal wieder hier zu sitzen.«

»Freut mich, dass du der Sache doch etwas Gutes abgewinnen kannst. Hier.« Er reicht ihr ein Glas und sie stoßen an. Als sich ihre Blicke treffen, strömt sofort die spezielle Wärme in seinen Körper. Dieses Gefühl hat sie schon damals ausgelöst, vor sieben Jahren. Seine Unfähigkeit, sie vollends für sich zu gewinnen, hat seinem Ego einen kleinen Knacks verpasst. Und jetzt mit Mia, die ständig zu Wettkämpfen auf der ganzen Welt unterwegs ist, fehlt ihm die Ablenkung von der inneren Unzufriedenheit.

Der Kampf um Julie war neulich so präsent wie nie, als er ein Foto von ihr fand. Für seine Mutter sollte er nach einem Bild seiner Tante suchen und glitt in Erinnerungen, als ihr zartes Gesicht ihn zwischen den durchschnittlichen Freunden anstrahlte. Er war augenblicklich elektrisiert. Die Tante war vergessen, er scrollte durch seine Bilder, auf der Suche nach ihr, nach ihrem Lächeln.

»Wie sieht es aus, läuft alles zu deiner Zufriedenheit?«
Er betrachtet sie von der Seite und versucht, jede Bewegung, jeden Wimpernschlag zu deuten.

»Abgesehen davon, dass ich eben entführt wurde, läuft es ganz gut bei mir, ja. Und bei dir?« Sie hatte die Nase kurz gerümpft, sieht nun aber wieder entspannt in den Himmel und nippt an ihrem Wein.

»Du bist ganz schön dramatisch. Entführt!« Seine Empörung ist gespielt, aber er weiß, dass er sie damit aus ihrem Schneckenhaus herauslocken kann.

Der Spruch verfehlt die Wirkung nicht. Drohend schwenkt sie das Glas in seine Richtung und zuckt, als würde sie der Flüssigkeit den nötigen Schwung geben wollen. In letzter Sekunde hält sie ein und schenkt ihm wieder ihren bösen Blick.

Er kann nicht anders, als zu grinsen, als er das intensive Pochen in seiner Lendengegend wahrnimmt. Was kann er tun, um sie in Stimmung zu bringen? »Na gut, Julie, ich benehme mich für eine Weile wie ein Gentleman und trieze dich nicht weiter. Wenn du mir versprichst, mir nachher noch eure Sauna anzustellen.«

Verdutzt sieht sie ihn an. Ihr Gehirn scheint sich zu überschlagen, bei den Gedanken, die ihr gerade kommen. Wieder kann Matteo bei ihrem Anblick nur lächeln. Schnaufend atmet sie ein paar Mal ein und aus, bis sie bereit ist, eine Antwort zu formulieren.

»Ich sag dir was: Das ist die billigste und schmierigste Anmache, die du mir je entgegengebracht hast. Aber das ignoriere ich einfach und sage ‚Ja‘, was die Sauna betrifft. Eins sollte dir aber klar sein. Ich mache sie an und verschwinde, du wirst mich nicht belabern, nicht anfassen oder sonst irgendwelche üblen Tricks versuchen, um mich dazubehalten. Versprich es!«

»Pfadfinderehrenwort.«

»Du belügst mich doch nicht, oder?«

Er schüttelt den Kopf und versucht, so ernst wie möglich auszusehen. »Ich schwöre!«

*

Sie traut ihm nicht. Aber sie möchte sich für eine Weile entspannt den Himmel anschauen, die Party Party sein lassen und sich irgendwann ins Bett stehlen. Auch wenn es nicht ihre Art ist, polnische Abgänge zu proben, fühlt sie sich heute nicht danach, der versammelten Mannschaft von ihrem Leben zu erzählen und sich den Tratsch und Klatsch des Dorfes anzuhören. Irgendwann scheint sie sich in eine andere Richtung entwickelt zu haben. Obwohl sie trotzdem alle gernhat, aber diese Gemeinschaft ist ein eingeschworenes Ensemble, an dem man entweder aktiv teilnimmt oder eben kein Teil mehr davon ist. Vielleicht ist es nun einfach an der Zeit, sich einzugestehen, dass die Zeiten vorbei sind. »Wie geht es Mia?«

»Gut, gut. Sie ist mal wieder auf Tour, beim *Austria extreme Triathlon.*«

»Oh, cool! Warum begleitest du sie nicht?«

»Ich war schon so oft bei ihren Läufen und Wettkämpfen dabei, ist für mich nicht so spannend, stundenlang danebenzusitzen und zu warten, dass sie endlich ins Ziel läuft.« Er zuckt mit den Schultern und lässt die Mundwinkel ein wenig hängen.

»Das mag sein, aber eine moralische Unterstützung dabeizuhaben, ist bestimmt trotzdem schön für sie.«

»Sie hatte schon nach den ersten beiden Wettkämpfen, an denen ich wegen meines Knies nicht mehr teilnehmen konnte, gesagt, dass ich nicht mehr zu kommen brauche. Aber zwei Jahre habe ich es trotzdem noch durchgezogen. Immerhin schlug mein Herz ja auch für den Sport.«

»Und jetzt nicht mehr?«

»Ich weiß es nicht.«

Sie platziert ihren Ellenbogen auf der Armlehne ihres Gartenstuhls und stützt den Kopf auf ihre Hand. Für einen Moment denkt sie darüber nach, ob Matteo den Ausstieg aus seiner depressiven Haltung findet und sich nicht noch mehr von den anderen Dörflern herunterziehen lässt. »Darf ich dir mal etwas sagen?«

Er wendet den Kopf und sieht sie aufmerksam an.

Ein kleines Nicken animiert sie, loszulegen. »Mia ist eine tolle Frau. Sie ist ambitioniert, erfolgreich und liebenswert. Ich weiß nicht, wie es in eurer Beziehung läuft, du machst mir zumindest nicht den Eindruck, als wärest du glücklich. Nur, wenn du sie abschießt und dich hier mit den Bier trinkenden Langweilern abgibst, wird dich das noch viel mehr runterziehen. Mach jetzt keinen Scheiß, Matteo, sei ein Mann, arbeite an deiner Beziehung und lass das Glück nicht entwischen. So hört es sich nämlich gerade für mich an. Mia reist durch die Weltgeschichte und du lässt sie einfach ziehen. Was denkst du, wie lange es dauert, bis sie nicht wieder zurückkommt?«

Betreten blickt er auf seinen Schoß und dreht das Weinglas zwischen den Fingern. Schon ärgert sich Julie über sich. Im Verteilen von Lebens- und Beziehungstipps ist sie ganz vorn dabei. Als Außenstehende ist es nun mal viel leichter, zu erkennen, was schiefläuft, und dafür Lösungen zu finden. Selbst in der Situation zu stecken bedeutet, erst mal herauszufinden, wie die Lage ist, und sich zu fragen, wie man dahin gekommen ist. Zumindest, wenn man ein reflektierender Mensch ist. Anschließend versucht man, das Problem zu lösen. Mal mehr und mal weniger erfolgreich. Mal mit und mal ohne Hilfe. Aber die eigentliche Frage, die es zu klären gilt, ist, was für ein Mensch man sein möchte und wie man mit diesem Bild von sich selbst handeln sollte.

Nicht, dass ihr das liegen würde. Sie wünschte, sie könnte mal einen Blick auf ihr Karmakonto werfen, um eine Vorstellung davon zu bekommen, wie viele gute Taten sie in ihrem Leben noch tätigen muss, um die ganzen moralischen Verwerfungen auszugleichen. Mit einem großen Schluck leert sie ihr Glas. »Gibst du mir noch etwas Wein?«

Ohne sie anzuschauen, greift er nach der Flasche und kippt ihr die hellgelbe Flüssigkeit in das Glas, das sie zwischen die beiden Stühle hält. Sie lehnen sich zurück und betrachten erneut die Sterne.

»Es tut mir leid, wenn ich dir zu nahegetreten bin. Ich wollte nur, dass dir irgendjemand mal die Wahrheit sagt.«

»Die Wahrheit darüber, was für ein Versager ich bin?« Die Enttäuschung in seiner Stimme wird begleitet von einer leichten Aggressivität.

»Hör auf mit dem Quatsch! Du bist ein toller Mann, Matteo. Du hast zwar deine Marotten, aber was solls, die hat jeder. Wenn du nicht diese Macho-Nummer auflegst, kann man dich ganz gut ertragen.«

Er lacht. »Wie nett von dir.«

»Finde ich auch und soll ich dir noch was sagen?« Sie erahnt ein Kopfschütteln, deshalb spricht sie einfach weiter. »Du darfst dir selbst auch noch etwas Wein einschenken. Wie findest du das?«

»Unfassbar, wie großzügig du sein kannst.«

»Es kommt noch besser!«

»Nein?!«

»Doch.«

»Willst du mir die Schultern massieren?«

»Pff, nein, ich teile die Chips mit dir.« Sie greift in die Kiste, die neben ihr auf dem Boden steht und wedelt mit der Tüte in der Luft herum. »Obwohl, wenn ich es mir recht überlege, geht das doch etwas zu weit. Ich massiere dir die Schultern und dafür behalte ich den Inhalt dieser Chipstüte. Ist das ein Deal?«

»Ehrlich gesagt, würde ich doch lieber die Chips nehmen.« Mit dem Schelm im Blick sieht er sie an. Er scheint geduldig auf ihre Retourkutsche warten zu wollen, doch dieses Mal braucht Julie sie nicht lange zu überdenken. Sie zieht ein Kissen hinter ihrem Rücken hervor und knallt es ihm ans Kinn.

»Hey! Du hast mich heute doch schon verprügelt, reicht es nicht irgendwann?«

Er hält das Kissen fest, sodass sie nicht noch einmal ausholen kann. Doch er hat anscheinend nicht mit ihrer Reaktionsfähigkeit gerechnet. Sie reißt das Weinglas in ihrer anderen Hand hoch, sodass der Inhalt auf Matteo zufliegt – keine Chance, auszuweichen. Der Wein landet mitten in seinem Gesicht. Reflexartig zieht er die Schultern hoch, kippt den Kopf nach vorn und schnappt nach

Luft. Das T-Shirt ist durchweicht. Der Wein tropft aus seinen Haaren auf die Hose. Julie kringelt sich vor Lachen.

»Boah, du kleines Miststück. Das wirst du mir büßen!« Mit einem Satz ist er bei ihr und kitzelt sie am Bauch. Sie schlägt um sich, zieht die Beine heran und versucht, ihn auf Abstand zu halten, doch er ist stark. Mit einer Hand fixiert er ihre Arme, setzt sich auf ihre Oberschenkel und schüttelt die nassen Haare über ihr aus.

»Nein! Ihhh!« Sie lacht zwar, aber die Tropfen auf ihrer Haut empfindet sie als ekelhaft, weil sie weiß, dass sie gleich genauso kleben wird wie er. Als er sich nach vorn beugt und den Po etwas nach hinten schiebt, um sein Gesicht an ihrem T-Shirt abzuwischen, nutzt sie die Chance und bewegt ihren Oberkörper in seine Richtung. Er kommt ins Wanken, versucht, sich am Stuhl festzuhalten, aber er rutscht von ihren Knien und zieht sie mit sich von der Sitzfläche. Sie landen auf dem Boden, mit den Köpfen beinahe in der Feuerschale, wenn Matteo nicht noch eine Richtungskorrektur vorgenommen hätte.

Kurz holt sie Atem, dann befreit sie einen Arm, stützt sich damit ab und will von Matteo hinunterrollen, doch er hält sie fest umklammert. Ihr Arm klappt ein und sie ist gefangen. Es kommt ihr vor, als hätte sie ein Déjà-vu, aber sie kann es nicht einordnen. »Lass mich runter, du bist ganz nass.«

»Ach was, kann ich mir gar nicht erklären. Aber geteiltes Leid ist ein abgetrocknetes T-Shirt, findest du nicht auch, Julie?«

»Nein, ganz – und – gar – nicht!« Sie windet sich, als würde sie sich häuten wollen. »Loslassen.« Doch statt des Druckes nachzugeben, schlingt er seine Beine über ihre und macht sie bewegungsunfähig. »Ma – tte – o!« Er hält still und erwartet scheinbar, dass sie aufgibt. Das siegessichere Lächeln auf seinen Lippen bringt sie zum Rasen. »Ich tu dir gleich weh, also sag nicht, ich hätte dich nicht gewarnt.« Ihre Gesichter sind eine Handbreit voneinander entfernt. Julie holt aus, doch Matteo rollt den Kopf in letzter Sekunde zur Seite und Julies Stirn landet auf seinem Hals, anstatt auf seiner Nase.

»Also damit hättest du mir vermutlich die Nase gebrochen. Ich weiß ja nicht, welche Aggressionen du an mir auslassen musst, aber mir ist Kuscheln und Liebkosen tausendmal lieber.«

Erschöpft stöhnt sie an seine Schulter. Sie lässt locker und entspannt sich, da sie im Augenblick keine Chance auf Freiheit sieht. Er scheint ihre Kapitulation anzunehmen. Langsam streichelt er ihr über den Rücken. Ohne zu sprechen, genießen sie die körperliche Nähe des anderen. Für einen Moment ist es ganz still, bis auf das gelegentliche Knacken des Holzes im Feuer und die entfernte Musik der Party.

»Meine Arme fangen an, weh zu tun, die sind so eingequetscht zwischen uns.« In Julies Fingern kribbelt es verdächtig.

»Kein Problem, ich glaube, ich muss auch mal mein Gesicht waschen.«

Julie schält ihre Gliedmaßen von Matteo und klebt sogar ein wenig an seiner Haut fest. Er verharrt regungslos, bis sie sich neben ihn gerollt und sich aufgesetzt hat.

Sie bewegt ihre Handgelenke und kreist die Schultern. Matteo drückt sich hoch, steht auf und reicht ihr die Hände, um ihr beim Aufstehen zu helfen. Sie betrachtet ihn. Ob er sie wieder gefangen nehmen wird? Sie lächelt und lässt sich von ihm auf die Füße ziehen. »Dann mach du dich sauber und ich schalte dir inzwischen die Sauna an. Du willst doch noch da rein, oder?«

»Ja, gern. Das klingt gut.« Sein Lächeln ist freundlich, ernst gemeint. Keine Zweideutigkeiten mehr.

Während sie Richtung Haus laufen, will sie die Stille überbrücken. Jetzt, wo sie sich so nah gekommen sind, hätte sie gern mehr Zeit mit ihm. »Es ist doch so warm, wieso willst du noch mehr schwitzen?«

»Ist gut für das Immunsystem, und ich bekomme morgen keinen Kater, wenn ich den Alkohol jetzt schon ausschwitze.«

»Das klingt nach einem Ammenmärchen.«

»Ist es vermutlich auch, aber das mit dem Immunsystem stimmt auf jeden Fall.«

Vor sich hin feixend erreichen sie den Hintereingang des Hauses und treten ein. Julie wendet sich nach links, läuft gemächlich die Treppe hinunter, in Richtung des kleinen Wellnessbereichs im Keller. Sie hört das Quietschen der Tür gegenüber dem Eingang und wie Matteo das Gästebad betritt. Das Knarzen der Scharniere hat bisher nicht mal der beste Handwerker in den Griff bekommen. Wasserrauschen verrät ihr, dass er sich säubert. Sie dreht den Knopf der Sauna auf die Temperatur, die ihre Eltern immer einstellen, und macht sich auf den Weg zurück nach oben.

Mit zwei großen Hüpfern kommt Matteo die Treppe herunter und rennt Julie beinahe über den Haufen. »Oh, sorry, wir sind heute wohl auf Kollisionskurs, hm?«

»Scheint so«, murmelt sie vor sich hin, doch sie ist abgelenkt. Er steht oberkörperfrei vor ihr. Die wohlgeformten Brustmuskeln, das angedeutete Sixpack und die helle Haarlinie unterhalb seines Bauchnabels erfordern ihre gesamte Aufmerksamkeit. Die Wassertropfen auf seinem Gesicht perlen auf seinen Oberkörper. Er hat das klebrige Shirt wohl ebenfalls unter den Wasserhahn gehalten und danach ausgewrungen. Sie stiert ihn an, ihr Gehirn schaltet auf Leerlauf.

Julie kommt zu sich, als ihr klar wird, dass er wieder das siegessichere Lächeln und das verschmitzte Blitzen in seinen Augen trägt. Sie schüttelt ihren Kopf und sammelt ihr Bewusstsein ein.

»Kann ich mein T-Shirt irgendwo aufhängen? Vielleicht ist es wieder halbwegs trocken, bis ich aus der Sauna raus bin und geduscht habe.«

»Mhm … ja.« Ihr Blick gleitet von seinem kantigen Gesicht erneut über den nackten Oberkörper bis hinunter zu seiner Hand, in der das verkrumpelte und noch tropfende T-Shirt steckt. Als sie es erblickt, schnappt sie es sich und dreht sich prompt auf dem Absatz herum. »Ich hänge es in den Heizungskeller, da ist es ziemlich warm.« Hastig öffnet sie die schwere Metalltür und verschwindet in dem Raum. Als sie zurückkehrt, steht Matteo noch immer an der gleichen Stelle und betrachtet sie aufmerksam.

»Kannst du mir ein Handtuch geben?«

Es ist, als würde Julies Gehirn nicht mehr funktionieren. Sie hört die Worte, doch verarbeiten kann sie sie nicht. Sie bleibt nicht stehen, sondern eilt an ihm vorüber und will die Treppe hinaufsteigen.

»Julie!«

»Hm?« Sie erstarrt, mit einer Hand am Treppengeländer blickt sie über die Schulter zurück. »Was?«

»Ein Handtuch?«

»Ach so, ja. Moment.« Sie sprintet die Stufen wieder hinunter, durch die offen stehende Glastür in das Spa, das sich ihre Eltern geschaffen haben. Sie zieht die schwergängige Schublade einer Kommode auf, knickt dabei einen Nagel ab und flucht vor sich hin. Matteo steht auf einmal ganz nah bei ihr und streicht mit seinen warmen Fingern über ihren Rücken.

»Julie, was ist denn mit dir? Hast du dir wehgetan?«

Sie riecht sein Parfüm und den Wein auf seiner Haut, so nah steht er. Ihre Hand zittert, weshalb sie sie in die Schublade schiebt und ein Badetuch herauszieht. Was ist denn nur los mit ihr? Sie ist plötzlich überwältigt von der Angst, dass sie sich wieder auf etwas Verbotenes einlassen könnte. Und sie weiß, ihr Körper reagiert auf ihn. Es ist ein Gefühl der Leere. Die Dinge um sie herum geschehen in einer unfassbaren Geschwindigkeit, und sie ist nicht in der Lage, das Tempo herunterzufahren. Die Sehnsucht nach einem Mann wächst, exponentiell, seit sie im Garten auf ihm gelegen hat.

Matteo greift nach dem Handtuch und legt es auf der Kommode ab. Er nimmt ihre beiden Hände und betrachtet sie von allen Seiten. »Keine Verletzung, soweit ich sehen kann.«

Julie hält kurz den Atem an. In ihrer Brust toben diverse Empfindungen. Das aufgeregte Kribbeln lässt sich nicht in Worte fassen, vor allem nicht in Gedanken. Sie steht ihm gegenüber, die Kommode in ihrem Rücken. Matteo lässt sie nicht aus den Augen, er sucht den Kontakt zu ihr, doch sie weiß, dass es das Ende aller guten Vorsätze bedeuten würde, das mitzumachen, was sich hier andeutet. »Du hast doch Mia …«, flüstert sie, seinen Blick immer noch vermeidend.

»Und was wäre, wenn du meine Julie sein solltest? Was, wenn das Universum uns immer wieder zusammenführt, damit wir endlich verstehen? Schicksal, Julie, du könntest mein Schicksal sein und ich deins. Willst du es nicht herausfinden?«

Ruckartig hebt sie den Kopf. Hatte er das gerade wirklich gesagt? Schicksal? Soll sie das zum Lachen bringen oder meint er es ernst? Er fixiert sie. Als würde er ihr in einem Starr-Contest beweisen wollen, wie bedeutsam das mit ihnen sein könne.

»Wir müssen es testen, Julie. Ich muss es wissen. Sonst quäle ich mich mein ganzes Leben mit der Was-wäre-wenn-Frage. Deswegen tut es mir nicht leid, ich werde dich jetzt küssen.«

Schon überwindet er die letzten Zentimeter mit einem winzigen Schritt, senkt den Kopf und legt seine weichen Lippen auf ihre. Wieder wird Julie von einer innerlichen Leere überrumpelt, die ihre Zellen zwar am Leben erhält, Körperfunktionen reguliert, ihr Bewusstsein steht allerdings kurz vor dem Kollaps. Es überschlägt sich förmlich, um all die Informationen und Fragen zu verarbeiten, die sich gerade auftun. Sie fängt an zu zittern, obwohl sie seinen Geschmack bereits kennt. Von vor sieben Jahren. Die zärtlichen Streichelbewegungen auf ihrem Rücken, den ruhigen, gleichmäßigen Atem an ihrer Wange und das Pulsieren seiner Bauchschlagader, das ihren Körper mitreißt. Adrenalin und Serotonin überschwemmen ihre Blutbahn. Ihre Blutkörperchen befinden sich auf einer Wildwasser-Raftingtour, werden mit höchstem Tempo in die entlegensten Körperteile katapultiert. Ihr Zittern geht in ein Schaudern und Gänsehaut über.

Viel zu lange ist es her, dass ein Mann sie so berührt hat. Sie vergisst ihre Bedenken, sie will genauso wie er wissen, ob er ihr Prinz ist. Vielleicht schon immer war und in Zukunft sein wird. Und sie will diesen heißen Mann anfassen. Seine Bauchmuskeln unter ihren Fingern spüren, sich an seinen definierten Armen festhalten und sehen, wie seine gestählten Oberschenkel seinen Schwanz in sie treiben. Ihre Erinnerung an diesen Teil seines Körpers ist arg verschwommen. Doch nach der Intensität seines Kusses und der leidenschaftlichen Umarmung, die sie gerade erlebt, vermutet sie ein mächtiges Exemplar in seiner Hose. Dieses spezielle Gespür hat sie bisher nie getäuscht.

Julie lässt ihre Hände über seinen Rücken gleiten, spürt die Anspannung um seine Schultern herum und die feste Haut an seiner Wirbelsäule entlang. Die Grübchen über seinem Hintern. Sie erinnert sich daran, aber heute sind sie viel deutlicher ausgeprägt als damals. Sie legt ihre Fingerspitzen in die Gruben und führt ihre Daumen an seiner Taille nach vorn. Auch wenn sie sich gern an einem Bizeps festkrallt, Matteos trainierte Körpermitte lässt Hitze in ihr aufsteigen. Ihre Zungen kreiseln umeinander und die Lippen verschmelzen miteinander. Sie teilen die Atemluft. Julie drückt ihre

Brüste an seinen Körper und wünscht, keinen BH zu tragen, damit sich ihre Nippel an seiner nackten Haut reiben können. Ungefähr zur gleichen Zeit gleitet Matteos Hand unter ihr T-Shirt. Er erhöht den Druck auf ihren Rücken und presst sie fest an sich. Mit der zweiten Hand hält er ihren Po in einem harten Griff. Sie fühlt sich aber nicht eingeengt, sondern genauso nah und erregt, wie es sein sollte. Sie riecht ihn, spürt ihn und schmeckt ihn. Auch wenn es noch andere Stellen gibt, die sie gern mit ihrer Zunge erkunden möchte, genießt sie die Knutscherei. Es hat etwas Befriedigendes, zu wissen, dass er sie begehrt und es ihr mit seinem gesamten Körper zeigt. Denn das tut er. Die Beule in seiner Hose drückt an ihr Schambein. Weil sie mehr spüren will, hebt sie ein Bein und legt es um seine Hüfte. Sie schiebt ihren Po rücklings auf die Kommode, um auch das zweite Bein hochnehmen zu können. So sitzt seine Erektion zwischen ihren Schenkeln, an ihrem Zentrum, dort, wo sie bereits so heiß ist, dass sie sich nur noch die Abkühlung in Form einer Penetration wünscht.

»Wir sollten die Tür abschließen.« Außer Atem löst sie sich von ihm. »Hier sind zu viele Menschen unterwegs, die sich auskennen und unter Umständen hereinplatzen könnten.«

»Wäre das denn so schlimm?«, fragt er lüstern, während er ihren Hals mit seinen Lippen liebkost.

»Sie kennen Mia.« Mehr muss sie nicht sagen.

Schnaufend wendet er sich ab, schließt die Tür nachdrücklich und dreht den Schlüssel herum. So kann sie niemand stören. »Besser?«

»Besser.«

Anscheinend ist dies auch das Zeichen für eine Beschleunigung der Fummelei. Matteo zieht sich umgehend seine Hose hinunter. Sein erigierter Schwanz springt hervor, denn die Boxershorts hat er gleich mit abgestreift.

»Miau.« Sie lacht ihn an. Es ist, wie sie es sich gedacht hat. Er ist groß, leicht gebogen und die Ader an der Unterseite drängt sich hervor. Ganz nach ihrem Geschmack. Weil sie es ihm nachmachen will, entledigt sie sich ihres T-Shirts und des BHs, schmeißt beides auf den Boden und will gerade von der Kommode rutschen, um ihre Jeans abzustreifen, da steht er wieder vor ihr und hält sie fest. Mit zurückhaltender Kraft drückt er ihren Oberkörper nach hinten und senkt den Kopf, um an ihren Nippeln zu lecken. Die beiden haben sich schon in voller Pracht aufgestellt. Julie stöhnt leise vor Entzückung, als er sie sanft wie ein Windhauch berührt. Er umfasst ihre Brüste. Erst streichelt er sie, betrachtet sie und lässt dann die Spitzen zwischen seinen Fingern hervorlugen. Warm und wohlig knetet er ihr Fleisch, kitzelt die Brustwarzen mit der Zunge und stöhnt selbst auf bei dem erregenden Spiel.

Ihr Herzklopfen bringt Anspannung mit sich. Sie rutscht hin und her, will die Hose loswerden und seine Erektion anfassen. Er nimmt offenbar Notiz von ihrer Unruhe, küsst sie daher erneut voller Leidenschaft. Schiebt seine Zunge vorsichtig zwischen ihren Lippen hindurch und tastet nach ihrer. Sie stoßen aneinander, umschmiegen und liebkosen sich. Währenddessen zieht er sie von der Kommode und öffnet den Knopf ihrer Jeans. Er schiebt seine Hände flach hinein, gleitet von vorn über die Seiten zu ihrem Hintern. Er packt ihn und vergräbt sich darin. Auch diese Berührung hat Julie schmerzlich vermisst, dass er sich nun so gut um ihren Körper kümmert, entschädigt beinahe für die lange Zeit ohne Sex und Zuneigung.

Sie zappelt. »Zieh sie mir aus, ich will dich mehr spüren. Deine Haut und deine Wärme.«

»Liebend gern.« Er geht in die Knie und zieht am Hosenbund, um den Stoff über ihren Hintern und die Oberschenkel zu streifen. Sie hebt einen Fuß nach dem anderen, anschließend schiebt Matteo das Kleidungsstück beiseite. Doch statt sich zu erheben, bleibt er knien und küsst Julies Bauch, umrundet ihren Nabel, atmet hörbar, als würde er ihren Duft einsaugen. Mit seiner Nase gleitet er über ihren Tanga, bleibt an den Schamlippen hängen und presst seine Lippen auf ihre feuchte Unterwäsche. Langsam zieht er seine Zunge über den Stoff, was Julie ein Schaudern beschert. Es ist wie frieren, nachdem man einen Schluck eiskaltes Wasser an einem irre heißen Tag hinuntergeschluckt hat. Für eine Sekunde unangenehm und dann doch erfrischend.

Sie will nichts mehr, als seinen großen, weichen, aber festen Penis in sich spüren. Den ersten Stoß genießen, der immer der Beste ist, weil es noch an Schmiere fehlt, und sich ihm hingeben. Der Lust, die sie beide empfinden, nachgeben, erfahren, was sie verbindet. Sie schiebt ihr Höschen hinunter, der feuchte Stoff fühlt sich kalt an, wie er an den Innenseiten ihrer Beine entlanggleitet. Matteo unterbindet ihren Versuch, ihn an seinen Armen zu sich hochzuziehen, greift nach ihren Oberschenkeln und manövriert seine Zunge zwischen ihre leicht gewölbten Schamlippen. Er schiebt sich vorwärts, Julie zieht zischend die Luft ein. Es ist ein mehr als prickelndes Gefühl, dort berührt zu werden.

Als er die Zunge leicht bewegt, nur mit der Spitze sanft über ihre pochenden Lippen streift, drückt sie ihm ihr Becken entgegen. Sie will mehr. Mehr Zunge, mehr Intensität, das Raue und das Sanfte spüren. Leidenschaft. Von ihm zum Orgasmus geleckt und anschließend von seinem Steifen ausgefüllt werden.

Er rutscht auf dem Teppich kniend nach vorn und drückt sie zurück. Sie spreizt die Beine, stützt ihre Füße auf den Schubladengriffen ab, lehnt sich an die Wand und schließt die Augen.

Matteo fährt weitläufig um ihre Schamlippen herum. Spannung baut sich in ihr auf, sie klammert sich an die Kante der Holzkommode. Die Kreise um ihr Lustzentrum werden immer kleiner, er kommt näher heran, und sie kann es kaum erwarten. Vor allem, weil er eben schon dort war, wo sie gern berührt werden möchte.

Sie zuckt, denn es kitzelt ein wenig, als er über die warme Haut streift und zärtlich ihren Kitzler küsst. Ihr Verlangen nach mehr wächst. Gerade will sie ihn bitten, nicht mehr nur zu spielen, als er mit einem Mal zwischen ihre Schamlippen drängt. Da ist es – das göttliche Gefühl einer warmen, feuchten Berührung, das ihre Nervenenden zum Beben bringt. Er leckt mit einer Langsamkeit durch die Spalte, die sich nach extremem Genuss anfühlt. Seine Zungenspitze massiert sanft ihren Eingang, drückt sich hinein und umkreist ihn in schnellerwerdenden Bewegungen. Er leckt sie feucht. Feuchter als feucht.

Seine Hände liegen auf den Innenseiten ihrer Oberschenkel und drücken sie weit auseinander. Er scheint in ihr versinken zu wollen, sie tief zu stimulieren. Die Zunge gleitet einmal über ihre gesamte Länge. Als er die Klitoris streift, zuckt sie erneut. Sie ist empfindlich und bereit für ihn, für leichtes Knabbern und festes Lecken. Er saugt daran, zieht ihre Scham auseinander und wird mit dem Schlecken immer schneller. Es ist, als würde er ein Bonbon aus ihr hinauslutschen wollen. Jedes Mal, wenn er neu ansetzt entfährt Julie ein heftiges Stöhnen. Ihr wird so heiß, dass sie sich wünscht, eine Abkühlung in Form eines kleinen Sommerregens auf sich niederprasseln zu spüren. Die Hitze greift auf ihre Wangen über, zwischen ihren Beinen pulsiert und auf ihrer Oberlippe kibbelt es.

»Klopf, klopf.«

Ihr Kopf fliegt herum, doch die Tür ist verschlossen. Sie wechselt verwirrte Blicke mit Matteo, der ruckartig das prickelnde Vorspiel unterbrochen hat. Sie legt einen Finger vor ihren Mund.

»Ich weiß, dass ihr da drin seid. Nur wer ihr seid, weiß ich noch nicht. Macht mal die Tür auf!« Der Störenfried flötet vor sich hin und drückt mehrfach die Klinke hinunter.

Julie zuckt ratlos mit den Schultern, auch Matteo scheint nicht zu wissen, wer vor der Tür steht. Angespannt hält sie den Atem an, doch er lächelt frech und versenkt seinen Kopf wieder zwischen ihren Beinen.

»Nicht«, flüstert sie energisch und schüttelt den Kopf.

»Ist doch egal, er kommt nicht rein und verliert bestimmt bald die Lust mit einer Tür zu sprechen.« Er antwortet genauso leise, aber viel entspannter.

»Ich kann euch hören! Kommt doch raus, ihr zwei Sexkätzchen. Oder seid ihr etwa mehr als zwei? Lasst mich mitmachen. Bühtöh!« Er kratzt an der Tür.

Julie muss sich ein Lachen verkneifen und vergräbt das Gesicht in den Händen. Der Besucher scheint einige Biere getrunken zu haben.

»O Mann, ich brauch Nachschub. Ich komm gleich wie – hie – der!« Zum Abschied klopft er an die Tür und trampelt die Treppe hinauf.

Sie grinsen sich an, während sie noch für einen Moment lauschen, was vor der Tür passiert. »Er scheint weg zu sein«, flüstert sie.

»Na dann, lass mich weiterspielen.«

»Warte, ich will mich lieber auf den Teppich legen.«

Er rutscht auf den Knien zurück und streckt ihr die Hände entgegen. Sie nimmt die Einladung lächelnd an, legt sich direkt vor ihn auf den Boden und spreizt die Beine in der Luft. »Wie geht noch mal dieser englische Song, in dem die Frau singt ‚leck mich jetzt, leck mich, wie es sich gehört‘?«

Er grinst. »Für unsere beiden Ohren ist es besser, wenn ich meinen Mund auf deine Lippen presse und nicht versuche, das Lied zu trällern. Einverstanden?«

Julie kichert vor sich hin und nickt.

»Dann folge ich mal der Aufforderung und stürze mich in die Fluten.«

Sofort, als seine Zunge sie an ihrer empfindlichen Stelle berührt, stoppt ihr Kichern und lustvolles Brummen klingt in ihrem Brustkorb. Ihre Zellen vibrieren. Sie zergeht unter seinen regelmäßigen, köstlichen Zungenschlägen. Das Herz pocht aufgeregt in ihrer

Brust, ihre Wangen glühen, eine weitere Welle der Wärme überschwemmt sie. Er saugt sich an dem Kitzler fest, lässt seine Zungenspitze langsam und genüsslich darum kreisen. Ihr Unterleib zieht sich unverzüglich zusammen. Sie wölbt sich ins Hohlkreuz, schiebt sich ihm entgegen. Seine Zunge kreist schneller, seine Finger pressen sich neben den Schamlippen ins Fleisch. Es fühlt sich an, als würde er Klavier spielen, so wie sich der Druck rhythmisch immer wieder verringert und stärker wird. Wie auf einer Tastatur spielt er ihre Melodie der körperlichen Ekstase. Die gesamte Breite seiner Zunge gleitet über die Perle, die geschwollenen Schamlippen und alles dazwischen. Sie spürt seinen Atem auf der warmen und feuchten Haut und bekommt eine Gänsehaut. Sie will ihn auffordern, weiter unten zu lecken, damit sie nicht nur klitoral stimuliert wird, als er den Weg von selbst einschlägt. Sie windet sich auf dem flauschigen Boden, bewegt ihr Becken auf und ab, um seine Zunge an die richtige Stelle zu dirigieren. Er findet sie. Sie zuckt unter der atemraubenden Liebkosung zusammen und will das aufkommende Glücksgefühl in Form einer Kribbelattacke über sich ergehen lassen. Matteo fokussiert sich auf den richtigen Punkt, leckt ihn und ihren Eingang und erhöht die Geschwindigkeit. Sie spürt es herannahen. Noch einige wenige Zungenschläge und die Flut überrollt sie. Sie schüttelt sich unkontrolliert und stöhnt vor Erleichterung. Als sie die Augen öffnet, spielt Matteo mit seiner Schwanzspitze an ihrer pulsierenden Klit. Er kniet vor ihr und schiebt den halberschlafften Penis zwischen den geschwollenen Lippen auf und ab. Er verteilt ihre Lust auf ihm, drückt ihn probeweise mit der Eichel ein Stück in sie hinein, zieht ihn aber wieder hinaus und streicht weiter über ihr rosafarbenes Fleisch.

»Wie kannst du nur so geduldig sein? Jetzt steck ihn schon rein!«

»Nicht doch, ich möchte, dass du deinen Orgasmus auskosten kannst und außerdem soll er wieder richtig hart sein, wenn er zum ersten Mal in dich gleitet.«

Sein dreckiges Lächeln und der Blick aus den Augenwinkeln amüsierten Julie. Es gefällt ihr, dass er einen Plan hat und sie dabei nicht zu kurz kommt. »Soll ich dir helfen?«

»Nicht nötig, dein Anblick ist erregend wie Spiritus. Mein Feuer leuchtet gleich richtig hell auf und verbrennt dir alles!« Er lacht.

»Ojeee.« Julie klatscht sich die Hand auf die Stirn. »Das war nix, du.«

»Dafür ist *Er* jetzt was! Pass auf, hier kommt der Terminator.« Er setzt seinen Schwanz an, sie prustet los.

»O Gott, du musst damit aufhören, sonst kommst du nicht mehr rein, wenn ich da unten vor lauter Lachen alle Muskeln zusammenziehe. Oder legst du es darauf an, dass es schön eng für dich wird?«

Er bleibt ihr eine Antwort schuldig, lächelt über das gesamte Gesicht und führt mit einem Ruck seinen stolzen Schwanz in ihre Feuchte. Beide halten die Luft an und genießen regungslos das Gefühl. Julie seufzt, als er noch ein kleines bisschen mehr nach drückt und somit nicht nur in ihr für ein Wonnegefühl sorgt, sondern auch außerhalb ihre Perle stimuliert. Langsam zieht sich Matteo zurück und schiebt sich ebenso gemächlich wieder in sie herein. Er senkt den Kopf, beobachtet, wie der geölte Schwanz in sie gleitet. Julie mustert ihn dabei, wie sein Mund vor Lust offen steht und er die Augen fest schließt, wenn er tief in ihr steckt. Er ist ein Genießer. Sie hebt ebenfalls den Kopf und sieht, wie sich an seiner zurückgeschobenen Haut ihre vereinten Säfte sammeln. Das belebende Gefühl, einen Schwanz in sich zu haben und zu spüren, wie er sich immer wieder in ihr aufbäumt, ihren G-Punkt und andere Nervenenden stimuliert, das berauscht sie, beschleunigt ihren Puls und lässt ihren Blick verschwimmen.

Matteo intensiviert die Bewegungen, seine Eier trommeln gegen ihre Pobacken. Er senkt sich zu ihr herunter, stützt sich auf den Ellenbogen ab und küsst sie. Behaglich und warm, zärtlich und verlangend. Viele schnelle Stöße entlocken Julie Mikrostöhner im gleichen Takt. Sie krallt sich in seinen Hintern, wenn er zustößt, und automatisch werden seine Bewegungen rigoroser, die Erektion härter und das Stöhnen lauter. Er stemmt sich wieder auf die Hände und schiebt ihre Oberschenkel auf seine hinauf.

»Komm, ich ziehe dich hoch«, sagt er und legt eine Hand auf ihre Schulter.

Julie drückt sich vom Boden ab und sitzt nun auf seinem Schoß. Er hält sie fest, schiebt unter ihr seine Beine nach vorn hinaus und sich mit dem Hintern auf den weichen Boden. Sie rutscht mit ihrem Becken vor und zurück, lässt es ein wenig kreisen und hebt es an. Zwischen ihnen wird es nass. In ihr hatte sich wohl Feuchte gesammelt und strömt nun aus ihr hinaus.

»Ich spüre es schon an meinen Eiern runterlaufen. Das ist einfach zu gut, um wahr zu sein.«

Sie strahlen sich an und Julie bewegt sich weiter rhythmisch auf Matteos Prügel. Sie spürt ihn in sich und wie er verschiedene Stellen ihres riffligen Fleisches berührt. Kaum zu glauben, dass sie sich schon wieder darauf eingelassen hat. Aber es ist schlichtweg zu notwendig und zu gut, um es sich zu verbieten.

Schneller zu werden, strengt sie jetzt schon an, also stützt sie sich neben seinem Kopf ab und hebt und senkt ihre Hüfte voller Genuss, um die maximale Reibung zu erzeugen. Als sich Matteo von unten ihren Stößen entgegenstemmt und sogar dagegen arbeitet, ist es zu viel für sie. Das Atmen fällt ihr schwer, die Arme versagen und das reizvolle, kribblige Gefühl in ihrer Vagina bringt sie um den Verstand. Sie keucht, hört und spürt sein lustvolles Schnaufen in ihrem Ohr. Er leckt an ihrem Ohrläppchen und saugt es ein. Das hitzige Pumpen, das sie immer wieder erfüllt, gleicht inzwischen einem auf Hochtouren laufendem Kolben einer Dampfmaschine. Matteo steht kurz vor dem Orgasmus. Julie bäumt sich ihm entgegen, genießt jeden Stoß und die Vibrationen, die sich in ihr ausbreiten. In einem lauten finalen Stöhnen ergießt er sich in ihr. Das reizvolle Gefühl des zuckenden Schwanzes und der zusammengesackte Mann unter ihr machen sie glücklich. Zumindest für den Moment.

»Willst du eigentlich noch in die Sauna?« Schallendes Gelächter entbrennt und lässt sich nicht mehr stoppen.

Nachdem sich Matteo und Julie frisch gemacht und die Sauna ausgeschaltet haben, versuchen sie, sich so unauffällig wie möglich auf die Party zurückzuschleichen. Der Einzige, der eine Ahnung davon haben könnte, was gerade zwischen den beiden gelaufen ist, ist Matteos Onkel. Den entdeckt Julie aber nirgends. Sie gesellt sich zu ihrem Bruder und lauscht der Unterhaltung, während sie immer wieder den Blickkontakt zu Matteo sucht.

»... Es wäre sinnvoll, den Keller zu behalten, aber den Rest würde ich abreißen. So ein altes Bauernhaus ist zwar schön, aber eine Katastrophe, wenn es um Deckenhöhen und Fenstergrößen geht. Ich hätte gern bodentiefe Fenster, um Licht reinzulassen und eine Galerie über dem Wohnzimmer. Das geht sich aber alles nicht aus, also muss das Haus weg.«

Julie ist irritiert. »Von welchem Haus redest du?«

»Na, von dem hier, von unserem Haus.«

»Du meinst unser Elternhaus, in dem unsere Eltern noch leben? Das willst du abreißen?«

»Na ja, sie würden dann natürlich eine Einliegerwohnung bekommen und könnten immer noch auf dem Grundstück bleiben, den vielen Platz genießen und müssten nicht umziehen. Für die Zeit des Hausbaus natürlich schon, aber dann nie wieder.«

»Aha. Und wie weit bist du da mit den Überlegungen schon?« Julie gefällt überhaupt nicht, dass sie so beiläufig von den Plänen ihres Bruders hört. Seit der Hochzeit mit seiner Liebsten Becky vor zwei Jahren scheint er noch mehr dem Nestbautrieb verfallen zu sein. Bisher leben sie in einer schicken Vierzimmerwohnung in Heidelberg. Doch anscheinend treibt es ihn auf das tiefe Land zurück, wo auf den Dörfern, außer den notwendigen Einkaufsgelegenheiten, Wald, Wiese und neugierigen Nachbarn nichts zu holen ist. Schön für Kinder, jedoch für Erwachsene, zumindest, wenn man ein wenig Leben und Abwechslung um sich herum braucht, ist es ein Nirvana. Ein Nichts.

»Ich habe einige Gutachten erstellen lassen, eigentlich steht der Sache nicht mehr viel im Weg.«

»Aha. Und wann hast du vorgehabt, mir davon zu erzählen?«

»Wieso? Tangiert dich doch nicht. Ist doch mein Geld, das ich da investiere.«

»Du willst unser Elternhaus abreißen lassen und glaubst nicht, dass du mich vorher informieren solltest? Mir steht die Hälfte des Erbes zu! Deine Schweine pfeifen wohl.« Sie tippt sich mit Nachdruck an die Stirn.

»Jetzt reg dich mal ab. Erstens ist ja noch nichts entschieden, zweitens ist das eine Absprache zwischen mir und den Eltern und drittens heißt das Sprichwort ,Ich glaube, mein Schwein pfeift'.«

»Carlo, du kannst so ein Arschloch sein. Du bist wie unser Vater. Pass bloß auf, dass du nicht so ein einsamer alter Mann wirst wie er.« Mit diesen Worten verlässt sie die Party, steigt in ihr Auto, denkt kurz darüber nach, ob sie nach einem Bier und ein paar Schlucken Wein noch fahren darf, und braust davon.

Zwei Monate später

»Julie, zum letzten Mal: Vergebene Männer sind tabu!«

»Hm.« Zu mehr ist sie nicht fähig. Sie wusste, Max würde ihr ordentlich auf die Finger hauen, aber seit zehn Minuten hält er ihr eine Predigt, die kein gutes Haar an ihr lässt.

»Mit Hm's kommst du auch nicht weiter. Wie ist dein Plan? Wie willst du dich da wieder rauswinden?«

Sie knetet die Lippe zwischen ihren Fingern und denkt nach. Eine Antwort hat sie nicht parat. Vor allem, weil sie es nicht beenden will. Es ist so grandios und bequem, sich mit Matteo zu treffen. Er ist ein Liebhaber, wie es sich eine Frau nur wünschen kann. Zärtlich und leidenschaftlich zugleich. Der sich mit Freuden über ihre Nippel beugt und sie mit der Zunge, seinen Lippen und kleinen Knabberattacken zum Explodieren bringt. Der kein Körperteil ungestreichelt, ungeküsst oder ungeknetet lässt. Er behält das Zepter in der Hand, selbst wenn seines in Julies Händen liegt. Dass sie sich nur in geschützten Räumen oder Umgebungen bewegen, ist für sie kein Problem. Er kann oder will sich noch nicht von Mia trennen, ob er es irgendwann tun wird, ist ihr fast egal. So, wie es gerade läuft, fühlt sie sich wohl und ausreichend sexuell befriedigt.

»Julie! Hallo? Ich warte auf eine Antwort!«

Er reißt sie aus ihren Tagträumen. »Es gibt keine Antwort. Ich will es nicht beenden, so lange es mir guttut.«

»Das ist ja wohl nicht dein Ernst? Wenn ich daran erinnern darf, dass du dein Karma-Konto aus dem Minus befreien wolltest! So wird das nichts. Ich hätte aber tonnenweise Vorschläge, wie dir das gelingen könnte. Und für den Anfang erwarte ich dich morgen um Punkt neun Uhr am Ostbahnhof. Keine Wiederrede. Wir sehen uns morgen.« Mit diesen Worten legt Max auf.

Julie starrt für einen Moment auf das schwarze Display und fragt sich, was er plant.

»Guten Morgen!« Max ist bester Laune und reicht Julie direkt einen Kaffee, als sie die letzten Stufen der S-Bahn-Unterführung hinaufsteigt.

»Moin. Danke.« Sie greift den wiederverwendbaren Kaffeebecher und nimmt einen großen Schluck.

»Also Fräulein Bender, jetzt geht es los. Bitte folgen Sie mir.«

»Kannst du mir vielleicht erst mal verraten, was wir vorhaben?« Sie muss sich sputen, um mit Max Schritt zu halten. Seine Eile nervt sie. Es ist schließlich viel zu früh für einen Samstag. Vor allem, wenn man sowieso nie vor zehn Uhr aufsteht. Mit einem weiteren Schluck des braunen Glücks will sie sich von den negativen Gedanken befreien, verschluckt sich allerdings, weshalb sie vor lauter Husten wieder stehen bleibt.

Er dreht sich herum, als er merkt, dass sie zurückgeblieben ist. »Na komm schon! Greta wartet nicht auf uns.« Sein Ziel im Blick, marschiert er weiter. »Na ja, vielleicht wartet sie schon auf uns. Ziemlich wahrscheinlich sogar, aber wir wollen sie doch nicht verhungern lassen, die arme Frau.« Er redet vor sich hin, sieht Julie aber mit einem Lächeln an, als sie endlich neben ihm auftaucht, ihren Becher weit von sich weghaltend, damit sie sich nicht mit dem überschwappenden Kaffee einsaut.

»Du redest aber nicht von *der* Greta, oder?«

»Heute ist Samstag, Schatz, wir gehen einkaufen, nicht demonstrieren.«

»Okay, jetzt verstehe ich gar nichts mehr. Du bestrafst mich für meine unmoralische Haltung mit Shopping?« Sie trabt neben ihm her und versucht, schlau aus seinen kryptischen Hinweisen zu werden.

»Ach, Julie, wir tun heute etwas Gutes. Du vor allem, denn du wirst die Tüten tragen. Wir gehen jetzt mit Greta Selig einkaufen. Eine nette alte Dame, die ein wenig zu tattrig auf den Beinen ist und zu schwach in den Ärmchen, um die schweren Einkaufstüten nach Hause zu tragen. Du bist heute ihr Packesel und ich unterhalte sie genauso prächtig wie immer, wenn wir den Tag miteinander verbringen.«

»Ich wusste gar nicht, dass du einen Einkaufsservice für Senioren betreibst. Hast du nicht mit der Imkerei genug zu tun?« Jedes Mal, wenn sie mit ihm an einem Freitagabend ausgehen wollte, hatte er abgelehnt, weil er samstags früh die Marktstände aufbauen musste. Es machte ihm Spaß, aber von dem Nachtleben, das er als Barkeeper so zelebriert hatte, ist seit der Übernahme und dem erfolgreichen Aufstieg der Imkerei nicht mehr viel übrig geblieben. Er ist sehr erwachsen geworden.

»Das Schöne daran ist doch, dass meine Schwester im Betrieb mitarbeitet und ich nicht allein verantwortlich bin. Ich kann mir also Zeit nehmen, meine Lieblingskunden zu besuchen, ihnen zu helfen und mit ihnen einzukaufen.«

Nicht nur Erfolg, sondern auch noch Güte und soziale Kompetenz. Er ist ein Überflieger, von dem man sich eine Scheibe abschneiden sollte. Wenn Julie endlich mal den Mumm aufbringen würde, Prinzipien nicht nur hinterherzutrauern, sondern sich daran zu halten, dann wäre sie einen großen Schritt weiter. Wie kommt es, dass sie sich wie ein Fähnchen im Wind verhält? Dass sie es zwar schafft, ihren Job zu meistern, aber im Privaten wie ein schwanzgesteuerter Mann Lust-Entscheidungen trifft? Als würde sie überhaupt nicht an Werte wie Treue und Ehe glauben. Aber das tut sie. Max ist ein Vorbild und sie nimmt sich vor, ihn als Messlatte heranzuziehen, wenn sie wieder in verwerfliche Situationen gerät. *Hoffentlich vergesse ich das nicht.*

»Ist das über einen Verband organisiert? Oder hast du sie wirklich beim Honigverkauf angesprochen und überzeugt, Zeit mit dir zu verbringen? Solltest du nicht lieber mit jungen Frauen unterwegs sein? Tinder scheint im Augenblick für dich ja keinen Erfolg zu versprechen.«

»Ja, es ist über das DRK organisiert und nein, junge Frauen möchte ich aktuell nicht treffen. Tinder hin oder her, überall nur Unkraut.« Er ist stehen geblieben und fasst Julie am Oberarm. »Aber heute geht es ja nicht um mich. Wir wollen die schwarzen Punkte von deinem Sternchenbrett wischen. Nicht wahr?« Er grinst sie an und greift nach ihrer Hand. Wie früher im Kindergarten schwenkt er sie vor und zurück. »Da kommt die liebe Greta schon. Julie, ihr habt mehr gemein, als du denkst, aber sie hat irgendwann die Kurve gekriegt. Also, gut zuhören!«

Julie zieht eine Augenbraue hoch und schaut in die Richtung, in die Max winkt. Eine zierliche Grauhaarige mit Krückstock kommt auf sie zu und winkt zurück. Die beigefarbene Tunika flattert um ihre dünnen Ärmchen und die kleine Handtasche schlackert an ihrer Hüfte.

»Ach, es ist so schön, dich zu sehen, Max.« Sie strahlt über beide Ohren und drückt ihn fest an sich. »Lass dich mal ansehen. Mager bist du schon wieder!« Sie kneift ihm in die Wange und gibt ihm einen Klaps auf die Schulter. »Wird Zeit, dass du regelmäßiger zum Essen kommst, einmal im Monat reicht einfach nicht.«

»Ich bin froh, dass ich nicht jede Woche von dir gemästet werde. Sonst würde ich nicht mehr in meine schönen Hemden passen. Und du musst zugeben, dass du mich gern ansiehst, wenn ich so rausgeputzt bin.« Sie nickt. »Da musst du dich schon entscheiden, was dir lieber ist. Ein knackiger, junger Kerl, der dich regelmäßig begleitet, oder ein Mops, der sich von dir füttern lässt.« Er legt einen Arm um sie und dreht sie zu Julie herum.

»Möpse sind doch süß!« Greta lehnt ihren Kopf an seinen Brustkorb und klatscht ihre Hand auf seinen Bauch. Jetzt kann sich auch Julie das Lachen nicht mehr verkneifen.

»Greta, darf ich vorstellen, das ist Julie. Eine sehr gute Freundin, die uns heute begleiten wird.«

»Na, was haben Sie verbrochen, junge Dame? Müssen Sie Buße tun?«

Julie räuspert sich amüsiert. »Ähm.« Unentschlossen, was sie darauf antworten soll, sieht sie Max an und legt den Kopf schief.

»Ich bringe alle bösen Mädchen zu der Prophetin Greta. Sie ist besser als jeder Priester und als Therapeuten sowieso.«

»Es freut mich, Sie kennenzulernen, Julie. Aber nennen Sie mich bitte einfach Greta, Max übertreibt. Ich bin ein bisschen weise, aber das liegt vermutlich an meiner

Haarfarbe.« In ihren Augen kann Julie die Freude über diesen Austausch sehen. Sie blitzen auf und es steht etwas Schelmisches darin geschrieben.

»Es freut mich auch, Greta.« Sie reichen sich die Hand. »Was shoppen wir denn heute für Sie?«

»Ach, dies und das. Lebensmittel, Spielzeug für die Zöglinge im Frauenhaus, Geschenkpapier, eine Pflanze, wenn wir eine hübsche finden und so weiter.« Sie zählt mit ihren gepflegten Fingern nach, scheint sich aber nicht mehr an alles erinnern zu können und wirft die Hände in die Luft. »Die Liste hat Max bereits, also kann nichts vergessen werden.« Sie hakt sich bei ihm unter. »Wollen wir?«

»Sehr gern, heilige Greta.«

Die beiden laufen los, Julie schlendert hinter ihnen her, ein Lächeln auf den Lippen.

*

»Greta, schau mal die hier.« Max hält eine kleine Topfpflanze mit weißen Blüten hoch, sodass Greta sie über das Regal, das die beiden trennt, sehen kann.

»Ach, die ist schön. Die nehmen wir. Wo ist denn Julie? Ich habe noch etwas für den Wagen.« Sie blickt sich suchend um. Max tritt um die Ecke, in der Hand die Pflanze.

»Ich komme schon!« Die junge Stimme trällert etwas außer Atem aus dem nächsten Gang. Als Julie den Einkaufswagen an einer anderen Kundin vorbeischiebt und zu Greta und Max aufschließt, wischt sie sich die Haare aus dem Gesicht.

»Na, ist Ihnen warm geworden? Das kann Ihrem Blut sicherlich nicht schaden – mal in Wallung zu geraten, ohne gleich Sex zu haben.« Greta wirft eine Packung Schlagsahne in den Metallkorb und sieht aus den Augenwinkeln zu Julie hinüber, die noch nicht so recht mit ihrer frechen Art umzugehen weiß. *Großartig, junge Menschen so zu schockieren.*

»Ehm, also falls Sie auf Sport hinauswollen, doch den betreibe ich regelmäßig. Dabei oder danach habe ich aber eigentlich nie Sex.«

»Na, das sollten Sie aber in jedem Fall ändern.«

»Was jetzt genau?«

»Sex während oder nach einer Sporteinheit zu betreiben. Ich empfehle allerdings, ausreichend Wasser bereitzustellen und viel zu trinken, damit niemand umkippt.« Sie tätschelt Julies Hand, bevor sie sich abwendet und weiter die Regale abschreitet. Innerlich schreit und jubelt sie vor Lachen. Wenn ihre Hüfte nicht so schmerzen würde, könnte sie sich sogar vor Lachen auf dem Boden wälzen. Aber das ist selbst dann schmerzhaft, wenn sie es nur im Kopf durchspielt.

»Das wäre also die erste Lektion für heute? Ein Sextipp?«

Greta dreht sich zu Julie herum und lächelt sie mitleidig an. »Es scheint, als hätten Sie dagegen etwas einzuwenden?«

»Nun ja, ich dachte, es geht hierbei um meine Verwerflichkeit, mit vergebenen Männern zu schlafen und kein schlechtes Gewissen mehr zu haben.« Julie wirft Max einen fragenden Blick zu, der zuckt aber nur mit den Schultern.

»Ach so, so eine sind Sie? Ich wusste ja noch gar nicht, warum Sie uns heute Gesellschaft leisten. Interessant.« Greta schiebt den Riemen ihrer Tasche wieder ein Stück die Schulter hoch und gibt sich nachdenklich. In Wahrheit weiß sie alles über Julies Abenteuer. Aktuell mit einem Mann, den sie schon einmal vor vielen Jahren vernascht hatte. Aber es ist einfach viel unterhaltsamer, die dreckigen Details von den Büßerinnen selbst zu erfahren. »Sollten Sie nicht einen festen Freund haben?«

»Was meinen Sie damit? Warum ich Single bin?«

»Nein, nein. Ich dachte, Max hätte heute irgendwann von Ihrem Freund in der Schweiz erzählt?« Wieder starrt sie in die Luft und tut so, als würde sie sich zu erinnern versuchen. »Kommt, wir laufen weiter, während wir uns unterhalten.« Sie fasst an den Rand des Einkaufswagens und deutet an, ihn mitziehen zu wollen. Julie reagiert sofort und der Trupp setzt sich in Bewegung.

»Mein Freund in der Schweiz hat es nicht geschafft, sich von seiner Liebelei zu trennen, um mit mir eine Beziehung zu führen. Deswegen bin ich Single und entspanne mich gerade mit einer Affäre.«

Während Julie bitter von ihrer letzten Erfahrung berichtet, schiebt Greta die Abdeckung des Kühlfaches zur Seite und greift nach einer Tüte gehackter Zwiebeln. »Ein weiterer guter Rat: Diese geschnittenen Zwiebeln sind ein Segen! Keine stinkenden Finger und keine tränenden Augen mehr. Aber weiter im Text. Was bedeutet Liebelei in diesem Zusammenhang?« Wieder marschiert sie los und Max und Julie folgen ihr mit dem Wagen.

»Damit meine ich, dass er eigentlich nicht wirklich an ihr interessiert war. Sie haben es nicht geschafft, eine Basis aufzubauen, sich nichts erzählt und keine Entscheidungen gemeinsam getroffen. Bis er mit ihr Schluss machen wollte, um sich offiziell für mich zu entscheiden. Das konnte sie nicht akzeptieren und hat ihm so lange die Hölle heiß gemacht, bis sie beschlossen haben, der Beziehung doch noch eine Chance zu geben.«

»Würden Sie sagen, das ist dramatisch oder tragisch?« Greta bleibt unvermittelt vor der Fleischtheke stehen und betrachtet die Auslage.

Für die Antwort benötigt Julie einen Moment. »Ich denke, es fällt unter die Kategorie tragisch, da ich die Hoffnung gehegt hatte, angekommen zu sein. Nicht mehr daten, keine Frösche mehr küssen zu müssen.«

»Aha. Geben Sie mir fünfhundert Gramm Rinderhack, bitte.« Greta lächelt die Dame hinter der Theke an und nimmt das ordentlich verpackte Fleisch entgegen, das sofort bei den anderen Einkäufen landet.

»Sehen Sie, Julie, Sie sind noch nicht bereit für eine Greta-phie. Ich prophezeie Ihnen aber, dass Sie wiederkommen werden. Dass Sie irgendwann nicht mehr sich als das Opfer sehen, sondern die Stärke entwickeln, klare Grenzen abzustecken, um sich aus diesem Teufelskreis zu befreien. Kommen Sie wieder, wenn Sie wollen. Max hat meine Nummer und ich verspreche, dass ich noch so lange leben werde, um Sie zu greta-phieren.«

»Sprich nicht so, Greta! Du bist fit wie ein Turnschuh. Nur weil du über achtzig bist, heißt das doch nicht, dass du bald das Gras nur noch von unten siehst. Also wirklich!« Max schüttelt empört den Kopf.

»Keine Sorge, Kleiner. Du hast noch ein paar gute Jahre mit mir. Aber irgendwann wirst du dich damit abfinden müssen, dass ich alt bin und sterben werde, über kurz oder lang.«

»Entschuldigung, aber was ist eine Greta-phie?« Julie scheint die Unterhaltung in eine andere Richtung lenken zu wollen oder sie ist etwas schwer von Begriff, obwohl sie nicht den Eindruck macht. Greta ist das recht, Max stellt sich manchmal an wie ein Mädchen.

»Das erklärst du ihr, du hast sie schließlich hergebracht«, gibt sie lächelnd an ihn weiter, dreht sich herum und wackelt durch die Gänge des Supermarktes. Ausschauhaltend nach den Nudeln.

»Eine Greta-phie hilft dir, dich zu reflektieren. Und zu therapieren. Es ist, als würdest du zum Therapeuten gehen, nur dass du mit Greta sprichst und sie nicht bezahlen musst. Stattdessen hilfst du ihr bei den Dingen, die sie nicht selbst machen kann. Oder will.«

Das letzte schiebt er breit grinsend hinterher, was Greta aber nur sehen kann, weil sie an dem Regal mit den passierten Tomaten schon vorbei ist und um die eigene Achse tippelt, um zurückzugehen. »Max, du bist ein Frechdachs!« Wieder gibt sie ihm einen Klaps, diesmal auf den Po. *Herrlich.* »Pack zwei Dosen Tomaten ein, statt so untätig herumzustehen. Die da.« Sie läuft weiter, spürt aber hinter ihrem Rücken, wie Max seine Zunge rausstreckt. »Die schneide ich dir ab, wenn du nicht aufpasst.«

Für einige Minuten herrscht Schweigen, während sie einkaufen. Sie wird müde und muss sich bald einmal setzen, um ihren Rücken zu entlasten. »Max, was steht noch auf der Liste?«

»Nur noch die Nudelplatten und der Käse.«

»Dann lauf schnell und hol den Käse, Julie und ich suchen die Platten und anschließend treffen wir uns an der Kasse. Einverstanden?«

Max nickt und geht los. Julie schiebt den Wagen hinter Greta her.

»Ich verstehe nicht, warum Sie sagen, dass ich mich als Opfer sehe. Jetzt gerade habe ich doch entschieden, eine Affäre zu sein. Ich kenne seine Freundin, und finde sie auch nicht furchtbar. Ich räche mich an niemandem oder bestrafe irgendwen. Es ist einfach nur Sex. Und ich bin damit einverstanden. Was genau macht mich in dieser Gleichung zum Opfer?«

Greta seufzt extra laut. Sie bleibt aber nicht stehen, sondern scannt immer noch die Regale nach der letzten Zutat für ihr Abendessen.

»Ist es, weil ich ‚tragisch‘ und nicht ‚dramatisch‘ geantwortet habe?«

»Unter anderem. Sie haben diesen Blick – den eines verprügelten Hundes. Sehr traurig. Wenn Ihnen ein Mann die Hand reichen würde, würden Sie zusammenzucken. Dieser Mann jetzt, er hat Ihnen nicht die Hand gereicht, das dachten Sie vielleicht, aber in Wahrheit hat er Ihnen nur Futter unter die Nase gehalten und sie gelockt. Aber jetzt tritt er Sie wieder mit Füßen. Oder hat er etwa ernsthaft eine Trennung von seiner Freundin in Betracht gezogen? Sie glauben nur, eine Entscheidung getroffen zu haben. Doch eigentlich ergeben Sie sich Ihrem Schicksal. Sie sind das Opfer in Ihrer Gleichung, ohne es wahrzunehmen. Sie sind Täter und Opfer, Julie. Wachen Sie auf und dann kommen Sie wieder zu mir!« Sie greift nach der Nudelpackung und legt sie in den Korb. Julie betrachtet sie argwöhnisch, aber das ist Greta gewohnt. Und es macht ihr überhaupt nichts aus.

*

»Lisa! Was ein Glück! Ich hatte gerade eine äußerst merkwürdige Begegnung mit einer alten Frau.« Julie klemmt das Smartphone zwischen Ohr und Schulter, um den Haustürschlüssel aus ihrer Tasche zu ziehen. Weil sie sie zu weit aufhält, fallen die Taschentücher, ihr ledernes Visitenkartenetui und ein Lippenbalsam hinaus. Der zylinderförmige Pflegestift rollt fröhlich den Bürgersteig entlang, Julie hastet hinterher und verliert beim Bücken den Kontakt zu ihrer Schulter. Das Smartphone knallt auf die Pflastersteine und gibt einen unschönen Laut von sich. Als würde Stoff zerreißen.

»Shit!« Sie klaubt ihre Sachen vom Boden auf und betrachtet das gesprungene Glas. »Lisa? Bist du noch da? Mein Handy ist runtergefallen. Jetzt habe ich einen Riss im Glas. So ein Mist.« Sie schaltet den Lautsprecher ein und betrachtet den langen diagonalen Cut im Glas. Die Schutzscheibe scheint nichts wert zu sein, denn sie hat sich glattweg an der Ecke abgelöst, an der das Handy aufgeknallt ist.

»Oje. Ist es neu?«, will Julies langjährige Freundin wissen.

»Nein, zum Glück nicht. Ich hoffe mal, es tut es noch. Shit.«

»Sehr ärgerlich.« Für einige Sekunden ist es still in der Leitung. »Aber wolltest du nicht eben etwas von einer merkwürdigen alten Frau erzählen? Sorry, dass ich jetzt so nachhake, aber ich muss gleich los zum Sprachkurs.«

»Ach so, ja, kein Problem. Ich kann auch heute Abend noch mal anrufen, wenn es dann besser passt?« Sie stopft ihren Krempel in die Tasche, steht auf und öffnet die Haustür.

»Nein, ein bisschen Zeit habe ich ja noch. Erzähl mal!«

»Warte kurz, ich bin fast in der Wohnung. Wie läuft es denn im Sprachkurs?«

»Ganz gut, ich habe jetzt ein paar nette Menschen kennengelernt und komme langsam, aber sicher zurecht. Jonas ist schon viel fitter, er hat auch täglich mit Spanisch sprechenden Menschen zu tun. Ich spreche mit allen nur englisch, das ist dann natürlich etwas anderes.« Während Lisa erzählt, öffnet Julie die Wohnungstür, legt ihre Handtasche auf der dunklen Holzkommode ab, hängt die Jeansjacke an die Garderobe und schlüpft aus den Sneakers.

»Das klingt schön! Freut mich für dich! Es wäre trotzdem toll, wenn wir uns mal wiedersehen würden. Kommst du irgendwann demnächst in die Heimat?« Julie betritt die Küche und lässt ein wenig Wasser in ihr Glas vom Morgen laufen. Diese Temperaturen fordern sie mehr, als jeder nervige Chef.

»Kann ich noch nicht so genau sagen. Wir haben schon wieder enorm viel zu tun, aber ich sage dir: Ich habe Sehnsucht des Todes, nach dir, Deutschland, Spargel und ein paar anderen Dingen, die man hier nicht bekommt. Oh, und hatte ich erzählt, dass mir das Portemonnaie geklaut wurde?«

»Nein, hast du nicht! Ehrlich?« Vor Entsetzen knallt sie das Glas auf die Arbeitsplatte und ist froh, dass es heil geblieben ist, dass sie heute nicht noch etwas zerstört hat. »Das ist ja richtiger Mist!«

»Allerdings! Und die waren auch noch richtig dreist. In einer Boutique, die sogar videoüberwacht ist. Die zwei Mädels sind im Laden rumgeschlichen und irgendwann hat eine wohl im Vorbeigehen den Reißverschluss meines Rucksacks aufgezogen und die andere hat das Portemonnaie rausgeholt. Ich habe absolut nichts gemerkt. Auf dem Video sieht man es ziemlich gut, die Gesichter der beiden jedoch nicht. Richtige Kacke!«

»Och nee, wie fies ist das denn? Und dann wolltest du bezahlen, aber du hattest kein Geld, oder wie ist es dir aufgefallen?« Inzwischen sitzt Julie auf dem Sofa und legt die Füße hoch.

»So ungefähr. Ich hatte einen Gutschein von Jonas geschenkt bekommen, den wollte ich rausholen, aber dann war nichts mehr da. Ich bin direkt zur Polizei und habe Anzeige erstattet. Ich sag dir, das war wie der Versuch, Biggie das Niesen abzugewöhnen – einfach nicht möglich! Die haben mein gebrochenes Spanisch und ich habe ihr perfektes kaum verstanden. Irgendwann war das Thema erledigt, aber ich muss natürlich alle Dokumente neu machen lassen. Das ist das Schlimmste!«

»Du hast aber auch immer ein Glück. Tut mir sehr leid, dass du dich mit so was herumschlagen musst!«

»Na ja, ist kein Weltuntergang, aber Jonas hat meine schlechte Laune abbekommen, das tat mir leid.« Julie kichert mit Lisa, weil sie sich vorstellen kann, wie das geklungen hat.

»Wie läuft es denn sonst bei euch? Ist Jonas happy mit Job und allem?« Wieder einmal fällt ihr auf, dass sie viel zu selten miteinander sprechen. Seit Lisas Umzug nach Madrid scheinen sich ihre Tagesrhythmen zu sehr zu unterscheiden. Telefonate sind eine Seltenheit und Besuche finden quasi nicht mehr statt. Trotzdem liegt Julie viel an der Freundschaft und sie wünscht sich, wieder mehr Zeit mit Lisa zu verbringen, und sei es nur am Telefon.

»Er hat auch seine Aufs und Abs. Aber als ich ihn letztens mit einer Sekretärin habe knutschen sehen, da war mal kurz Andorra offen.«

Julie verschluckt sich an einer Pistazie, die sie aus dem Schälchen auf dem Wohnzimmertisch genommen hatte. »Er hat was?«, presst sie hinaus. Sie hustet und schnappt nach Luft, um das Stück in ihrer Luftröhre herauszubekommen.

»Alles okay bei dir?«

Lisas Stimme dringt aus der Ferne an ihr Ohr. Sie hat das Smartphone neben sich auf dem Polster abgelegt und versucht, das Problem mit ein paar Schlucken Wasser zu lösen. Auf einmal Erleichterung. Der Störenfried ist weg. »Alles wieder gut. Hatte mich verschluckt. Also noch mal: Jonas hat was getan? Er hat rumgeknutscht?«

»Ja. Ich glaube, er wollte mich provozieren. Es war nach dieser Boutique-Sache. Wie gesagt, er hat ein bisschen zu viel von meiner schlechten Laune abbekommen und dann seinerseits nach einem Ventil gesucht. Aber in Anbetracht, dass ich ihn letztes Jahr so schlimm betrogen hatte, konnte ich ihm das jetzt ohne Probleme verzeihen. Er ist eben auch nur ein Mensch.«

Diese Geschichte und Lisas Gleichgültigkeit irritieren Julie. Obwohl Lisa einen abgeklärten Eindruck macht und sich ihrer Sache sicher scheint, findet Julie das einen Tick zu viel des Guten. »Du hast ihm aber schon richtig den Marsch geblasen, oder? Nicht, dass er gleich wieder damit anfängt, nur weil du mal deine Tage hast.« Sie zieht ihre Augenbrauen zusammen, während sie darauf wartet, die richtige Antwort ihrer Freundin zu hören.

»Klar, ich habe ihn ordentlich beschimpft. Das tat vielleicht gut, sag ich dir!«

Sie lachen aus vollem Hals. Julie schnappt sich noch eine Nuss aus der kleinen Schüssel und wirft sie sich in den Mund. »Es wäre so schön, wenn du jetzt hier wärst und wir zusammen kochen könnten. Ich hätte Lust auf Lasagne.« Sie lässt den Kopf nach hinten an das Kissen sinken und sieht an die Decke.

»Ja, Lasagne klingt toll. Wie kommst du jetzt darauf?«

»Die alte Frau hat heute auch für Lasagne eingekauft. Ich habe ihr die Einkäufe nach Hause getragen und darauf gehofft, dass ich ein Stück abbekomme, aber nein. Ich musste hungrig gehen.«

»Ach, richtig, die alte Frau! Kannst du mir die Kurzfassung geben? Jetzt habe ich so lange erzählt, dass ich fast schon los zum Kurs muss. Morgen können wir ausführlich quatschen.«

»Kurzfassung, ja. Morgen, nein. Bin zu einer Wandertour verabredet, mit Matteo, wenn du verstehst?« Lisa lacht. Bei dem Gedanken daran, dass ihre Wanderdates anfangs ernst gemeint waren, aber sich ziemlich schnell rausstellte, dass sie beide lieber ins Bett wandern als auf Berge, muss sie grinsen und kann sich kaum noch beherrschen. Er ist so athletisch, trotz seiner Knieprobleme. Seinen Körper zu berühren, nein, allein davon zu träumen, macht sie ganz kribblig. Die definierten Brustmuskeln, der knackige Hintern und die Erektion, die ihr das Wasser im Mund zusammenlaufen lässt. Sie liebt das Gefühl, vor ihm zu stehen, seine Hände über ihre Haut gleiten zu spüren, seinen warmen Atem an ihrem Nacken und die sanfte Zungenspitze an ihrem Ohrläppchen zu erahnen. Das Hauchen, bevor er seine Lippen auf ihren Hals legt und sie dort küsst. Das Kitzeln seiner prallen Eichel an ihrem Bauch und zwischen ihren Beinen. Es geht schon wieder los, sie muss sich zusammenreißen und Lisa berichten, was heute Vormittag passiert ist. Sie wirft die Schultern hin und her, um den Sex aus ihren Gedanken hinauszuschütteln. »Max bezeichnet die Dame als eine Prophetin. Ich wüsste gern, ob er auch in Greta-phie ist.« Julie spielt mit den Fingern an ihren Haaren, sie denkt nach.

»Entschuldigung, aber hast du gerade Therapie gesagt?«

2. KAPITEL

VOR DREI JAHREN
(30)

Julie hält die Mülltüte auf, damit Lisa einen Karton ausleeren kann. Sie hält das Plastik so weit wie möglich auf und von sich weg, sodass ihr der Staub nicht ins Gesicht fliegt. Das Sammelsurium aus der Kiste fällt mit Schwung hinein und eine Wolke steigt auf. Julie und Lisa prusten vor sich hin. Lisa zerreißt die dekorative Kiste und schmeißt sie ebenfalls in die Tüte.

»Du bist ganz schön radikal.« Eigentlich wollte Julie sagen, dass man den Karton als Aufbewahrung doch noch hätte verwenden können, aber es erschien ihr unklug, die Freundin darauf hinzuweisen.

»Es ist einfach zu viel Kram. Wirklich, hier muss ausgemistet werden. Wenn wir mehr Zeit hätten, könnten wir einen kleinen Flohmarkt auf der Straße veranstalten, aber ich muss fertig werden. Es passt nicht alles in mein Auto. Vor allem, da ich nun offenbar das alleinige Sorgerecht für unsere nicht mehr ganz so zierliche, wuschelige Freundin habe. Ihre Transportbox nimmt den halben Kofferraum ein.«

»Sie sieht tatsächlich gut genährt aus, die liebe Millie. Hat wohl zu viele Leckerchen bekommen.« Julie beugt sich zu der kniehohen Hündin hinunter, die bei der Erwähnung ihres Namens sofort herbeigetrabt kam, und tätschelt ihr den runden Bauch.

Lisa dreht sich um und sucht augenfällig nach dem nächsten Objekt, das sie vernichten kann. Es liegt nicht mehr viel herum. Sie greift sich den Lampenschirm zu ihrer Rechten und zerquetscht ihn zwischen den Händen. Sie stopft ihn in die Mülltüte, die dadurch bis zum Zerreißen gespannt ist.

»Okay, weiter gehts. Auf zum Kleiderschrank. Das, was noch zu gebrauchen ist, habe ich schon in Koffer gepackt, der Rest kommt in die Abfallcontainer. Hast du eine Tüte?«

Lisa ist vorausgelaufen, schaltet das Licht an und zeigt auf die offen stehenden Schranktüren im Ankleidezimmer. Es ist nicht, wie Julie vermutet hatte. Im Schrank hängt noch jede Menge Kleidung. Frauenkleidung. »Das ist nicht dein Ernst, oder? Das willst du alles wegschmeißen? Die schönen Klamotten!« Julie stürzt sich auf den Schrank, breitet die Arme aus und umgreift so viel, wie sie erreichen kann. Sie schmiegt ihren Kopf an. »Nein, Lisa, das kann ich nicht zulassen.«

Ihre Freundin steht im Zimmer und sieht belustigt zu. »Es tut mir leid, Julie, ich habe keine Wahl. Die Wohnung muss leer werden. Heute noch. Abgesehen davon, habe ich mich satt gesehen und möchte mich lieber neu einkleiden.« Sie zuckt mit den Achseln.

»Entschuldige dich nicht bei mir, sondern bei den wunderbaren Kleidern. Du herzloses Monster! Ich nehme welche mit, dafür habe ich noch Platz im Koffer.«

»Wie du meinst. Aber entscheide dich jetzt, ich räume in der Zwischenzeit die Küchenschränke leer. Wenn ich wiederkomme, hast du den Rest in Tüten verpackt, alles klar?« Lisa hebt die Augenbrauen und wartet auf Julies Zustimmung.

»Ist gut, aber lass dir Zeit mit der Küche!«

Lisa ist schon aus dem Zimmer. »Das ist ein Luxus, den ich leider nicht bieten kann. Beeil dich einfach!«, ruft sie aus dem Flur.

Julie grummelt vor sich hin. »Mann, Mann, Mann. Die guten Kleider. Welche nehme ich denn mit?« Sie seufzt überfordert und wünscht, sie wäre drei Tage früher gekommen. Als sich Lisa gemeldet hatte, war Julie schockiert über die Nachrichten. Jonas hat sich vor einer Woche von ihr getrennt und ist direkt ausgezogen. Er hat eine neue Frau, eine Spanierin. Lisa war am Boden zerstört, doch da sie gern wieder in Deutschland leben wollte, kam ihr seine Spontanität gerade recht. Sie hätten den Mietvertrag für ihre Wohnung verlängern müssen und ihr Arbeitgeber strauchelte aktuell, weshalb sie sich für eine Kündigung entschied. So mir nichts, dir nichts, gab sie ihr Leben in Madrid auf und wollte zurück nach Frankfurt kommen. Sie rief Julie an und bat sie, beim Ausräumen der Wohnung zu helfen. Doch bei Greenbuild standen vor den Weihnachtsfeiertagen einige Dinge an, die Julie nicht an Kollegen abgeben konnte. Sogar Wochenendschichten musste sie einlegen, um das Pensum zu schaffen. Sie versprach Lisa, am Freitag den ersten Flug zu nehmen. Das tat sie und steht nun inmitten der Überreste von Lisas spanischem Leben.

Julie zieht einige Kleider von den Bügeln und wirft sie auf einen gesonderten Haufen. Seit drei Stunden sind sie dabei, Kleinigkeiten, private Andenken und anderes Wertvolles in Kartons zu verpacken und den Rest zu entsorgen. Lisa ist tough. Sie lässt sich den Krimi, der sich in ihr abspielt, kaum anmerken. Die Wohnungsübergabe findet morgen früh statt und bis dahin muss der Großteil ihres Hab und Guts in das Auto oder in Mülltonnen gepackt sein.

Sie hört Blechernes auf den Boden fallen. Lisa scheint hektisch zu werden. »Dann gebe ich auch mal Gas.« Julie reißt eine Mülltüte von der Rolle und lässt sie beim Herumwirbeln von der Luft entfalten. Sie greift sich die zusammengelegten Hosen und wirft sie, gefolgt von T-Shirts, Pullis und Socken in den Beutel. Sie stopft noch zwei Jacken obendrauf und bindet die Plastikbänder um die Öffnung. Die zweite Tüte befüllt Julie mit den Kleidern, die noch im Schrank hängen. *Es ist eine Schande, dass Lisa die teuren Kleider nicht mitnehmen will. Erinnert sie vermutlich an ihre Zeit mit Jonas.*

Ein buntes Seidenkleid fällt ihr in die Hände. Sie überlegt nicht lange, so etwas schmeißt man einfach nicht weg. *Ob ich es ihr andrehen kann oder selbst behalte, ist egal. Hauptsache, ich rette es vor dem Untergang!*

»Bist du fertig? Ich brauche deine Hilfe mit den schweren Kartons«, ruft Lisa aus der Küche.

»Moment!« Sie stopft die Schuhe, Sandalen und Taschen in eine weitere Tüte und verschließt sie. Drei volle Säcke stehen nun in der Mitte des Raumes. Die Bügel baumeln traurig an den Stangen. Sie seufzt erneut und hofft, dass der Schwermut Lisa nicht überfällt, wenn sie nur mit Millie als Begleitung im Auto sitzt, auf dem Heimweg nach Deutschland.

Zwei Monate später

»Autsch.« Der heiße Kaffee ergießt sich über ihre weiße Bluse.

»O nein, das tut mir leid!« Der Mann, der Julie gerade angerempelt hat, sieht nicht sehr nach Mitleid aus. Immerhin zupft er aus dem Serviettenhalter einige Papiere heraus und reicht sie ihr. »Ich kann meine Assistentin schicken und Ihnen eine neue Bluse kaufen lassen.«

»Es wird schon gehen.« Julie tupft sich das Dekolleté trocken und zieht die Bluse ein wenig von ihrem Körper weg, um den Fleck zu begutachten.

»So können Sie doch nicht herumlaufen. Was haben Sie? Eine 36?« Schon tippt er etwas in sein Handy.

»Das muss wirklich nicht sein, ich gehe kurz auf die Toilette und mache es ein bisschen sauber. Ich habe nur noch einen Termin heute, dafür ziehe ich einfach meinen Blazer wieder drüber.« Sie lächelt ihn höflich an.

Er sieht von seinem Smartphone auf und hält den Blickkontakt. »Dann lade ich Sie wenigstens auf einen neuen Kaffee ein, kommen Sie.« Er fasst sie am Arm, führt sie sacht zurück zu der Bar und bestellt bei dem Barista zwei Cappuccino. »Entschuldigen Sie das Malheur, das war wirklich keine Absicht.«

»Passiert schon mal, ist kein Problem.« Wieder ein Höflichkeitslächeln. Den Kaffee nimmt sie aber gern. Den ganzen Tag auf einer Messe Kunden und Dienstleister zu treffen, Konferenzen zu besuchen und Informationen zu sammeln, ermüdet und macht hungrig.

»Mein Name ist Philipp von Franzen. Nennen Sie mich Philipp.« Er streckt ihr die Hand entgegen und lächelt sie breit an.

»Julie Bender, Julie.« Stellt sie sich vor und schüttelt kurz seine Hand.

»Für wen arbeiten Sie? Wenn ich fragen darf?« Er nimmt die beiden Kaffee entgegen und reicht ihr einen. »Wir nehmen noch zwei Blaubeermuffins.« Sobald der Barista das Kartenlesegerät freigegeben hat, hält er seine Kreditkarte daran und wartet auf das bestätigende Piepsen.

»Ich bin Architektin bei Greenbuild. Und Sie?« Julie spürt ein leises Grummeln in ihrem Magen und hofft, dass die Ohren des großen Mannes weit genug weg sind, um das nicht mitzubekommen. Sie würde sich den Muffin am liebsten im Ganzen in den Mund schieben, aber auch das traut sie sich in der Gegenwart dieses Herrn von und zu nicht. Er zeigt zu einem freien Stehtisch und legt die Tüte mit dem Gebäck darauf ab.

»Bedienen Sie sich.«

»Es mag jetzt eventuell unhöflich oder sogar verfressen aussehen, vor allem in Gegenwart eines Menschen mit einem Von im Namen, aber ich greife tatsächlich direkt zu. Vielen Dank.«

Der Förmliche lacht ein herzliches Lachen. Er sieht auf Julie herab und wischt sich eine Träne aus dem Augenwinkel. »Wenn Sie Hunger haben, kann ich Ihnen auch etwas Richtiges besorgen.«

»Danke, aber dafür habe ich keine Zeit. Der nächste Termin steht an und ich muss noch einen Kaffeefleck beseitigen. Ich hoffe, der Händetrockner hat ordentlichen Wumms.« Sie bringt ihn wieder zum Lachen. Das hört sich wohlig an. Sie grinst.

»Also, wo arbeiten Sie noch gleich?«, hakt Julie nach.

»Ich bin selbstständig. Finanzexperte, wenn Sie so wollen.«

Sie nickt, während sie noch auf einem Stück Muffin kaut. Als sie es hinuntergeschluckt hat, traut sie sich, ihren ersten Gedanken auszusprechen. »Und wenn ich nicht will, sind Sie etwas anderes?« Grinsend reißt sie ein weiteres Stück von der Backware ab und schiebt es sich in den Mund. Sie scheint einen Lauf zu haben.

Philipp lacht erneut laut auf. »Ich weiß nicht, was ich darauf antworten soll.« Er wischt sich wieder die Tränen aus den Augenwinkeln. »Bisher ist man mir immer professionell und zurückhaltend begegnet. Sehr erfrischend, dass Sie anders an die Sache herangehen.« Er zwinkert ihr zu.

»Ach, das ist doch nicht der Rede wert. Sie haben mir schon Kaffee übergeschüttet, wir sind doch schon zwei Schritte weiter als professionell und … Wie sagten Sie? Zurückhaltend?«

»Ja, ich sagte zurückhaltend, aber ich möchte noch einmal festhalten, dass das ein Versehen war und es mir wirklich sehr leidtut!«

Jetzt zwinkert Julie ihm zu. »Schon vergessen, aber ich muss leider los. Und noch dazu habe ich beide Muffins aufgefuttert. Ich hoffe, Sie verzeihen mir?«

Er verbeugt sich vor ihr und hält eine Hand auf sein Herz. »Es war mir eine Ehre, Ihnen den Snack zu bezahlen.«

Julie deutet mit dem Kopf einen Knicks an und macht sich auf den Weg zu den Damentoiletten. Plötzlich spürt sie eine Hand an ihrem Arm. Philipp steht neben ihr.

»Ich dachte, ich könnte Ihnen heute Abend vielleicht mehr als nur einen Snack bezahlen?« Ein tiefer Atemzug. »Okay, das klang sehr seltsam. Ich versuche es erneut.« Er räuspert sich. »Julie, darf ich Sie heute Abend zu einem Essen einladen?«

Sie kichert einen Moment, bevor sie nickt und ihm ihre Visitenkarte reicht.

*

»Herr Martin, kommen Sie, wir sind spät dran.«

Er sieht von seinem Smartphone auf und wird von ihren blauen Augen begrüßt. Etwas scheint mit ihrer Bluse nicht zu stimmen. Er mustert sie einen Moment zu lang.

Julie bemerkt seinen Blick. »Jemand hat mich angerempelt. Sieht man den Kaffee noch sehr? Am besten schließe ich meinen Blazer.« Schon knöpft sie die Jacke zu und zupft sie zurecht. »Wir müssen.« Sie weist mit dem Kopf den Weg.

Markus nickt, steckt das Telefon in die Innentasche und folgt ihr in den gebuchten Besprechungsraum. Jedes

Jahr auf der Baumesse in München treffen sie wichtige Kunden, Bauträger und Investoren. Man kommt zusammen, lernt neue Firmen kennen und informiert sich gegenseitig über anstehende Projekte. *Vetternwirtschaft* könnte man es nennen, wäre man in gehässiger Stimmung. *Wirtschaft*, verkauft man es seriös.

Der potenzielle Kunde, den sie hier treffen, ist mehr eine Altlast als ein Geschäft, das zur Euphorie einlädt. Er stellt sich vor, für ein Minimum an ökologischer Bauweise die ganz großen staatlichen Unterstützungspötte einzusacken. Wenn er nicht sein allererster Kunde gewesen wäre, nachdem er sich mit dem Architekturbüro selbstständig gemacht hat, würde sich Markus die Mühe nicht machen, ihn selbst zu treffen. Dafür hat er inzwischen fünf andere, die solche unbelehrbaren Kunden übernehmen können. Julie ist eine von ihnen. Aber sie allein mit diesem großspurigen Fettsack zu lassen, kann er nicht mit sich vereinbaren.

Markus betritt hinter ihr den kargen Raum, rückt ihr am Kopfende einen Stuhl zurecht und bedeutet ihr, sich zu setzen. Er lässt sich auf den nächsten Stuhl am Konferenztisch gleiten, behält die Tür im Blick, klopft bedächtig mit einem Finger auf die Stuhllehne, bevor ihm einfällt, dass er die Mail fertigschreiben könnte, solange Herr Dressen noch nicht eingetroffen ist.

Während er das Smartphone flink mit zwei Sätzen füttert, die Mail abschickt und sich wieder zurücklehnt, blättert Julie in den Unterlagen, die sie vor sich ausgebreitet hat. Sie verbringen viel Zeit mit Schweigen, seit es vorletztes Jahr zu diesem furchtbaren Eklat kam. Sie haben sich arrangiert. Der förmliche Umgang ist nicht ganz das, was er sich wünscht, aber zumindest hatte sie nicht gekündigt oder ihn sogar verklagt.

»Soll ich ihn mal anrufen?«, fragt sie, ohne den Blick von den Dokumenten zu heben.

»Schon gut, ich mache das.« Er greift sich das Telefon und sucht in den Kontakten nach der richtigen Nummer. Niemand hebt ab. Etwas unwirsch wirft er das Smartphone wieder auf die Tischplatte. Seinen Kopf stützt er in einer Hand ab und fährt mit dem kleinen Finger über die Unterlippe. Warten, nicht seine Königsdisziplin.

»Könnten Sie es doch versuchen? Vielleicht ignoriert er mich absichtlich, weil ihm unser Gespräch letzte Woche nicht geschmeckt hat.« Markus wippt mit der Rückenlehne, um seiner Energie ein Ventil zu verschaffen. Wenn es noch lange dauert, muss er aufstehen und durch den Raum laufen. Doch das würde er gern vermeiden. Julie soll möglichst wenig seiner inneren Unruhe mitbekommen. Es scheint sich regelmäßig zu verschlimmern, wenn er in ihrer Nähe ist. Kaum zu fassen, dass er sich mit Mitte vierzig noch wie ein pubertierender Junge fühlt.

Auch Julie hat keinen Erfolg mit dem Anruf bei Dressen. Sie schüttelt den Kopf. »Wie viel Zeit geben wir ihm?«

»Zehn Minuten! Können wir die Zeit sinnvoll nutzen? Haben Sie die Projektliste parat?«

Julie tippt zwei Mal auf ihr Tablet und schiebt es über den Tisch zu ihm herüber. Für einen kurzen Moment treffen sich ihre Blicke. Er möchte etwas sagen, doch es erscheint ihm nicht der richtige Ort und Zeitpunkt. Wie immer. *Nein, ich will es hinter mich bringen. Heute noch!* »Wenn Dressen jetzt nicht bald auftaucht, sollen wir dann auf eine Pizza zu Luigis gehen? Liegt direkt neben dem

Hotel und ist ganz sympathisch.« Er wagt den Vorstoß und spürt sofort, wie sich sein Magen verkrampft, weil sie das Gesicht verzieht.

»Tut mir leid, ich bin heute Abend schon verabredet.«

Ihr Blick sieht mitleidig aus, aber auch froh, dass sie der Situation entkommen ist. Markus nickt gedankenverloren. »Sehen Sie, Julie, ich dachte, ich nutze den Moment für eine Entschuldigung. Lieber wäre mir eine entspannte Atmosphäre gewesen, aber dann eben hier.« Er kratzt sich am Kopf, versucht, Zeit zu schinden, die Worte wollen sich nicht formen. »Es war idiotisch von mir, Claudia einzubeziehen. Ich hätte Sie direkt ansprechen sollen oder es ganz lassen. Es tut mir leid, dass ich Sie in eine derart unpassende Lage gebracht habe und unsere Arbeitgeber- und Angestelltenbeziehung durcheinandergebracht habe. Das war nicht meine Absicht. Auch nicht, Ihnen das Gefühl zu geben, dass Sie in dieser Richtung, in der sich Claudia bewegt, zu Hause sein sollten.« Er stockt. »Sie sind eine wertvolle Mitarbeiterin, Julie.« Normalerweise hat er keine Probleme, die richtigen Worte zu finden. Vor allem, wenn er schon im Redefluss steckt. Doch sich zu entschuldigen, gehört eindeutig nicht zu seinen Golddisziplinen. »Also, falls Sie nicht mit mir essen gehen wollen, weil Sie denken, dass ich Sie über unsere professionelle Beziehung hinaus mit Themen belästige, dann können Sie beruhigt sein. Ich wollte nur die Chance nutzen, mich bei Ihnen zu entschuldigen.«

Julie hatte den Kopf schief gelegt und die Augenbrauen hochgezogen. Der mitleidige Blick ist nicht aus ihren Zügen verschwunden. »Ich verstehe.«

Es scheint, sie habe selbst zu überlegen, was und wie sie ihm auf seinen Erguss antwortet. Kein Wunder, wenn man einer Mitarbeiterin eine Escort-Betreiberin auf den Hals hetzt, anstatt – wie es so schön auf Spanisch heißt – Cojones zu beweisen und die Frau geradeheraus um ein Date zu bitten, und dann eine lange Zeit nichts dazu sagt. Was soll sie nun darauf schon antworten? »Sie müssen nichts sagen! Ich wollte einfach nur für Ordnung zwischen uns sorgen. Auch wenn mir bewusst ist, dass Sie mir diesen Fauxpas nicht vergeben müssen, erschien es mir sinnvoll, Ihnen klarzumachen, dass Sie keine Angst vor mir haben müssen. Es wird nichts dergleichen mehr passieren. Wie gesagt, es tut mir leid!« Er schenkt ihr ein kleines Lächeln, um ihr Mut zu machen. Unvermittelt kehrt Ruhe in ihm ein. Er ist entspannt. Keine Hektik mehr, keine Fluchtgedanken, keine Irritationen, wenn er sie ansieht. Doch etwas glimmt in ihm auf. Die Zuneigung, die er schon immer für sie empfunden hat, keimt. »Eine Sache möchte ich noch ergänzen. Die Entschuldigung klang etwas holprig. Ich hoffe, ich mache das nun besser.« Er räuspert sich erneut. »Ich sage es auch nur der Vollständigkeit halber, machen Sie sich keine Gedanken. Ich mag Sie, Julie. Ich fühle mich zu Ihnen hingezogen, was natürlich den ganzen Schlamassel überhaupt erst ausgelöst hat. Vielleicht trete ich Ihnen nun schon wieder zu nahe, aber für meinen inneren Frieden und eine entspannte Arbeitsatmosphäre finde ich, sollten wir die Fronten ein für alle Mal klären.« Er nickt, mehr zu sich als Bestätigung, dass er aufgeräumt hat. Nichts ist mehr übrig, keine Worte stecken ihm mehr im Hals fest. Egoistisch vielleicht, dass er reinen Tisch gemacht hat. Aber was soll er tun? Raus ist es. Nun liegt es an ihr.

»Ich bin ehrlich gesagt etwas überfordert mit der Situation. Es ist gut, dass Sie sich für Ihr Verhalten entschuldigen.« Sie spielt an der Ecke des Notizbuches vor ihr und starrt vor sich hin. »Ich möchte jetzt nicht gemein klingen, aber ich habe kein Interesse an Ihnen. Schon bevor Claudia auf der Bildfläche auftauchte, spürte ich, dass Sie sich zu mir hingezogen fühlten und versuchte, da eine klare Linie zu ziehen. Leider hat es nicht so funktioniert, wie ich mir das vorgestellt hatte. Ich war wirklich schockiert, als ich das Bild von mir aus Ihrem Umschlag fallen sah. Was haben Sie sich nur dabei gedacht?«

»Nun ja …«

Abwehrend schüttelt sie den Kopf. »Nein, sagen Sie nichts dazu. Das war eine rhetorische Frage. Und ich will Ihnen auch keine Vorwürfe machen. Die Sache ist gegessen. Ich habe es abgehakt. Aber ich muss Ihnen noch einmal sagen, dass ich unsere Beziehung wirklich rein professionell halten möchte. Ich hoffe, das ist in Ordnung für Sie, denn sonst bliebe mir nur eine Kündigung. Aber ich finde, im vergangenen Jahr haben wir eine gute Zusammenarbeit gepflegt, vielleicht wird es nun noch besser?« Abwartend sieht sie ihn an. Kein Lächeln auf ihrem Gesicht, aber auch kein Mitleid mehr in ihren Augen.

Es schmerzt ihn, dass sie ihn so komplett ablehnt. Er ist ein guter Fang, das wurde ihm zumindest schon mehrfach bestätigt. Doch wenn die Frauen seinen Ansprüchen genügen, scheint er ihnen nicht zu reichen. »Darf ich fragen, wieso?« Dieses Zwicken in seinem Herz muss er beseitigen und geht auf Angriff, auf frechen Angriff. »Schließlich bin ich ein gut aussehender Mann, leite meine eigene und – wohlgemerkt – erfolgreiche Firma. Ich habe nicht nur ein schickes Auto, sondern auch Köpfchen, bemühe mich in der Nachbarschaft und baue grüne Gebäude. Ich verstehe nicht, was Sie an mir stören könnte, außer, dass ich Sie mal in die falsche Szene geschickt habe.« Er zuckt gespielt mit den Schultern.

Seufzend lässt sich Julie in die Lehne ihres Stuhls plumpsen und faltet die Hände in ihrem Schoß. »Ist das Ihr Ernst?«

Daraufhin lacht er schallend, steht auf, klopft ihr zwei Mal auf die Schulter und verlässt den Raum. *Gerettet.*

*

Als Julie bei dem Restaurant ankommt, das Philipp ihr vor einer Stunde genannt hat, steht er bereits vor der Tür und telefoniert. Sie nähert sich, hält aber genug Abstand, um ihm Privatsphäre für das Gespräch zu lassen. Er erblickt sie, lächelt sie an und winkt sie näher. Julie lächelt zurück, will ihm bedeuten, dass er sich Zeit nehmen kann, doch da beendet er bereits das Telefonat.

»Hallo, Julie, schön, dass Sie da sind. Kommen Sie, lassen Sie uns reingehen, es ist kalt.« Er reibt die Hände kurz aneinander, streckt einen Arm aus, um sie einzuladen, und öffnet mit dem anderen die Glastür des vietnamesischen Restaurants.

»Vielen Dank.« Sie geht an ihm vorbei, betritt den Raum und wird von warmer, nach Mango und Reis duftender Luft empfangen. Die große Holztheke mit den aufwendigen Schnitzereien steht wie ein verwurzelter

Baum auf ihrer linken Seite, rechts erstreckt sich der Gastraum mit genauso schweren Holztischen und Stühlen, die sehr nach Handarbeit aussehen. Die vielen Menschen sitzen eng gedrängt und Julie fragt sich, ob sie überhaupt noch einen Platz bekommen. Doch der gut gekleidete Mann, der hinter ihr das Lokal betritt, schiebt sie unerbittlich vorwärts. Im Vorbeigehen wirft sie neidische Blicke auf die Teller der bereits versorgten Menschen. Die Getränke in großen Gläsern wurden alle mit Obst, Pfefferminze oder anderen Kräutern dekoriert. Ihr läuft das Wasser im Mund zusammen. Am Ende des Raumes angekommen, bleibt sie stehen und dreht sich zu Philipp um. »Sieht nicht so aus, als würde in nächster Zeit etwas frei werden.«

Er lächelt sie an. »Ich habe meinen eigenen Tisch hier, keine Sorge.«

»Vitamin B also? Danach siehst du überhaupt nicht aus.« Die kleine sarkastische Spitze konnte sie sich nicht verkneifen. Das Einstecktuch in seinem Jackett hatte sie schon am Mittag amüsiert, der ordentlich um den Hals und in den Mantel gelegte Schal und die teure Ledertasche sprachen Bände. Noch dazu die etwas nerdige Brille mit den fast runden Gläsern in einem dünnen Horngestell und die zurückgelegten Haare – Münchner Finanz-Schickeria in Perfektion. Da er in München wohnt, hatte es ihn zum Restaurant-Entscheider für den Abend gemacht. Und was Julie bisher gesehen hat, gefällt ihr. Plötzlich wird ihr bewusst, dass sie ihn geduzt hat. »Entschuldigung! Ich habe Sie geduzt, das war keine Absicht.«

»Das macht gar nichts, lass uns gern dabei bleiben!«

Erleichtert nickt sie ihm zu.

Er drängt sich an ihr vorbei und verschwindet hinter einem beweglichen Bambusvorhang. Kurze Zeit darauf steckt er seinen Kopf durch die vielen klackernden Bambus-Röhrchen und geleitet sie an der Küche vorbei in einen zweiten Gastraum, der ungefähr halb so groß ist wie der vordere. Es gibt ausreichend Platz zwischen den zehn Tischen. Darum herum arrangierte Kommoden und halbhohe Vorhänge, die darüber hängen, lassen sie wie kleine Nischen wirken, die Privatsphäre generieren.

»Sehr schön ist es hier, aber es riecht nicht nach Essen.« Julie ist etwas enttäuscht. Obwohl sie natürlich ihre Kleidung und Haare nach einem Restaurantbesuch nicht unbedingt einer Intensiv-Reinigung unterziehen mag, aber sich keinen Appetit an den Gerüchen der würzigen Suppen mit Koriander, an Hühnchen mit Zitronengras oder dem Duft von gebratenen Shrimps holen zu können, empfindet sie als äußerst seltsam.

Philipp steht hinter ihr und zieht ihr die Jacke von den Schultern. »Wir haben in eine sehr gute Lüftungsanlage investiert, damit wir mit Kunden in der Mittagspause und am Abend hierherkommen können.« Er zeigt auf einen Tisch in der rechten Ecke des Raumes, hängt ihre Jacke und seinen Mantel an die Garderobe.

Julie geht voran, doch bevor sie eine Stuhllehne zu fassen bekommt, hat Philipp sie schon für sie herausgezogen. »Vielen Dank.« Sie setzt sich und rutscht mit dem Stuhl an den Tisch heran, während er sich ihr gegenüber niederlässt. »Wer ist wir?«

»Ein paar Freunde und ich. Das Restaurant gehört uns nicht, aber wir haben den Betreiber darum gebeten, einen Raum zu organisieren, in dem wir ungestört mit Kunden und Freunden essen können. Den Umbau haben wir ihm bezahlt. Ist ein guter Deal, weil wir nun auch wissen, dass wir jederzeit herkommen können und unsere Tische frei sind.« Er entrollt die Stoffserviette und legt sie sich auf den Schoß.

»Das bedeutet, du kennst die anderen Gäste hier?« Julie deutet mit dem Finger einen Kreis an, behält ihn aber im Blick.

»Nein, es steht uns natürlich frei, die Tische anderen zu überlassen. Scheint so, als wäre dieser Donnerstagabend frei für Fremdvermietung.« Er lächelt sie an.

»Warum grinst du mich jetzt so an? Bin ich auch eine Fremdvermietung?«

Sein Lachen kommt aus dem Bauch, es gefällt ihr immer noch, dass sie ihn so wahrhaftig erheitert.

»Nicht doch. Du bist ein wertvolles Anlagegut.« Er zwinkert. »Nein, das klingt auch nicht richtig.«

In seinem Gesicht sieht Julie die angestrengte Konzentration stehen.

»Wie wäre das: Du bist ein noch unerklärtes, aber viel versprechendes Investitionsangebot?!«

Julie verkneift sich das Lachen. Sie sehen sich in die Augen.

»Nein? Okay, ich verstehe. Ich denke noch einen Moment darüber nach, wie ich dich als aufregende, aber überhaupt nicht mit Finanzen in Verbindung gebrachte, Liebhaberei beschreibe ... Oje, wie nonchalant klang das nun wieder? Ich muss aufhören. Was ist denn los mit mir?« Er schüttelt den Kopf.

»Keine Sorge, ich habe schon Schlimmeres gehört.« Sie schaut ihn belustigt an. »Aber lass uns doch einfach das Thema wechseln, damit du dich nicht noch tiefer in die Schamesgrube verabschieden musst.« Sie zwinkert zurück.

»In Ordnung. Das klingt nach einem vielversprechenden Plan. Aha, etwas Professionalität kann ich demnach noch auf den Tisch legen.« Scheinbar irritiert, dass Julie schon wieder kichert, sieht er sie an. »Ich gehe einfach darüber hinweg und frage dich, was du trinken möchtest?«

»Ich hätte gern einen von den schönen Cocktails, die ich vorn gesehen habe«, sagte sie und hustet dezent zwischen ihren Lachern. »Bekommen wir eine Karte?«

Philipp dreht sich auf seinem Stuhl herum, öffnet eine der kleinen Schubladen der Kommode hinter ihm und zieht eine Speisekarte in Lederumschlag heraus. Er reicht sie ihr mit aufgeschlagener Getränkeseite, dreht sich erneut herum und sie hört, wie er die Schublade zuschiebt. Als er sich wieder richtig auf seinen Stuhl setzt, hat er ein Tablet in der Hand. »Wir bestellen hierüber. Die Küche erhält die Information und ein Kellner bringt alles, wenn es zubereitet ist.«

»Ist das eine echte Arbeitserleichterung oder nur eine Spielerei, die ihr Männer unbedingt einführen wolltet?«

Er atmet ein, um etwas zu erwidern, doch es scheint ihm wieder nichts Passendes einzufallen, denn er hält den Mund offen, in den Startlöchern für einen schlagfertigen Spruch, um ihre freche Pikserei zurückzuweisen. Julie lacht herzlich über den Anblick, den er ihr bietet.

»Du bist offensichtlich eine Herausforderung für mein Gehirn. Diese konstante Frechheit bringt mir sonst niemand entgegen und ich kann nicht angemessen darauf reagieren.« Bedächtig, aber lächelnd, bewegt er den Kopf hin und her. »Könntest du nicht besser ein paar unhaltbare Anschuldigungen oder überteuerte Angebote vorbringen? Dafür habe ich immer die passenden Antworten parat.«

»Ach, mir gefällt das so ganz gut. Ich mag dein Lachen und den Moment, wenn dir klar wird, dass ich dich schon wieder erwischt habe und dir nichts einfällt.«

»Du Sadistin.«

»Na ja, ich verletze dich doch nicht oder ist gute Laune schmerzhaft für dich?«

»Wenn du es so sagst, komme ich mir bei Weitem am dümmlichsten vor. Ich habe aber eine gute Portion Selbsthumor, also Fräulein Sarkasmus, legen Sie los. Ich habe gern den ganzen Abend gute Laune.«

»Warts ab.« Mehr sagt sie nicht, lacht aber erneut und versenkt ihren Blick in der Karte. Die Standard Longdrinks und Cocktails kann man hier alle bekommen, doch ihr schwebt eher etwas Asiatisches vor. Der Phojito klingt spannend. Gin, Cointreau, Pho-Gewürzmischung, Zucker und Limettensaft. Sie zeigt darauf und Philipp bestellt ihn für sie.

»Ich nehme einen Gin-Tonic. Klassisch, aber immer wieder gut.« Er tippt erneut auf das Tablet und wischt mit dem Finger offenbar ein paar Seiten weiter. »Wenn du nichts dagegen hast, würde ich gern das Essen bestellen. Verschiedene Kleinigkeiten, Sommerrollen und natürlich Reis. Keine Sorge, standardmäßig kommt das Essen hier nicht sehr scharf an, du kannst mit den Soßen selbst nachfeuern, falls du möchtest.«

»Okay, sehr gern. Du kennst die Gerichte sowieso am besten. Darauf verlasse ich mich gern.« Sie klappt die Karte zusammen und legt sie auf seine Seite des Tisches.

Gedankenverloren deponiert er sie hinter sich auf der Kommode, während er gleichzeitig diverse Male auf das Display tippt. »Sehr gut, das hätten wir. Darf ich dir schon ein Wasser anbieten? Das haben wir auch hier in dem Schrank.« Er zieht, ohne auf ihre Antwort zu warten, die unterste Schublade auf und holt zwei Flaschen Wasser, jeweils eine mit und ohne Sprudel heraus. Außerdem zwei Gläser und geflochtene Untersetzer. »Wenn wir mit Kunden kommen, lassen wir den Tisch schon etwas vorbereiten, aber da wir ja hier ganz entspannt sind und keine großen Deals abgeschlossen werden müssen …«

Er überlässt es Julie, den Satz zu beenden, ist sich aber offensichtlich nicht im Klaren, dass sie schon wieder einen Ansatzpunkt wittert. »Du meinst, ich bin ein kleines Licht an deinem Tisch, und von mir sind keine erfolgreichen Investitionsprojekte zu erwarten?« Schelmisch blickt sie ihn an.

Geschlagen lässt er den Kopf hängen. »Das habe ich tatsächlich schon wieder nicht kommen sehen.« Ernst sieht er sie an. »Du weißt hoffentlich, dass ich das nicht so meinte und du das größte Licht an meinem Tisch bist. So groß, dass ich geblendet bin und nicht richtig funktioniere.«

»Du Charmeur. So was hat noch nie jemand zu mir gesagt. Ich bin mir aber auch nicht sicher, ob es ein Kompliment ist.« Wieder lacht sie. Sie tätschelt seinen Arm, um ihm zu signalisieren, dass er sich keine Sorgen machen soll.

Unvermittelt steht eine junge vietnamesische Kellnerin neben ihnen, die auf dem runden Holztablett vor sich die beiden Cocktails balanciert. Mit piepsiger Stimme fragt sie, wer den Gin-Tonic bekommt. Sie stellt ihn, nach Philipps Nicken, auf seinen Untersetzer und den Phojito zu ihr. Genauso lautlos, wie sie erschienen ist, ist sie verschwunden.

»Cheers.« Er hebt sein Glas und hält es ihr hin, um ihr zuzuprosten. Sie lässt ihres kurz daran klingen und nippt an dem Metallstrohhalm, der in ihrem Glas steckt. Der Phojito ist eine geschmackliche Überraschung. Das Bittere des Gins und der starke Orangengeschmack des Cointreau, kombiniert mit der Frische der Limette und dem Zucker als süße Komponente, bringen ein leckeres Bitzeln auf ihre Zunge. Sie rührt mit dem Stick, damit die Eiswürfel den Zucker nicht auf dem Boden blockieren. Das Stück Ananas am Rand lacht sie sehr an und sie ist versucht, es bereits jetzt zu knabbern. Doch sie beherrscht sich und schiebt den Gedanken an das große Loch in ihrer Magengegend beiseite.

»Hast du eben überlegt, ob du die Ananas essen kannst?«

»Ich bin beeindruckt, so eine gute Beobachtungsgabe habe ich dir gar nicht zugetraut.« Sie sieht, wie er die Augen schließt, sich ein Lächeln auf seinen Lippen bildet. Um ihm einen Ausweg anzubieten, spricht sie einfach weiter. »Wie lange dauert es denn mit dem Essen?«

Philipp öffnet die Augen wieder und sieht sich um. »Die anderen hier sind ja schon versorgt, also nur noch ein paar Minuten. Aber iss sie ruhig, die Ananas. Du hast heute wohl gar nichts bekommen? Ich erinnere mich dunkel an zwei Muffins, die ich gekauft habe, aber irgendwo verschollen sind.« Jetzt lachen sie beide. Endlich, er hat einen Fuß in die Flirttür gestellt.

»Das ist ein unerklärliches Rätsel, das vermutlich nur die Messe-Heinzelmännchen oder der Mann hinter den Überwachungskameras aufklären können.« Julie muss grinsen. »Um deine Frage zu beantworten: Nein, außer Frühstück und einem kleinen Snack, den mir ein edler Ritter spendierte, habe ich heute nichts gegessen. Aber die Ananas darf noch ein bisschen weiterleben. Sie ist der Nachtisch!« Wenn sie weiter über Essen reden, würde sie das allerdings überdenken müssen, denn so langsam kriecht das Hungergefühl die Speiseröhre hinauf und der Drink entfaltete im Magen direkt seine Wirkung. Ihr Blut wirbelt ihr im Kopf herum, ihre Arme kribbeln und sie scheint die Kontrolle über sich zu verlieren. *Alkohol auf leeren Magen, das machen nur die Dirnen, die sich sonst nicht an die Männer wagen.* Hatte ihre Oma immer gesagt. *Ist etwas Wahres dran.*

»Ich dachte an einen anderen Nachtisch«, sagt er trocken und schaut sie sogar irgendwie liebevoll an.

Julie kann sich nicht mehr halten vor Lachen. Sie weiß, dass er irgendeine asiatische Leckerei wie Mango Sticky Rice oder Ähnliches von der Karte meint. Aber es liegt einfach zu nahe, ihm daraus etwas zweideutig Eindeutiges zu stricken. Verdutzt hält er inne, bis es ihm auffällt und er sich schüttelt vor Lachen. Seine Augen tränen und er hat Mühe, sich einzukriegen.

»Es tut mir leid, Philipp, aber der Alkohol tut sein Bestes, meine Gedanken noch wilder werden zu lassen.

Ab jetzt ist nichts mehr mit seriöser Unterhaltung, es sei denn, du besorgst mir ganz schnell etwas zu essen.«

Er greift beherzt über den Tisch, zieht die Ananas von ihrem Glas und hält ihr das Stück unter die Nase. Julie beißt genauso beherzt zu, Saft tropft auf den Tisch.

»Wie animalisch«, kommentiert er genauso trocken, aber mit einem breiten Grinsen im Gesicht.

Sie verschluckt sich fast, bei dem Versuch, das abgebissene Stück süße Frucht zu kauen und nicht wieder loszulachen. Eigentlich müsste er die Ananas essen, davon hätte sie dann später auch etwas. Sie verkneift sich das Schmunzeln, es ist zu früh und sie noch nicht betrunken genug, um so forsch zu sein. Also kaut sie, hält sich die Serviette vor den Mund, damit er sich das Massaker nicht ansehen muss, bis sie geschluckt hat.

Gerade, als sie sich in ihrem Stuhl wieder entspannt hinsetzt, sich den Mund abtupft und die Tischplatte abwischen will, kommt die Kellnerin mit den aromatischen Gerichten. Sie stellt die vielen kleinen Teller und Schüsseln auf den Tisch, macht einer zweiten ähnlich zierlichen Kellnerin Platz, die die Teller, das Besteck und eine elegant geschwungene Karaffe Wein bringt. Sie beobachtet, wie ein Testschluck der roten Flüssigkeit in Philipps Glas perlt und er nach dem Probieren nickt. Sie fürchtet, dass er ihr nun einen Vortrag über den Wein halten könnte und betrachtet daher stur das köstliche, farbenfrohe Spiel vor sich auf den Tellern. Für einen Moment atmet sie tief, um die ganzen Genüsse zu würdigen. Doch lange hält sie es nicht aus.

»Fang ruhig an«, bedeutet ihr Philipp und bedient sich an einer Schüssel mit gebratenen Sprossen.

Julie platziert einen Löffel Reis in der Mitte ihres Tellers und darum herum Häufchen der verschiedenen Gerichte. Sie schiebt sich den ersten Happen in den Mund und lässt ein kleines Stöhnen hören. Sie ist so hungrig, dass sie vermutlich alles lecker gefunden hätte, was man ihr jetzt vorsetzen würde, doch diese Sommerrolle schmeckt wirklich vorzüglich.

Sie kommt aus dem Schwärmen nicht mehr heraus. Egal, was sie probiert, die Geschmacksknospen explodieren bei jedem Bissen. Weil sie nicht schlingen will, legt sie das Besteck immer wieder ab und trinkt einen Schluck zwischendurch. Trotzdem hat sie innerhalb kürzester Zeit ihre Reisschüssel geleert und auch einen Großteil der bestellten Gerichte. Philipp scheint sich bestens zu amüsieren. Er sitzt ihr entspannt gegenüber und lächelt vor sich hin.

Als sie ihre Serviette an den Mund führt, ihn abtupft und sie dann gefaltet auf den Tisch legt, kann er sich wohl nicht mehr zurückhalten.

»Hey Julie«, sagt er. »Hast du Lust auf einen Nachtisch?« Sein Zwinkern verfehlt nicht die Wirkung.

*

Einen Monat später

Die Musik ist lauter als sonst, die Menschen drängen sich noch rücksichtsloser durch den überfüllten Raum und der Drink schmeckt Julie heute auch nicht richtig. Sie sitzt neben Lisa in ihrer Lieblingsbar an der Theke. Doch anscheinend haben sich einige Dinge verändert. Das Personal ist überfordert, ständig lässt der Barkeeper Gläser fallen, die Kellner werden nicht Herr der Lage und verwechseln offensichtlich häufig Bestellungen oder vergessen sie komplett. Denn jedes Mal, wenn sich Julie herumdreht, um zu sehen, was hinter ihr passiert, steht jemand anderes dort und beschwert sich, dass er nicht bekommen hat, was er wollte.

Julie und Lisa haben den ungünstigsten Platz in der gesamten Bar. Direkt an der Zugangsklappe für die Angestellten. Julie kommt aus dem Augenrollen nicht mehr heraus. Zwei Männer hat sie schon mehr als schnippisch angefahren, dass sie sie nicht dauernd berühren sollen, doch auch sie wurden nur angerempelt und trugen keine Schuld an Julies mieser Laune.

»Lass uns woanders hingehen, wenn wir ausgetrunken haben. Das ist ja nicht zu ertragen.« Sie muss brüllen, um sich Lisa verständlich zu machen. Schade, es war jahrelang so ein sicherer Hafen, wenn man einen schönen Abend haben wollte. Lisa nickt genervt und setzt das Glas an den Mund, vermutlich, um rasch auszutrinken, um dem Gedränge möglichst schnell zu entkommen.

Bis sie draußen in der frischen Luft stehen, müssen sie sich freikämpfen, genauso rücksichtslos durch die Massen marschieren und Menschen anrempeln, wie sie angerempelt worden sind. Sie atmen tief durch und versuchen, die Miesepetrigkeit abzuschütteln.

»Hast du eine Idee, wo wir jetzt hingehen können?« Lisa ist seit knapp zwei Monaten in Frankfurt, aber dank der rabiaten Art ihres Exfreundes, mit ihr Schluss zu machen und des regnerischen Wetters, das in der Zwischenzeit geherrscht hat, hat sie bisher kaum Abende in gelöster Stimmung verbracht.

»Lass uns direkt da gegenüber in die *Börse* gehen, da sollten sich nicht solche Dramen abspielen.«

»Schade, dass es nicht mehr wie früher ist. Ich will gar nicht zählen, wie viele Bars und Clubs in den letzten zehn Jahren geschlossen und neueröffnet wurden. So traurig um die ganzen Institutionen, die wir immer besucht haben.«

»Sehr traurig!« Julie zieht ihre Freundin mit sich. »Aber kein Grund, Trübsal zu blasen.«

Sie steigen die Treppen in den Keller hinunter und sind erleichtert, dass sowohl das Publikum, als auch die Musik nach ihrem Geschmack sind. Allerdings ist die Tanzfläche mehr oder weniger leer gefegt, vor der Bar tummeln sich mehrere größere Gruppen und einige Paare sitzen auf den Loungemöbeln, die in den Ecken platzsparend angeordnet sind.

»Sieht immer ein wenig verloren aus hier, aber trotzdem besser, als diese Massenveranstaltung da drüben.« Julie marschiert ohne Umwege auf die Bar zu, Lisa erscheint neben ihr. Sie sieht immer noch ziemlich unglücklich aus. »Was möchtest du? Ich lade dich ein.«

»Wie wäre es, wenn ich die Damen einlade?« Ein recht kleiner Mann hat sich hinter ihnen aufgestellt und blickt sie fragend an. Sein Anzug sitzt weder an den Schultern noch um seinen Bauch, die tief liegenden Augen mit den dunklen Ringen darum und sein leicht ergrautes Haar mit den großen Geheimratsecken lassen ihn älter erscheinen und nehmen ihm jeden Funken Attraktivität.

»Das ist ganz lieb, danke, aber wir machen heute Frauenabend und ich möchte meine Freundin einladen.« Julie dreht sich wieder zur Theke herum und hofft, dass der Typ das Ende des Gespräches in Kauf nimmt.

»Ich möchte Sie nicht verärgern, aber lassen Sie einem Gentleman doch die Freude«, sagt er und beweist sich als hartnäckiger Zeitgenosse. »Es ist nicht an Bedingungen geknüpft. Sie müssen sich nicht einmal mit mir unterhalten. Ich habe heute Geburtstag und deshalb jeden Gast hier auf ein Getränk eingeladen. Fragen Sie die anderen.« Er zeigt mit einer ausschweifenden Bewegung durch den Raum.

Eine Gruppe Männer hebt ihre Gläser und nickt bestätigend. Julie und Lisa tauschen Blicke aus und zucken anschließend mit den Schultern.

»In Ordnung. Julie, was nimmst du?«

Lisa scheint sich noch nicht entschieden zu haben, also macht Julie den Anfang. »Ich nehme einen Mojito oder kennen die hier Phojito?« Sie dreht sich zu dem Barkeeper herum und fragt ihn persönlich. Doch leider kann er damit nicht dienen, sodass Julie bei ihrer ersten Wahl bleibt. Lisa entscheidet sich für einen Whiskey Punsch.

Der Barkeeper hält dem Geburtstagskind das Kartenlesegerät hin, welcher die Drinks bezahlt, ihnen zuprostet und einen schönen Abend wünscht. Er bewegt sich in Richtung der Tanzfläche und scheint zu kontrollieren, ob auch wirklich jeder Anwesende ein Getränk in Händen hält.

Mit ihren kalten Gläsern entfernen sich Julie und Lisa von der Bar, halten Ausschau nach einer Lounge, die noch frei ist.

»Prost euch!«

Einer der jungen Männer, die ihnen eben bestätigt hatten, dass der Anzugträger tatsächlich nur sehr spendabel ist, sucht nun wohl den Kontakt zu ihnen. Sie heben die Gläser als Antwort und gehen weiter.

»Kommt ihr aus Frankfurt?«, versucht er es erneut.

Das ist so ziemlich die häufigste Frage, die man in Frankfurt gestellt bekommt. Nicht ‚Wie heißt ihr?‘ oder ‚Wie geht es euch?‘, sondern ‚Seid ihr von hier?‘. Was lernt man daraus? Die Fragesteller stammen meist nicht von hier, sind entweder zu Besuch oder gerade zugezogen. Auf Dörfler hat Julie heute aber wirklich keine Lust und Lisa sollte eigentlich auch nicht mit solchen Leuten belästigt werden.

Jonas war einer von den Dörflern und hat sie immerhin ziemlich fies abgesägt. Also will sie ihre Freundin schützen und kanzelt den Typ mit einem ‚Yep‘ und ihrer Rückenansicht ab.

»Dann könnt ihr uns doch bestimmt ein paar coole Locations empfehlen.« Weil er offensichtlich etwas schwer von Begriff ist, legt er nach, statt sie ziehen zu lassen. »Wir sind nur für das Wochenende hier und wollen möglichst die Hotspots sehen.«

Julie lässt ermüdet die Schultern sinken und atmet schnaubend aus. Sie wusste es, die suchen einen Stadtführer und ein paar heiße Mädels für Fotos, damit sie den Freunden zu Hause zeigen können, was sie Aufregendes erlebt haben.

Lisa steht dicht neben ihr, wirft ihr einen Blick aus den Augenwinkeln zu und fängt an zu grinsen. »Nicht aufregen.« Sie klopft ihr sanft auf den Arm.

»Was möchtest du machen? Dich mit ihnen unterhalten oder das Weite suchen? Du darfst entscheiden.« Julie hofft auf Letzteres. Ein bisschen Ablenkung würde Lisa vermutlich guttun, aber Julie ist wirklich nicht in Stimmung für diese Standardfragen und Small Talk. ‚Woher kommt ihr?‘ ‚Was macht ihr?‘, ‚Hast du einen Freund?‘, ‚Kann ich mit zu dir kommen? Im Hotel ist es so eng mit den ganzen Jungs.‘ Sie glaubt nicht daran, dass einer von ihnen den Charme besitzt, sie davon zu überzeugen. Aber wenn, dann lieber Dirty Talk, statt Small Talk.

»Lass uns kurz mit ihnen quatschen und wenn sie doof sind, täusche ich einen Notfall vor und wir hauen ab, okay?«

»Ist gut.« Nicht überzeugt folgt sie Lisa zu der Gruppe zurück und legt ein eher gequältes Lächeln auf. Sie holt ihr Handy raus und überlässt Lisa das Beantworten der Fragen. Schnell schickt sie ein augenrollendes Emoji und den Affen, der sich die Augen zuhält, an Philipp.

Prompt sendet er ein Fragezeichen.

Julie tippt ihre Erklärung und beachtet die Männer um sie herum nicht.

»Wem schreibst‘n da? Deinem Freund?«

Einer ist entweder neugierig oder versucht, witzig zu sein. Julie tut so, als hätte sie es nicht gehört und formuliert weiter die Nachricht an Philipp.

»Hey, du, Julie, oder?« Er steht jetzt neben ihr und will nicht lockerlassen. Schon verflucht sie Lisa, weil sie denen ihre richtigen Namen genannt hat. Normalerweise ist sie Arielle und Lisa Pocahontas. Dass sie bei der Wahrheit geblieben ist, kann eigentlich nur eins bedeuten: Einer von den Typen gefällt ihr. Mit diesem Geistesblitz hebt Julie ruckartig den Kopf, betrachtet den Mann neben ihr, antwortet aber trotzdem nicht auf seine Frage, sondern sieht auf Lisa und die anderen Jungs. Da ist er. Kein Wunder, er ist attraktiv und hat ein schönes Lächeln. Gut für Lisa, soll sie mit ihm flirten und vielleicht ein bisschen mehr.

Unsanft tippt ihr Gesprächspartner mit dem Finger immer wieder auf ihren Oberarm.

»Hey, lass das.« Julie zuckt zurück, bekommt gewaltig schlechte Laune. »Willst du, dass dir jemand Fremdes den ganzen Abend auf den Arm schlägt?« Sie übertreibt absichtlich, hat keinen Nerv mehr für ihn übrig.

»Würde mich nicht stören.«

Julie ballt eine Faust und donnert sie ihm an die gleiche Stelle, die er bei ihr malträtiert hat. Weil er absolut nicht darauf vorbereitet war, wackelt er leicht zur Seite und sein Bier schwappt über den Rand des Glases hinaus.

»Oha, so eine bist du also!« Er klingt erstaunt, aber mindestens genauso amüsiert.

Diesen Satz kann sie auch nicht leiden. Er weiß nicht das Geringste über sie, wie kommt er darauf, sie in eine seiner billigen Pressspanschubladen zu packen? Am liebsten will sie ihm direkt eine reinhauen, aber sie beherrscht sich.

»Aktion und Reaktion, mein Lieber. Wenn du mich noch mal anfasst, gnade dir Gott. Und jetzt entschuldige mich, ich muss telefonieren.« Ihr Smartphone vibriert, sie liest Philipps Namen und, um den Nervbolzen loszuwerden, hält sie es ihm unter die Nase. Er streckt abwehrend die Hände vor sich und macht ein paar Schritte zurück. Endlich.

»Warte mal kurz«, sagt sie in das Telefon, als sie das Gespräch angenommen hat. »Ich gehe raus, da ist es nicht so laut.« Sie tippt Lisa im Vorbeigehen auf die Schulter und bedeutet ihr, dass sie oben zu finden ist. Ihre Freundin nickt und zeigt mit Daumen und Zeigefinger ein Okay. Anscheinend hat sie eine schöne Zeit, denn sie strahlt und ihre Augen leuchten. Das besänftigt Julie.

»So, ich bin draußen. Was gibt es denn?«, fragt sie in das Telefon.

»Na, du hast nicht mehr geantwortet, was los ist. Da dachte ich, ich frage mal nach, ob du einen stundenlangen Notfallanruf brauchst.«

Sie kichert, entfernt sich noch zwei Meter von dem Eingang, damit ihr der Türsteher nicht zuhören kann, der auf seinem Barhocker schon die Ohren gespitzt hat und sie auffällig beobachtet.

»Das kommt tatsächlich wie gerufen. Ich musste gerade einen Kerl in seine Schranken weisen.«

»Soll ich kommen und dich beschützen?«

»Sehr witzig, in vier Stunden sind die schon über alle Berge.«

»Ich bin in Heidelberg, das dauert nur eine Stunde.«

Julie ist überrascht, dass er so nah ist. Dann könnten sie sich vielleicht morgen treffen. »Was machst du denn da?«

»Also, soll ich nun kommen oder nicht?«

»Nicht, um mich zu beschützen. Das kann ich allein. Aber das mit dem Kommen wäre eine Option …«, wirft sie in den Raum und wartet gespannt auf sein Lachen.

Doch er grummelt nur. »Wenn du mir eine Übernachtungsmöglichkeit zur Verfügung stellst, kommen wir gemeinsam.« Sein lüsternes Seufzen spricht Bände.

Für einen Moment hängen sie ihren Gedanken nach, bis Philipp Luft holt. »Ganz so einfach wäre es nicht. Ich bin geschäftlich hier und kann mich nicht aus dem Staub machen.« Er schluckt hörbar. »Schade, denn meine Fantasie ist gerade mit mir durchgegangen.«

Julie ist auch geknickt. Deshalb hat er sich wohl nicht früher bei ihr gemeldet. Ihr nicht zu sagen, dass er in greifbarer Nähe ist, war vermutlich die bessere Methode, um sie nicht zu enttäuschen. »Ach ja? Wohin ist sie denn mit dir galoppiert, wenn ich bei der Metapher bleiben darf?«

»Das ist … Ich glaube … Ich gehe auch mal raus. Hier kann man mich zu leicht belauschen. Aber tatsächlich habe ich mir eben vorgestellt, dich zu küssen. Ich hoffe, das ist in Ordnung?«

Julie kann sich ein Lächeln nicht verkneifen. »Natürlich ist das in Ordnung. Darüber habe ich auch schon das ein oder andere Mal nachgedacht.«

»Tatsächlich? Das finde ich schön zu hören. Hast du auch über mehr nachgedacht?«

»Vielleicht.« Sie fragt sich, wohin diese Unterhaltung führen soll. Der Flirt vor einem Monat in München war aufregend. Das Schreiben und Telefonieren seit einer Woche waren erhebend. Er hatte ihr an dem Abend erklärt, dass er aktuell versucht, eine Beziehung zu retten. Dass es aber schon seit Jahren keinen Sex mehr gäbe und er nicht wisse, wie lange er dieser Frau noch beistehen könne. Julie hatte die Information aufgenommen und innerlich sofort gemerkt, wie geknickt sie darüber war. Doch sie hatte ihn gebeten, sich zu melden, sollte das Thema abgehakt sein und sein Kopf frei für etwas Neues. Es überraschte sie, dass er so schnell wieder den Kontakt gesucht hat, aber offenbar ist die andere Beziehung an ihr Ende gelangt. Zu einem späteren Zeitpunkt will Julie fragen, wie sie nun auseinandergegangen sind und ob es viele Streitpunkte gegeben hat. Aber nicht jetzt. Sie will das Prickeln genießen, das sich in ihren Zellen ausbreitet wie ein Lauffeuer, wenn sie miteinander sprechen.

»Vielleicht? Ich gehe davon aus, dass das Ja bedeutet und du dich nicht zu weit aus dem Fenster lehnen möchtest. Das verstehe ich. Aber ich möchte dir gern erzählen, wovon ich träume. Bist du damit einverstanden?«

Julie räuspert sich, sieht sich um und entscheidet, dass sie sich an einen der leeren Hochtische setzen möchte, auch wenn sie damit näher an Zuhörer heranrückt. »Gern. Ich bin gespannt, was deine wilden Pferde so mit sich bringen.«

Er lacht. »Mein Mustang liegt aktuell noch in Ketten, aber er strampelt sich langsam frei.«

Das scheint die Metapher für seine Beziehung zu sein. Julie lauscht ihm aufmerksam. »Gut. Wenn er frei ist und an Frankfurt vorbeigaloppiert, kannst du mir ja Bescheid geben.«

»Das mache ich, glaube mir. Bis dahin würde ich gern wissen, was du davon hältst, wenn … nun … ich von dir … auf mir … träume? In meinem Kopf ist das alles so erotisch, so wunderbar liebevoll und erregend. Weißt du, was ich meine?«

»Hm.« Sie lächelt, will es ihm aber nicht zu leicht machen. »Vielleicht solltest du mir mehr von den Details erzählen.«

»Die Details? Du meinst, wie ich dir die Haare sanft zur Seite streiche, meine Lippen an deinen Nacken führe und dich zärtlich küsse? Wie ich mit meinem warmen Atem dein Ohr streife und mit der Zungenspitze hineinfahre? Wie ich meine Hände über deine Schultern und den Rücken zu deinem Hintern gleiten lasse? Wie ich meine Finger in deinem Fleisch vergrabe und gleichzeitig unsere Körper aneinanderpresse. Du wirst es spüren, wie sehr ich schon erregt bin und wie sehr ich mich nach dir verzehre.«

Sie rutscht auf dem Hocker herum, spürt das Kribbeln zwischen ihren Schenkeln aufflammen. Ist es das, was er will? Telefonsex? Obwohl sie bis dahin nichts dazu beigetragen hat und auch nicht vorhat, dies zu tun. Aber allein hier zu sitzen und sich das Gesagte anzuhören, erscheint ihr irgendwie falsch. Sie sollte zu Hause sein, in ihrem Bett liegen und die Möglichkeit haben, daraus etwas zu machen. Doch Lisa in den Fängen dieser Männer zurückzulassen, kommt nicht infrage. Jetzt hat sie jederzeit die Möglichkeit, eine Nachricht oder einen Anruf abzusetzen oder gar nach Julie zu schauen. *Es wird ihr für eine Weile wohl noch gut gehen.* Sie entscheidet, ihn weiterreden zu lassen.

»Sind das die Details, von denen du gesprochen hast?«, fragt er provokant.

»Ja, in etwa. Aber irgendetwas fehlt noch, damit ich mich so richtig in die Situation versetzen kann.«

»Lass mich überlegen. Hm. Habe ich schon erzählt, wie ich dir die Kleidung ausziehe?«

»Das kann ich mir sehr lebhaft vorstellen. Ich denke, du solltest noch ein bisschen mehr davon sprechen, wie das bei dir aussieht.«

»Du möchtest also wissen, wie hart ich bei dem Gedanken an dich werde? Dass mir die Hose bald platzt und ich Schmerzen bekomme, wenn du nicht bald den Druck ablässt? Wie groß und prall er auch jetzt wieder ist und ich mir nichts sehnlicher wünsche, als ihn in deine Hände zu legen. Damit du siehst und spürst, welche Ausmaße er für dich annimmt. Die Erektion, die dich ausfüllen wird und die Hoden, die dir an den schönen Hintern klatschen.«

»Ja, das hilft mir deutlich weiter.« Sie lauscht seiner rauen Stimme und wünscht sich, in seiner Nähe zu sein, körperlich. Damit sie ihn berühren kann, seinen Körper erkunden und seine Zunge mit ihrer ertasten. Doch das auszusprechen, traut sie sich nicht.

»Dann würde dir vielleicht auch helfen, zu erfahren, dass ich mit meiner Zunge über deinen Hals fahren würde, bis ich zu den Ausläufern deiner wohlgeformten Brüste gelange. Die weiche Haut liebkose und behutsam kleiner werdende Kreise ziehe, bis zu den Spitzen hinauf. Zu den in den Himmel gereckten Brustwarzen, die in meinem Mund von Wärme empfangen werden. Eine nach der anderen erfährt, wie es sich anfühlt, zwischen meinen Lippen, von meiner Zunge und gelegentlich von meinen Zähnen umsorgt zu werden.

Feucht und ausdauernd werde ich sie verwöhnen, daran knabbern und sie lecken.«

Julie atmet schwer. Sie presst das Smartphone an ihr Ohr und hofft, dass niemand mitbekommt, was ihr zugesäuselt wird. Es kommt ihr vor, als würde sie etwas Verbotenes tun, doch sich eine Geschichte anzuhören und davon zu träumen, wie es wäre, diesen attraktiven Mann wirklich zu spüren, scheint ihr eine akzeptable Grauzone. Sie überschlägt die Beine und bemerkt, dass es ihr schon recht warm geworden ist, vor allem dort, wo sie ihn jetzt am liebsten hätte. Zwischen ihren Beinen.

»Weißt du, was ich auch gern lecken würde? Ich komme mir etwas schändlich vor, daran zu denken und es nun auch auszusprechen, aber mit meiner Zunge durch deine intimste Stelle zu gleiten. Das ist mein größter Wunsch. Dich zum Schreien zu bringen. Deine Lippen auseinanderzuziehen, zu beobachten, wie sie immer mehr anschwellen, wie du dich windest unter meinen Zungenschlägen. Deine Klitoris zu umkreisen und ganz vorsichtig daran zu spielen, bis sie bereit ist, richtig behandelt zu werden. Geleckt und geliebt zu werden. Und wenn ich dann mit meiner Zungenspitze deinen Eingang massiere, deine Feuchte herauslecke und mich in dich hineinschiebe, dann will ich mehr. Ich will ganz in dich eindringen. Meine Erektion zwischen deine Lippen schieben, deine Enge spüren, als würde sich dein Fleisch wie ein warmer Handschuh um mein Glied legen. Ich will dich spüren, alles an dir, Julie. Willst du das auch?«

Ihr bleibt die Spucke weg und ihr ist heiß. Vermutlich ist sie sogar errötet, so in der Öffentlichkeit, mit all den Menschen um sie herum. Es zwickt sie im Schritt und sie würde gern ihre Unterwäsche von ihren Schamlippen wegzupfen, um ihnen Raum zu geben. Sie saugt an dem Strohhalm ihres Getränkes, wenigstens eine kleine Abkühlung.

»Bist du noch dran, Julie?«

Vor lauter Träumerei verschluckt sie sich und muss über das Husten erst einmal zum Luft holen kommen. »Ja. Ja, ich bin noch da.« Seine Frage hat sie bereits vergessen und sie weiß nicht, was sie sonst sagen soll, also verstummt sie. Ob er weiterredet?

»Ich vermute, du hörst gern von meinen Träumen?«

Sie antwortet ihm mit einem kleinlauten Ja, denn sie will sich nicht gezwungen fühlen, ihre Fantasien zum Besten zu geben.

»Das macht mich sehr froh, Julie! Und ich würde dir gern noch ein bisschen mehr erzählen, aber das müssen wir auf ein anderes Mal verschieben. Sie winken schon wieder nach mir und werden langsam unruhig.«

»Okay. Schade!« Sie verabschieden sich. Julie erkennt, wie sehr ihr – wieder mal – die Nähe zu einem Mann gefehlt hat und fragt sich, ob sie dieses Mal alles richtig macht. Ist das schon ein Schritt zu weit? Zu flirten und sich die Fantasien des anderen erklären lassen? Immerhin hat er sich anscheinend noch nicht getrennt und ist somit eine verbotene Frucht. Eine, von der sie noch nicht gekostet hat. Aber es duftet schon so süß, dass sie sich den ersten Happen am liebsten sofort gegönnt hätte. *Nein, was würde Max sagen? Erst kosten, wenn sie frei verkäuflich auf dem Marktstand liegt!*

Julie schiebt sich von dem Hocker und folgt einer kleinen Gruppe in den Keller. Lisa steht immer noch an der gleichen Stelle und lacht offensichtlich bestens gelaunt mit ihrem Angebeteten. Julie gibt sich einen Ruck, will gerade zu den anderen hinübergehen, als Max plötzlich vor ihr steht. *Zufälle gibts.*

»Hallo, Frau Bender. Was machen Sie denn hier so ganz allein?« Er grinst sie an, bevor er sie in den Arm nimmt und feste drückt.

»Hey! Schön, dich zu sehen!« Sie lösen sich voneinander. »Ich bin gar nicht allein. Lisa steht da drüben.« Sie zeigt ihm die Richtung. »Aber mit den Jungs konnte ich nichts anfangen, deshalb habe ich mich zum Telefonieren verdrückt.« Sie zwinkert ihm zu, weil sie weiß, dass Max auch gern mal Frauen stehen lässt und telefoniert. Natürlich nur, wenn sie ihn langweilen.

»Ich verstehe.« Er greift hinter sich und fischt nach der Hand einer Frau, die bisher Abstand gehalten hat. Er dreht sich leicht zu ihr um und zieht sie zu sich heran. »Das ist Andrea. Wir haben uns vorhin beim Volleyball kennengelernt. Sie ist neu hier. Andrea, das ist Julie.«

Sie geben sich ganz offiziell die Hand und lächeln sich an. *Sympathisch.*

»Bist du aus Frankfurt?«

O nein. Julie muss sich mit aller Gewalt das Augenrollen verkneifen. Wieso fällt den Menschen nichts Besseres ein, als sie danach zu fragen? »Ich wohne seit zehn Jahren hier.« Ihr Blick huscht zu Max, der überaus gut gelaunt scheint und Andrea von der Seite beobachtet. Julie hätte nicht gedacht, dass Max auf exotische Frauen steht. Sie hat etwas von einer Inderin oder vielleicht Perserin. Hübsch ist sie, trotz oder gerade wegen des leichten Silberblicks. Es macht sie sehr interessant.

»War heute denn ein Turnier oder habt ihr nur trainiert?«, fragt Julie, aber Max hat die Frage entweder nicht gehört oder will sie nicht beantworten.

»Es war nur Volleyballtraining. Ich habe mich angemeldet und der Trainer meinte, ich könne direkt mitmachen.« Sie zuckt mit den Schultern und schaut lächelnd wieder zu Max. »Dann habe ich ihn gesehen und dachte ‚Okay, ich bleibe!‘.«

O man. Julie ist heute so gar nicht in der Stimmung für Lovestorys. Ihr fehlt ihre eigene. Und obwohl sie dank Philipp nicht mehr schlecht drauf ist, fühlt sie sich nicht besonders wohl dabei, den beiden zuzusehen. Um sie nicht zu kränken, erklärt sie ihnen, dass sie goldig zusammen aussehen, sie jetzt aber mal wieder bei Lisa vorbeischauen müsse. Sie verabschieden sich.

»Julie, gut, dass du da bist. Ich muss nach Hause.« Lisa lacht und fällt ihr halb entgegen. Der Attraktive hält sie an einem Arm fest, damit sie nicht auf den Boden knallt. »Hupsi.«

»Wie viel hast du denn in der Zwischenzeit getrunken?«

»Gar nichts!« Sie bekommt Schluckauf und muss wieder lachen.

»Aha.« Sie begutachtet Lisa. In ihren Augen schimmert es und die Haut auf ihren Wangen ist deutlich gerötet. »Irgendwie glaube ich dir das nicht.« Sie lachen beide. Der Attraktive steht nur da. »Na dann, auf. Hast du alles?«

»Nein.« Sie wankt, selbst mit beiden Füßen sicher auf dem Boden.

»Was fehlt denn? Deine Tasche ist da. Handy?«

Lisa haut auf ihren Hintern. »Handy ist da. Aber ich habe den Kuss vergessen.«

Oje. Julie schließt kurz die Augen, um sich alles zu verkneifen, was ihr in dem Moment dazu einfällt. »Den kannst du bestimmt ein anderes Mal abholen.« Über die Schulter ihrer Freundin lugt Julie zu dem Attraktiven, der ihr lachend zustimmt. Er zieht eine Visitenkarte aus der Gesäßtasche und reicht sie ihr. »Schau, Lisa, jetzt hast du seine Telefonnummer und kannst dich mit ihm verabreden, wenn du wieder nüchtern bist.« Sie wedelt mit der Visitenkarte vor ihrem Gesicht herum. Lisa schnappt sich das Papier und betrachtet es eingehend.

»YES!« Sie reißt die Hand in die Luft und schwenkt die Karte wie eine Fahne zum Takt der Musik über ihrem Kopf.

Julie und der Attraktive blicken sich an und können ihr Lachen nicht mehr zurückhalten. Sie nickt ihm zum Abschied zu und führt ihre Freundin zum Ausgang.

Diese dreht sich noch einmal halb zu ihm herum. »Tschüss, Ben!«

Zwei Monate später

Das Smartphone klingelt im Wohnzimmer. »Moment«, ruft Julie aus der Küche. Natürlich wird weder das Smartphone noch der Anrufer davon Notiz nehmen. Sie greift das Handtuch, reißt es von dem Haken und spurtet damit in Richtung des Klingeltons. Ihre nassen Hände reibt sie rudimentär trocken, bevor sie das Telefon nimmt und irritiert auf das Display starrt. In dieser

Sekunde legt der Anrufer auf und die Anzeige verschwindet.

Julie kaut auf ihrer Unterlippe und überlegt, was sie machen soll. Sie atmet hörbar aus und entscheidet sich für den Rückruf. »Ich bin alt genug.« Es klingelt.

»Hey, Julie, schön, dass du zurückrufst. Ich dachte, du ignorierst mich noch.«

»Ich backe gerade und war nicht so schnell mit Händewaschen.« Ein Kloß sitzt ihr trotzdem im Hals. Auch wenn sie alt genug ist, sich der Situation zu stellen, es tut weh und am liebsten würde sie das Gespräch beenden.

»Verstehe. Soll ich mich lieber später noch mal melden?«

»Nein, was gibt es denn?« Sie weiß nicht, wie er die Freundschaft jemals rehabilitieren will. Sie hatte ihn gewarnt und gebeten, mit der anderen Frau ehrlich zu sein. Dass es am Ende Julie war, die er nicht mehr treffen wollte, hatte sie zutiefst verletzt. Alex war seitdem ein rotes Tuch für sie. Die Verbundenheit hatte sich in Luft aufgelöst. Umso merkwürdiger war es nun, dass er sich bei ihr meldete.

»Es ist aus mit Ann-Sophie.« Er klingt bedrückt.

»Aha.« Julie ist sich nicht sicher, was sie mit dieser Information anfangen soll.

»Ich dachte, das solltest du wissen.«

»Warum?«

»Warum wir uns getrennt haben oder warum du es wissen solltest?«

»Beides.«

»Es hat einfach nicht funktioniert. Es war von Anfang an ein Kampf, daran erinnerst du dich vielleicht noch. Aber sie hat trotzdem nie mit mir über die wichtigen Dinge gesprochen, sondern ist immer zu ihrer Schwester gerannt. Und ich wurde vor vollendete Tatsachen gestellt. Wir waren zusammen im Urlaub. Da bin ich fast explodiert, weil sie zehn Mal am Tag ihre Schwester angerufen hat, um ihr zu erzählen, wie schön es auf Kos ist. Ich durfte sie an allen Hotspots in den verschiedensten Posen fotografieren, aber war nie mit auf dem Bild. Und als ich zu ihr sagte, dass ich das doof finde, hat sie nur mit den Schultern gezuckt. Irgendwann habe ich mir Mut angetrunken und ihr an den Kopf geworfen, dass sie keine Beziehung mit mir führt, sondern mit ihrer Schwester und ich nur ein dahergelaufener Schwanz bin, den sie für ihre Unterhaltung braucht. Na ja, da war dann Ende Gelände.«

Ein kleines Lächeln huscht Julie über die Lippen, doch sie äußert sich nicht dazu. »Und warum sollte ich das wissen?«

Er räuspert sich. »Damit du dich darüber lustig machen kannst und …« Er macht eine Pause.

Julie ist nicht ganz klar, worauf er hinauswill. »Und was? Willst du es noch mal mit mir probieren, weil die Alte doch nicht die Richtige war? Ich hoffe, das ist nicht dein Ernst!« Die Wut, von der sie eigentlich gehofft hatte, dass sie einigermaßen verflogen wäre, kocht wieder hoch. Wenn er auch nur ansatzweise gedacht hat, sie würde sich noch einmal auf ihn einlassen, hat er sich ganz gewaltig getäuscht.

»Nein, aber das habe ich verdient. Bitte, du darfst mich gern anschreien, wenn du willst. Ich möchte einfach nur die Freundschaft retten, die wir schon so viele Jahre geführt haben. Dass wir uns wieder anrufen und die verrückten Sachen erzählen können, die uns passieren.«

Sie sagt nichts, schnaubt nur durch die Nase.

»Ich weiß, ich war ein Idiot.«

»Allerdings.«

»Es tut mir leid.«

»Das sagtest du schon, nachdem du mir das Herz gebrochen hast.« Damit übertreibt sie vielleicht ein wenig, aber wen juckts? Er soll spüren, dass sie ihn eine Weile leiden lassen wird. Wer verliebt sich schon in seine beste Freundin, überzeugt sie davon, es miteinander zu versuchen und lässt sie dann wie eine heiße Kartoffel fallen, weil eine Frau die Ann-Sophie heißt, mit der es überhaupt nicht lief und schon damals keine Zukunft hatte, ihm nicht erlaubt, Schluss zu machen. *Was ist er nur für ein Weichei?*

»Autsch. Jap, das habe ich wohl auch verdient.«

»Solange du mir keinen echten Grund lieferst, damit aufzuhören, werde ich dir das noch lange um die Ohren hauen. Und eine Entschuldigung reicht nicht.«

»Wie wäre es dann mit einer Tinder-Story?«

»Vielleicht.« Julie lässt sich in die weichen Polster ihres Sofas fallen und legt die Füße auf den Holztisch. Wenn die Geschichte nichts taugt, kann sie immer noch auflegen.

»Also, wir hatten ein bisschen hin und her geschrieben, waren einmal Kaffeetrinken und spazieren, und beim zweiten Date im Kino. Übrigens«, schiebt er ein, »das ist auch nicht mehr wie früher. Es hat gar nicht mehr den Charme, in den Pärchensesseln zu sitzen. Aber egal. Die Frage war also, was wir beim dritten Date machen wollen. Es war Anfang Dezember. Ich war so frei, anzubieten, dass wir zusammen Plätzchen backen könnten. Natürlich nicht ganz uneigennützig, vier Hände schaffen einfach mehr als zwei und ich musste meiner Family ja dieses Mal welche mitbringen.« Mit sieben erwachsenen und flügge gewordenen Kindern hatten seine Eltern zwar ihre Ruhe, aber auch keine Veranlassung mehr, Plätzchen zu backen. Deshalb gab es die Anordnung, dass, in einer festgelegten Jahresrotation, jedes Kind einmal für die Plätzchenversorgung der Eltern zuständig ist. Julie fand die Idee damals großartig, war sich aber nie sicher, ob Alex dafür die richtige Person ist.

»Auf jeden Fall ging sie darauf ein. Ich besorgte alles, rührte sogar schon zwei Teige an, weil die Vanillekipferl- und Zimtsternteige bekanntlich eine Weile in den Kühlschrank müssen. Als sie am Nachmittag ankam, war demnach nur noch Ausrollen, Ausstechen und Formen angesagt. Und – OH – MEIN – GOTT, Julie. Die Frau konnte gar nichts. Ich habe den Teig ausgerollt und ihr den Sternausstecher hingelegt. Sie hat ihn irgendwo in die Mitte geklatscht und dann noch zwei oder drei wild über den Teig verteilt. Als ich mich wieder zu ihr umgedreht und das gesehen habe, wäre ich ihr beinahe ins Kreuz gesprungen. Wer macht denn so was? Kannst du mir das mal erklären?«

Sie hört, wie er aufgeregt in seiner Wohnung umherläuft. Ihr entfährt ein kleines Kichern, aber sie räuspert sich, um wieder ernst zu werden. »Manche scheinen es so zu handhaben. Und weiter?«

»Ich weiß, dass du das genauso wenig ertragen könntest. Das ist doch der größte Schwachsinn, den man sich ausdenken kann. Du musst viel zu oft den Teig wieder verkneten und neu ausrollen. Die Zeit habe ich einfach nicht. Und weil ich ihr das nicht erklären oder sie die Logik dahinter nicht begreifen konnte, habe ich ihr gezeigt, wie sie die Vanillekipferl rollen soll. Julie, ich sag es dir. Das waren MONSTER. Sie hat nicht nur kein Verständnis für meinen ästhetischen Anspruch, sondern sich noch darüber aufgeregt, dass ich nur meckern würde. Als ob das zählen würde, wie die aussehen, solange sie schmecken. Wer hat diese Frau großgezogen? Welche Tiere machen so etwas Grausames?«

»Hm.« Eigentlich ist ihr zum Lachen zumute, doch sie will ihn nicht zu sehr bestätigen. »Und, hast du sie dann also rausgeworfen?«

»Nee, ich wollte ja trotzdem noch mal ran.«

»Well, you're still an idiot.«

»Mag sein, aber Druck muss abgebaut werden. Wir haben noch was zu essen bestellt, ich hab sie flachgelegt und dann hab ich sie rausgeworfen. So hätte es nicht enden müssen, aber sie hat sich einfach zu doof angestellt.«

»Darüber kann ich echt nicht lachen. Du hättest es bei der Back-Story belassen sollen.«

»Ist notiert. Aber erzähl du doch mal. Was gibts Neues?«

»Hongkong.«

»Was bedeutet das? Ist das ein Codewort?«

»Ich wurde eingeladen, mit jemandem nach

Hongkong zu fliegen und überlege, ob ich es machen soll. Ganz spontan, nächste Woche. Urlaub würde ich bekommen.«

»Genial! Auf jeden Fall machen!«

»Hm.«

Eine Woche später

Als Julie das Flugzeug verlässt, hat sie das Gefühl, als wäre sie von einem Auto angefahren worden. Zwölf Stunden in einem Economyclass-Sitz eingequetscht zu werden, ist definitiv nicht halb so komfortabel, wie bei Geschäftsreisen in der Businessclass zu reisen. Aber welche Privatperson kann sich schon ein Ticket für die Businessclass leisten? Sie hatte Glück, fand bei einem Onlineportal ein Last-Minute-Schnäppchen und fliegt nun nach Hongkong und zurück für fünfhundert Euro. Julie versucht, sich beim Gehen zu dehnen und zu strecken, um ihre verspannten Glieder wieder zum Leben zu erwecken.

Geschlafen hat sie fast gar nicht, da das Mädchen hinter ihr ihre Knie an den Sitz gedrückt hatte und bei jeder Bewegung Julie in den Rücken trat. So fühlte es sich zumindest an. Das Medienprogramm war zwar recht abwechslungsreich, doch nach zwei Filmen und jeder Menge Essen sehnte sie sich nach einer Möglichkeit, die Beine auszustrecken.

Sie passierte die Einreise, schnappte sich ihren Koffer vom Band – ein Vorteil, wenn man als Letzte aussteigt, man muss nicht lange auf das Gepäck warten –, und ging durch den Zoll. Direkt dahinter sieht sie Währungstauschschalter, von denen sie sogleich Gebrauch macht. Sie legt ihr Bargeld auf den Tresen und lässt sich zum entsprechenden Kurs Hongkong-Dollar auszahlen, nur zur Sicherheit versteht sich. Ihre Kreditkarte sollte hier eigentlich überall akzeptiert werden.

Da sie einen Hoteltransport gebucht hat, scannt sie den vor dem Ausgang stehenden Pulk Wartender. Von handgeschriebenen Schildern, deren Namen kaum zu entziffern sind, bis zu einlaminierten schicken Hotellogos ist alles dabei und wird mit langen Armen nach oben gehalten. In geschwungener Schrift und mit laminierter Oberfläche erkennt sie den Hotelnamen, den sie sucht und lässt sich von dem jungen Chinesen zu einem Kleinbus bringen. Auf eine weitere Stunde Sitzen ist sie nicht erpicht, aber komfortabler kommt sie nicht zum Hotel.

Während draußen die Sonne scheint und die Menschen in Sommerkleidung unterwegs sind, friert sich Julie einen Ast ab. Klimaanlagen gehören hier wohl wie in den USA zu den liebsten technischen Erfindungen für geschlossene Räumen. Sie erkennt das Hotel von Weitem und freut sich, dass sie der Eishölle bald entkommt. Es steht fast am Wasser, wird nicht von den Hochhäusern der Stadt beschattet und sieht modern aus.

Sie steigt aus, gibt dem Fahrer ein Trinkgeld und betritt, den Koffer hinter sich ziehend, die Lobby. Sie muss eine Rolltreppe nehmen, um in das nächste Geschoss, zur Rezeption und der Lounge zu gelangen.

»Da bist du ja schon!«

Seine Stimme zu hören, sorgt für einen kleinen Herzhüpfer. Sie lächelt ihn an und aller Sitzschmerz ist vergessen. Philipp begrüßt sie mit Küsschen auf die Wange.

»Wie war der Flug?«

»Anstrengend, aber jetzt bin ich ja da! Wie geht es dir denn?«

»Fantastisch!« Er greift sich ihren Koffer und führt sie zu den Aufzügen. »Der erste Termin ist über die Bühne gebracht, dem nächsten stehe ich sehr optimistisch gegenüber und ich freue mich auf ein paar schöne Tage mit dir.«

»Ich mich auch.«

Philipp lässt ihr den Vortritt in den verspiegelten Aufzug und betätigt den Knopf des 23. Stockwerks. Zwei weitere Gäste treten hinter ihnen ein, die offenbar in der 15. Etage schlafen. Mit drei großen Koffern und vier Personen ist die kleine Kabine ziemlich voll. Philipp steht nah bei ihr. Ihre Handrücken berühren sich bei den leichten Bewegungen, die der Aufzug beim Anfahren und Stoppen macht. Julie zieht eine Gänsehaut den Arm herauf, aber auch hier ist die Klimaanlage aufgedreht und sie kann nicht genau sagen, woran es liegt, dass sie sich schütteln muss. Er scheint ihr Frieren zu bemerken, denn er legt den Arm um sie und drückt sie an seine Seite. Sie sehen sich kurz in die Augen. Er lächelt und küsst sie auf die Stirn. Julies Gedanken schlagen Purzelbäume und ihr Herzschlag nimmt Fahrt auf. Es pocht ihr gegen die Brust, sodass sie Angst bekommt, Philipp könnte ihre Aufregung spüren.

Die beiden Mitreisenden verlassen den Fahrstuhl und verabschieden sich mit einem Nicken. Julie traut sich nicht, ihm noch einmal in die Augen zu sehen. Also blickt sie auf ihr Smartphone und registriert, dass sich die

Zeitzone schon selbstständig angepasst hat. Der Aufzug hält erneut, Philipp lässt von ihr ab und greift den Griff ihres Koffers.

»Aussteigen, bitte.« Er stellt sich in die geöffnete Tür und weist Julie den Vortritt.

»Vielen Dank.«

»Sehr gern, die Dame. Und gleich nach rechts abbiegen, bis zur Nummer 2306, bitte.«

Sie läuft vor ihm her, hält nach den Zimmernummern Ausschau und stoppt, als sie vor dem richtigen Zimmer steht. Aus den Augenwinkeln kann sie erkennen, wie sich Philipp mit dem Koffer auf dem verlegten Teppich ordentlich abmüht. Ihr ist bewusst, dass Hotels damit die Geräusche auf den Fluren dämpfen, aber für die Rollen der meisten Koffer ist Teppich ein Graus.

»Willkommen in Ihrem bescheidenen Reich.« Er stößt die Tür auf und bedeutet ihr erneut, vorzugehen. »Ich hoffe, es gefällt dir.«

»Natürlich, das ist großartig!« Julie läuft durch den Zimmerflur, an der Garderobe vorbei in das geräumige Schlafzimmer. Der dunkle Laminatboden, die Metallelemente und die schlichten, hellen Vorhänge sind ganz nach ihrem Geschmack. Das weiße Bettzeug ist ordentlich gedämpft und weist nicht eine Falte auf. Sie lässt sich prompt darauf fallen. Er lacht.

»Willst du auch das Bad sehen?« Er zeigt zu der Tür in der Nähe des Eingangs. »Es hat Badewanne und Dusche und der Blick aus der Wanne ist überwältigend.« Über eine an der Wand befestigte Fernbedienung steuert er die milchige Glasscheibe neben dem Bett an.

Sie wird klar und Julie schaut geradewegs ins Badezimmer. Jetzt lacht sie. »Ich glaube, das lassen wir schön bleiben!«

»Schade.« Grinsend drückt er zwei Knöpfe und die Scheibe wird wieder undurchsichtig.

Julie sieht sich um. Philipps Koffer steht verschlossen in der Ecke neben der Garderobe. »Bist du direkt aus dem Flieger zum Termin gefahren?«

Er folgt ihrem Blick. »Nein, nein. Ich habe meine Sachen ganz ordentlich in den Schrank gepackt, damit sie nicht mehr verknittern, als sie es schon sind. Oder damit sie wieder entknittern können, je nach dem, wie man es betrachtet.« Er öffnet eine der Türen. »Hier ist auch noch jede Menge Platz für dich.«

»Da passe ich nicht rein, tut mir leid. Ich werde schon im Bett schlafen müssen.«

Erwischt. Die Lachtränen auf seinen Wangen streift er mit den Fingern weg, rückt die Brille auf seiner Nase etwas nach oben, damit er auch die Augen trocknen kann. Julie freut sich wie ein Kind über einen Nikolausstiefel voller Süßigkeiten, zeigt aber nur ein kleines Lächeln.

»Das könnte natürlich eng werden. Ich schlafe normalerweise quer im Bett. Wenn du nichts dagegen hast, kannst du dich natürlich dazulegen.«

»Ich denke, damit kann ich umgehen.«

Es war von vornherein abgesprochen, dass sie sich das Zimmer und das Bett teilen. Auch wenn Julie kurz überlegt hatte, ein anderes Hotel – ein bezahlbares – zu buchen, damit sie unabhängig von ihm ist, entschied sie sich für sein Angebot. Sie ist in diesen Urlaub geflogen, um ihn zu sehen und um ihm näherzukommen. In einem anderen Hotel zu schlafen, hätte den Sinn der Reise zunichtegemacht.

»Wie sieht es denn mit Hunger aus? Ich würde dir gern mein Lieblingsrestaurant zeigen.«

»Nur zeigen?« Er liefert ihr eine Vorlage nach der anderen.

»Hm.« Er gluckst. »Wenn du nett bist, darfst du mitessen.«

»Heißt das, ich darf keine Späße mehr machen?«

Er rückt sich die Brille zurecht, streicht durch die Haare und kratzt sich am Kinn. »Das ist eine gute Frage, die ich dir gern mit einem Satz auf Latein beantworten würde. Bereit?« Er schaut sie herausfordernd an. Sie nickt. »*Horas non numero nisi serenas.*«

»Horas non numero … Stunden nicht zählen. Und wie ging es weiter?« Belustigt sieht sie ihn an. Damit hatte er wohl nicht gerechnet. Aber Französisch und Spanisch liegen dem Lateinischen manchmal doch recht nahe.

»Ich bin beeindruckt! Aber den Rest wirst du nicht kennen. Es lautet *nisi serenas.*«

Tatsächlich muss sie sich sehr darauf konzentrieren. »Ich glaube, *sereña* bedeutet auf Spanisch *fröhlich.*« Sie knetet ihre Unterlippe zwischen Daumen und Zeigefinger. »Das Wort dazwischen kenne ich aber nicht.« Sie schüttelt den Kopf. »Also großer Meister des Latinums, würdet Ihr mich bitte lehren, was es damit auf sich hat?«

»Sicherlich. Lernwillige Studenten nehme ich mir immer gern zur Brust.«

Sie reißt die Augen auf, weil ihr schon wieder ein Spruch auf den Lippen liegt, er bemerkt es und winkt hastig ab.

»Es bedeutet so viel wie ‚Ich zähle nur die heiteren Stunden‘. Und jetzt lass uns schnell etwas essen gehen, bevor das hier ausartet und du mir vom Fleisch fällst.«

*

Sie sitzt ihm gegenüber und lässt sich die verschiedenen Speisen schmecken. Erst hat sie das *Szechuan Beef* getestet und hätte beinahe Feuer gespuckt, weil sie auf eine Chilischote gebissen hat. Zumindest sah ihr Kopf danach aus, als würden gleich kleine Rauchwolken aus ihren Ohren aufsteigen. Dank jeder Menge Reis und Bier bekam sie das Brennen in den Griff. Die anderen Gerichte, die er bestellt hatte, waren nicht halb so gefährlich, aber mindestens genauso lecker. Er hatte sich durch die gesamte Karte bestellt. Eine Schale mit *süß-saurem Schweinefleisch*, eine mit *knusprigem Rinderhack mit Knoblauch, Garnelen mit getrocknetem Chili, Zuckerschoten, gebratene Brunnenkresse.* Außerdem natürlich *Peking Ente* und *grüne Bohnen.* Wer das alles essen solle, hatte sie gefragt.

Nachdem sie die Teller und Schalen leer geputzt haben, sitzen sie sich gegenüber und sind erfüllt.

»Wie wäre es, wenn wir jetzt in meine Lieblingsbar umziehen?«

»Wenn ich nicht weit laufen muss?«

»Nein, hier fährt man Taxi. Dann auf, auf zur *Red Lips Bar.*«

Er prostet ihr mit dem letzten Schluck Bier zu und stellt das Glas auf dem Tisch ab. Der Kellner bringt die Rechnung in einem Lederetui, in das Philipp seine Kreditkarte steckt und es dem Kellner in die Hand drückt, ohne sich den Betrag anzusehen.

»Was schulde ich dir?«

Er würde sich im Traum nicht einfallen lassen, von ihr Geld anzunehmen. Dass sie ihm hinterhergeflogen ist, ist in seinen Augen schon ein großer Schritt auf ihn zu und nun ist er an der Reihe. »Gar nichts. Du bist meine charmante Begleitung, die extra nach Hongkong kam. Sonst säße ich hier allein. Charmante Begleitungen müssen nichts bezahlen.«

»Das ist lieb von dir, aber absolut unnötig. Ich möchte nicht auf deine Kosten leben, du finanzierst immerhin schon das Zimmer.«

»Das übernimmt die Firma und ob ich nicht unser Dinner auch über Spesen abrechne, habe ich noch nicht entschieden. Also lass das bitte meine Sorge sein. Für die gesamte Woche.« Er setzt mit Nachdruck einen Punkt hinter den letzten Satz. Julie seufzt. Sie sieht nicht so aus, als würde sie sich das gern gefallen lassen. Aber hier spielen sie nach seinen Regeln.

Als *Hidden Bar* ist das *Red Lips* zwar kein Geheimtipp mehr, trotzdem wird das Etablissement oft von den Suchenden übersehen und so erhalten nur diejenigen einen Einblick in den außergewöhnlichen Raum, die sprichwörtlich die Augen offen halten.

Die steilen Treppenstufen nimmt er ausnahmsweise vor ihr und reicht ihr sicherheitshalber die Hand, da es kein Geländer gibt. Auf dem Absatz angekommen, klopft er zwei Mal und hebt den Blick in Richtung Kamera. Ein Kellner öffnet ihnen die Tür und bittet sie herein. Philipp muss seinen Ausweis abgeben. Julie inspiziert inzwischen den Raum. Er ist etwas Originelles. An der Decke hängen fulminante Kronleuchter, die Möbel sind aus einer vergangenen Zeit, genauso die Spiegel und Bilderrahmen. Alles mutet barock an, mit den Federboas an den Wänden erhält der Raum einen Touch von Moulin Rouge.

»Gefällt es dir? Ich hoffe, du trinkst Strawberry Daiquiri?«

»Ja, sieht witzig aus. Und ja, ich trinke fast alles!«

Er zwinkert ihr zu und deutet den Weg zur Bar. Es ist kurz vor zehn und schon gut gefüllt. Die Menschen stehen aber noch so entspannt in dem Nachtlokal, dass sie problemlos zur Bar vordringen können. Später wird der Raum vermutlich wieder so überfüllt sein, dass man sich nur mit viel Körperkontakt und Rempelei einen Weg durch die Gäste bahnen kann.

»Two strawberry daiquiris with chocolate, please«, bestellt er bei der Frau hinter der Theke.

»Hi Phil, nice to see you again! How are you?«

»Very good, thank you. How about you?«

»Great, thanks! I'll get you the drinks in a few minutes!«

Er bezahlt schon mal und dreht sich zurück zu Julie. Sie scheint immer noch recht fasziniert von den Menschen und der Einrichtung und beäugt eine Gruppe durchgewürfelter Gäste, die in der hinteren Ecke stehen. Dies ist eine beliebte Location für Airline Crews. Sie sind ein paar Tage in der Stadt und genießen das Essen, die Vielfalt und die verrückten Ideen der Hongkonger Chinesen. Zum Beispiel diese *Hidden Bar*, die unter ihnen als Hotspot gehandelt wird, weil die Strawberry Daiquiris in Gläsern mit Schokorand serviert werden. So kam Philipp überhaupt erst auf den Laden. Er hatte sich während eines Fluges vor ein paar Jahren mit dem Chef der Kabine – dem sogenannten Purser – unterhalten und wurde eingeladen, mit ihm und der Crew am Abend um die Häuser zu ziehen. Ein Glücksfall, denn nicht nur die Bar, sondern auch andere Locations, die bei den Einwohnern Hongkongs nicht unbedingt bekannt sind, wurden ihm von den Airlinern gezeigt. So auch sein Lieblingsrestaurant, wo Julie und er zuvor waren.

Sie dreht sich zu ihm um und ihre Augen werden groß. Er folgt ihrem Blick hinter sich, wo die Barfrau die Drinks auf dem Tresen abstellt. Er bedankt sich bei ihr, nimmt die schweren Daiquiri Schalen in die Hand und übergibt eines an Julie. Der Anblick des Glases scheint sie sowohl zu erfreuen, als auch zu überraschen.

»Das sieht toll aus, aber es ist riesig!«

»Das schaffst du schon. Wir müssen sowieso noch einen zweiten nehmen, das ist Pflicht.«

»Oh, okay, ich habe die Regeln für das Betreten des Ladens nicht so genau studiert. Aber wenn du es sagst …«

Sie prosten sich lächelnd zu. Den ersten Schluck nimmt Philipp und knabbert danach den Schokorand vom Glas ab. Damit erträgt man die harte Mischung des Daiquiris ein bisschen besser.

Julie tut es ihm gleich. Anschließend hängt ihr ein Bröckchen der Schokolade am Kinn, das er ihr vorsichtig wegwischen will. Doch das Stück ist so zart, dass es unter seinen Fingern wegschmilzt. Er putzt die Reste an einer Serviette ab, will damit erneut ansetzen, da hat Julie schon selbst ein Papiertuch in der Hand und wischt sich grob über das Kinn.

»Du hast es erwischt«, beantwortet er ihren fragenden Blick. »Schade, ich hätte mich gern bis zum Ende darum gekümmert.«

»Bekommst vielleicht noch eine Chance.« Sie lächelt. »Schokolade fällt mir gut und gern überall hin, solange ich nicht an einem Tisch sitze. Oder eine weiße Bluse trage, dann fällt sie auf jeden Fall darauf.«

Philipp betrachtet ihr blaues Kleid, dessen kurze Ärmel geradeso die Schultern bedecken, den Kragen, der in eine Knopfleiste übergeht und bis zu ihrer schmalen Taille reicht. Den ausgestellten Rock, der über dem Knie endet und leicht um ihre Beine fliegt, als würde ihn der nächste Windhauch wie bei Marilyn Monroe nach oben wirbeln. Ihr Dekolleté ist tief genug, um den einen oder anderen Schokoladenkrümel aufzunehmen. Wie es wohl aussähe, wenn er mit seinem Zeigefinger die Wölbung ihrer Brust abfahren würde, um ein Stück des braunen Goldes von ihrer Haut aufzunehmen? An einem Ort wie diesem wäre vermutlich niemand schockiert darüber. Doch es ist nicht seine Art, gleich auf Tuchfühlung zu gehen. Obwohl er sich durch das feminine Outfit mehr als eingeladen fühlt, aber auch durch Julie. Sie ist ihm immerhin hinterhergeflogen und genauso offen und fröhlich wie sonst. Sie fühlt sich scheinbar nicht eingeschüchtert, weder von ihm noch von dem fremden Land. Es kann sie wohl nichts erschrecken. Doch, eine Sache wird sie erschrecken, aber sie muss es nicht erfahren. Es reicht, wenn er sich damit beschäftigt und sie außen vor lässt.

»Schmeckt es dir denn?«

»Sehr gut, aber er ist ganz schön kalt und ganz schön stark.«

»Ja, das gehört dazu. In der nächsten Bar können wir wieder auf etwas leichtere Kost umsteigen.«

Ein Mann drängelt sich an Julie vorbei und schubst sie in seine Richtung. Er will sie auffangen, doch der andere ist schneller. Er hält sie an einem Arm fest.

»Oh no, I'm so sorry. Did you spill your drink? Shall I get you a new one?« Der Akzent ist eindeutig holländisch. Ein witziges Volk, vorn dabei, wenn es um Partys geht. Aber auch verdammt charmant und flirty.

Julie verneint, sieht nicht verärgert aus, weshalb der Fremde sie sofort annektiert. Sein Kumpel stößt zu den beiden und dirigiert seinen Freund zur Theke. Julie dreht sich wieder zu Philipp herum. Sie strahlt.

»Na, hast du neue Freunde gefunden?«

»Du klingst eifersüchtig«, triezt sie ihn.

Verdammt, sie hat recht. Er muss sich allerdings keine Antwort überlegen, denn die Holländer sind wieder da. Sie stellen sich vor, der eine entschuldigt sich noch mal für den Vorfall und sie versuchen, Julie und ihn in eine Unterhaltung zu verwickeln. Er will nicht unhöflich sein, beteiligt sich, aber nur halbherzig. Er hätte sie lieber wieder nur für sich.

Die Holländer werden von ihrer Crew aufgefordert mitzukommen, sie wollen den nächsten Laden unsicher machen. Philipp sieht sie abwartend an. Sie lehnt dankend ab und wünscht ihnen einen schönen

Abend. *Glück gehabt.* Solange er darauf achtet, die bewährten Bars in einer anderen Reihenfolge abzuklappern oder gar zu vermeiden, werden sie einander nicht mehr über den Weg laufen. »Wie siehts aus? Bist du bereit für den zweiten?« Er hebt sein Glas und trinkt den letzten Schluck, abgerundet durch weiteres Abknabbern. Diesmal fällt ihm ein Stück der Schokolade hinunter, landet aber auf dem Boden, nicht auf seiner Kleidung. Julie scheint einen Krümel zu erblicken, sie kommt ihm immer näher, hält sein Kinn fest und streicht mit einem Finger über den Rand seiner Lippe. Wie aus dem Nichts heraus beugt sie sich vor und ihre Lippen liegen auf seinen. Der sanfte Kuss prickelt ihm bis in die Haarspitzen. Er hält den Atem an. Nach einem Moment löst sie sich von ihm, schaut ihm in die Augen und lächelt.

»Du hattest da was.« Sie tritt ein Stück zurück, nimmt ebenfalls den letzten Schluck aus ihrem Glas und stellt es neben seines auf den Tresen.

Er leckt sich die Lippen ab, schmeckt die Erdbeer- und Schokoladen-Kombination erneut, spürt die warme Freude des Kusses auf seiner Haut und erinnert sich an den Geruch von Julies Haar. *Mehr.* »Dachte ich mir.« Er zeigt der Barfrau, dass sie zwei weitere Daiquiris nehmen und zückt die Kreditkarte.

»Du bist hier ja bekannt wie ein bunter Hund!«

Julie staunt über den Türsteher, dem Philipp die Hand gereicht hat. Er ist für einen Chinesen recht groß und bullig gebaut, sieht so aus, als er hätte er sich die Körpermasse mit Hilfsmitteln wie Anabolika draufgeschafft. Einen echten Kampf würde er aber vermutlich nicht gewinnen. Zumindest ist das Philipps Einschätzung.

»Ich bin regelmäßig hier und habe mich mit einigen Menschen angefreundet. Zum einen ist das natürlich hilfreich, ein Netzwerk von Einheimischen. Zum anderen finde ich, dass es egal ist, welcher Profession jemand nachgeht, er ist ein Mensch und wertvoll. Keine Unterschiede machen, das ist die Devise.«

Sie nickt anerkennend und folgt ihm durch die tanzende Menge zur Bar. Wieder schüttelt er zuerst die Hände der Kellner und Barkeeper. Er weiß, dass er nicht danach aussieht, in seinem grauen Tweedsakko mit Einstecktuch, der Chino und dem Hemd. Und ja, Kleider machen Leute, aber Leute müssen deswegen ja nicht gleich ihre Erziehung und sämtlichen Anstand verlieren.

Er bestellt zwei Gin Tonic und bemerkt, dass Julie zur Musik mit wippt. Die Liveband spielte früher am Abend in einer anderen Location und ist zum großen Finale für einige Stunden im *Darkest Night*. Wahrscheinlich finden auch die Holländer ihren Weg hierher, doch nach Julies Kuss hat sich alles in ihm entspannt. Kein Grund, sich Sorgen zu machen, sie kommt mit ihm nach Hause.

Die Songs, die sich die feiernden Europäer von der Band wünschen, sind die Partyhits der letzten dreißig bis vierzig Jahre. Ein wilder Mix, der alle Anwesenden in beste Stimmung versetzt. Als die Band *Eye Of The Tiger* anspielt, lassen sich auch Philipp und Julie mitreißen und tanzen sich zwischen Einheimischen, Expats und Touristen die Füße wund.

Irgendwann nicken sie sich zu und suchen einen Platz an der Theke, wo sie sich ausruhen und neue Getränke ordern. Philipp zieht für Julie und sich zwei Barhocker heran. Sie schiebt sich dankend darauf.

Etwas verschwitzt und außer Puste betrachten sie die Menge. Nicht nur die jungen, reizvollen Frauen auf High Heels, sondern auch die älteren Damen, die man als Muttis bezeichnen könnte, werden von den Männern bezirzt. Leider auch von den halbkahlen Dickbäuchigen. Eben jene Exemplare zu beobachten, ist am interessantesten. Denn genau diese Männer sind selbstbewusst und betrunken genug, um alles anzuflirten, was vermutlich ein weibliches Wesen ist. Manche von den Damen lassen es sich gern gefallen, andere wiederum suchen augenblicklich das Weite. Julie stupst ihn an. Sie bedeutet ihm mit dem Kopf in eine Richtung zu sehen.

Einer der reiferen Herren schiebt seine Hände hinten in die Hose einer jungen Frau. Es ist deutlich erkennbar, dass sie von seinem forschen Grapschen etwas überrascht ist. Sie unterbricht das Knutschen mit ihm und boxt ihm auf die Brust. Auf Küssen hat sie wohl keine Lust mehr, sie lässt ihn in der Ecke stehen und begibt sich zurück zu ihren Freunden auf die Tanzfläche.

»Abgeblitzt.« Julie verzieht das Gesicht. »Oh, sogar aufgeblitzt. Schau mal!« Sie deutet auf die Hände des stürmischen Tatschers. Ein Ehering blitzt auf. »Ganz schön dreist, dass er den nicht mal abnimmt.«

»Na ja, was in Hongkong passiert …«

»Schon klar, wir wissen nicht, was er und seine Frau in ihrer Beziehung vereinbart haben. Und es geht mich absolut nichts an, was er in seiner Freizeit macht, aber schön anzusehen finde ich es nicht. Das schreit sehr laut nach Betrug und bei dem Thema bin ich etwas empfindlich.«

»Aber du bist doch Single, oder?« Philipp versteht nicht, warum sie damit Probleme hat, wenn andere eventuell – denn bestätigt ist es nicht – ihre Partnerin betrügen. »Vielleicht ist das gar kein Ehering?«

Sie lacht. »Na klar, bin ich Single, aber schon einige Male an verheiratete Männer geraten. Und du hast in einer Sache Recht, wenn sie ihre Ringe tragen, weiß man wenigstens, woran man ist. Wenn sie sie abziehen, weiß man gar nichts. Aber ganz ehrlich, welcher Mann würde mit einem Ring am Finger herumlaufen, sofern es nicht der Ehering ist? Nur ein paar modisch sehr interessierte oder extravagante, oder?«

Er zuckt mit den Schultern, weil er das Thema vermeiden möchte. Sein Magen zieht sich zusammen. Er hätte sich auf die Zunge beißen und nicht erst nachfragen sollen. Die Hände in die Luft haltend, wackelt er mit den Fingern. »Kein Ring.«

»Gut so. Obwohl ich dich als modisch eingestuft hätte. Vielleicht muss ich meine Meinung über dich noch einmal korrigieren.«

»Hey, was soll das denn heißen?«

»Nur, dass ich mir bei dir noch nicht sicher bin, wo die Reise hingeht.« Sie hopst von dem Hocker und tanzt davor zu dem aktuellen Song.

Er seufzt, findet den Anblick aber einfach zu gut, um lange sitzen zu bleiben. Also schiebt er sich von seinem Hocker und lässt sich von der Musik treiben. *Hoffentlich mache ich keinen Fehler.*

*

Der Alkohol steigt ihr in den Kopf, sie weiß, dass sie jetzt Grundsatzdiskussionen führen wird, sobald man ihr den falschen – oder richtigen – Brocken zuwirft. Etwas, das sie normalerweise nicht gern tut, auf Themen herumkauen, debattieren. Dafür wurde zu Hause immer zu viel diskutiert: die Nachrichten, die Nachbarn und die Nebelschwaden. Alles war Thema und zu allem wurde man aufgefordert, seinen Senf abzugeben. *Das führt doch zu nichts, hatte sie immer wieder betont. Können wir uns nicht auf das Wesentliche, auf die Fakten konzentrieren und den Schlagabtausch sein lassen?* Doch ihre Familie bekakelte sich zu gern. Und anscheinend steckte diese Erörterei tief in ihren Wurzeln. Der Alkohol bringt es dann und wann zu Tage. Sie sollte sich besser zusammenreißen, sonst würde der Abend nicht so schön enden, wie er begonnen hatte. Mit einem Kuss. Sie wusste, er hätte irgendwann den ersten Schritt gemacht, aber sie wollte nicht so lange warten, also hatte sie ihn ganz einfach geküsst. Kurz und schmerzfrei. Sogar besänftigend für Körper und Seele.

Ihr fällt ein Song ein, den sie zu gern hören würde. Kurzerhand lässt sie Philipp stehen und quetscht sich zur Bühne vor. Die Sängerin beugt sich zu ihr herunter und Julie zeigt der bildschönen Südländerin auf ihrem Smartphone den Titel. *Call Me Maybe.* Die Frau nickt und Julie macht sich auf den Weg zu den Toiletten. Als sie zu Philipp zurückkehrt, sieht er erleichtert aus.

»Ich dachte schon, ich müsste einen Suchtrupp losschicken.«

»So lange war ich auch nicht weg.«

»Aber die Holländer …« Er deutet lapidar in die Menge. »Das kann böse enden.«

»Für dich oder für mich?«

»Beides.« Er grinst sie an und sie lacht.

»Wir müssen noch warten, bis mein Song gespielt wird, dann können wir vor den umtriebigen Holländern flüchten, was sagst du?«

»Oh, was hast du dir gewünscht?«

»Was ich mir von dir wünsche.«

»Sex, Drugs and Rock 'n' Roll?« Schelmisch blickt er sie durch seine Nerdbrille an. Seine Augen sprühen Funken.

»Wo denkst du hin? Ich habe mir *Cheeseburger in Paradise* gewünscht!« Er sieht ratlos aus, sie kann sich kaum halten vor Lachen.

»Ich kenne den Song nicht, aber es klingt so, als hättest du Hunger.«

Statt zu antworten, nickt sie im Takt der Musik, macht ein paar Schritte rückwärts und winkt ihn mit sich auf die Tanzfläche. Die ersten Takte des Liedes ertönen und sie kostet es voll aus, wirft die Arme in die Luft, die Hüften von Seite zu Seite.

Als er sie erreicht, zieht er sie zu sich heran, senkt seinen Kopf zu ihrem Ohr herab, sein Mund ist nur wenige Zentimeter entfernt und sein warmer Atem streift sie. »Gute Wahl«, haucht er.

Es schüttelt sie, doch sie tanzt es weg. Sie will sich für ein paar Minuten gehenlassen, die Stimmung und die Melodie genießen. Für das Kribbeln hat sie später Zeit.

Prustend fallen sie in das Hotelzimmer ein. Sie lässt sich auf das Bett plumpsen und streckt die Arme von sich. Er steht noch einen Moment im Zimmerflur, bevor er zu ihr stößt. Sein Jackett hat er bereits abgelegt und die Lederschuhe abgestreift, seine halben Socken zu der aufgekrempelten Chino erinnern Julie ein bisschen an den stylishen Max. Auch das aufgeknöpfte Hemd und die blanke Brust sind Markenzeichen, auf die er viel Wert legt. Manch einer mag sich fragen, ob Max nicht ,vom anderen Ufer' ist, doch ein gepflegter Mann gehört genauso zu diesem Zeitalter wie eine Frau, die sich nicht herausputzt. Trotzdem sind sie hetero.

Philipp öffnet den kleinen Kühlschrank, der sich hinter einer der dunkelbraunen Holztüren versteckt. Julie hört das Schmatzen der Dichtungsgummis und das leise Brummen des Kühlmotors.

»Es gibt Wodka, Gin, Whiskey und Bier.«

»Bier klingt gut.«

»Finde ich auch. Hier, bitte sehr.«

Die Dose, die er ihr reicht, ist eiskalt und Julie lässt sie unvermittelt auf das Bett fallen.

»Oh, entschuldige. Möchtest du meine nehmen?« Er steht sofort parat und reicht ihr das zweite Bier.

»Wieso?« Sie ist verwirrt. »Weil die Dose gefallen ist? Ungefähr dreißig Zentimeter auf das weiche Bett? Und sie eventuell übersprudelt beim Öffnen?«

»Wieso komme ich mir immer etwas albern vor, wenn ich mit dir zusammen bin? Wenn du es so sagst, behalte ich mein Bier natürlich. Außer du überlegst es dir noch mal anders?«

Belustigt schüttelt sie den Kopf und öffnet die Dose. Eine angemessene Schaumkrone tritt aus der Öffnung hervor, die Julie absaugt. Sie prostet ihm zu, er setzt sich neben sie auf das Bett und für einen Moment lassen sie sich in ihren Gedanken treiben.

»Es ist schön mit dir, auch wenn ich mich hin und wieder unzulänglich fühle.«

»Danke, es ist auch schön mit dir!«

Sie lächeln sich an, bis Julie das Gefühl hat, etwas sagen zu müssen. »Wann ist dein Termin morgen?«

»Nicht reden.«

In ihrem Kopf wirbeln Gedankenfetzen, die sie nicht fähig ist, zu greifen. *Wie, nicht reden? Ich darf wohl ... Wa...* Er nähert sich ihr, legt seinen Kopf schief und sein Blick huscht immer wieder von ihren Augen zu ihren Lippen und zurück. Er öffnet seinen Mund minimal und scheint auf Julies Näherkommen zu warten. Sie riecht ihn, das Rauchige, das aus den Bars und Clubs an ihm hängengeblieben ist, das Liebliche seines Parfüms, das fast vollständig verflogen ist und sie spürt seinen warmen Atem auf ihrer Haut. Ihr Mund wird ganz trocken, sie schluckt. Ihre Zunge fühlt sich wie ein lebloser, schwerer Lappen an. Ob sie eine allergische Reaktion auf irgendetwas hat? Das Herz rast und pumpt wie verrückt Blut in ihre Ohren, sie glühen wie heiße Kohlen. Sie traut sich nicht, sich zu bewegen, obwohl sie ihn zu gern küssen würde.

Philipp scheint ihre innerliche Zerrissenheit nicht zu spüren, denn statt weiter auf sie zu warten, nimmt er die letzten zehn Prozent des Weges zwischen ihnen auf sich und legt vorsichtig seine Lippen auf ihren ab. Es fühlt sich so an, als würde ihr Herz abrupt aufhören zu schlagen. Sie hält die Luft an. Geschmeidig öffnet er ihren Mund mit seinen Lippen und schenkt ihr die Wärme und die Zärtlichkeit, auf die sie schon wieder so lange verzichtet hat. Erleichtert atmet sie aus und lässt sich auf sein ruhiges Zungenspiel ein. Es ist, als ob er wüsste, dass sie im Augenblick keine Hektik verträgt. Ihr Herzschlag beruhigt sich wieder. Ihre Ohren kühlen ab. Sie kann sich nicht erklären, was ihr Körper eben für ein Problem hatte, aber jetzt fühlt sie sich unbeschwert.

Seine Hand liegt auf ihrem nackten Oberschenkel und strahlt genau das richtige Maß an Zuneigung aus. Alles kann, aber nichts muss passieren. Er ist ein Gentleman. Zumindest soweit sie das beurteilen kann.

Ihre Zungen werden etwas intensiver, forscher. Die Lippen kleben aufeinander, ihr Herz beschleunigt wieder. Diesmal aber nicht aus Unsicherheit. Von seiner Hand breitet sich die Wärme über das gesamte Bein aus und erreicht ihre Scham. Ein wollüstiges Seufzen entfährt ihr, was Philipp anscheinend als Aufforderung betrachtet. Er zieht sie zu sich und lässt sich mit ihr auf die Matratze fallen. Mit den Fingerspitzen streichelt er ihr über den Rücken, bis hinunter zu ihrem Po, verharrt dort für einen Moment. Zärtlich übt er etwas Druck aus, er kneift nicht und massiert nicht, er hält sich nur an ihr fest. Das gefällt ihr. Sie rutscht an ihn heran. Hält sich an seinem Oberarm fest und schiebt ein Bein zwischen seine. So spürt sie die Beule in seiner Hose und er vermutlich auch die Wärme ihrer Vagina. Mit einem Ruck zieht er sie komplett an sich ran, rollt sich über sie und lastet mit dem ganzen Körper auf ihr. Er vergräbt seine Hände in ihren Haaren, streichelt ihr über den Kopf, während sie sich immer weiter leidenschaftlich schmecken. Sein Knie schiebt er näher an ihren Schritt, sodass er mit leichten Auf- und Abbewegungen ihr Lustzentrum streift und sie auf Touren bringt. Sie lässt ihre Hand über seinen Rücken gleiten, bis sie zu dem knackigen Hintern in der Stoffhose gelangt und ihn fest packt. Er raunt vor Entzückung und Julie versucht, weiter hinunter zwischen seine Oberschenkel zu gelangen. Sie lässt ihre Finger in kleinen Schritten vorwärtskrabbeln, bis sie nicht mehr weiterkommen. Er scheint allerdings zu wollen, dass sie ihn dort weiter erforscht, denn er entfernt seinen Kopf von ihrem, schiebt sich über sie hinaus. Die Erektion drückt sich nun an ihren Bauch und sie bewegt ihre Hände weiter in Richtung seiner Hoden. Durch den Stoff spürt sie kaum etwas, seine Reaktion zeigt ihr jedoch, dass sie die weichen Kugeln touchiert. Er schnappt nach Luft und brummt erfreut über ihre Berührung. Ein paar Sekunden lässt er sie weitermachen, dann rutscht er wieder über sie zurück, bis ihre Köpfe übereinander ausgerichtet sind.

»Ich weiß nicht, ob es dir vielleicht zu schnell geht, aber ich würde gern einige Kleidungsstücke ablegen. Vielleicht darf ich dir auch aus dem Kleid helfen?«

Als Antwort gibt sie ihm einen Kuss, drückt ihn an den Schultern weg von sich, damit sie sich aufsetzen kann. Er lässt sich auf die Matratze plumpsen, dreht sich auf den Rücken und setzt sich neben sie auf die Bettkante. Ein winziges Ächzen entflieht ihm beim Anstrengen seiner Bauchmuskeln, was Julie zum Schmunzeln bringt.

»Ich bin schon ein paar Tage älter als du, ich darf solche Geräusche machen.«

»Ich habe gar nichts gesagt, aber du könntest mal meinen Reißverschluss öffnen.«

»Lenk nicht ab. Ich weiß genau, dass du dich über mich lustig gemacht hast.«

Julie hat ihm schon ihren Rücken zugedreht und ihre Haare beiseite genommen, damit er freien Zugang erhält. »Das würde ich nie tun.« Ein Grinsen kann sie sich nicht verkneifen, sie hofft nur, dass sie nicht zu ironisch klingt.

Sie spürt, wie er an dem Zipfel ihres Verschlusses zieht. Das vertraute Öffnungsrauschen der Zähne, die ineinander verkeilt sind, ertönt. Ihr Kleid lockert sich um die Brust herum und sie hört gleichzeitig ein ungläubiges Stöhnen von Philipp.

»Du trägst keinen BH?« Er erreicht das Ende des Reißverschlusses und stößt mit einem Finger oder vielleicht einem Fingerknöchel gegen ihre Haut.

»Mhm«, bestätigt sie mit einem Nicken.

»Herrje. Dann solltest du das Kleid lieber anlassen.«

Rasch zieht er den Zipfel ein Stück nach oben. Schafft es aber nicht, ihn ganz zu verschließen, da sich Julie sofort zu ihm herumdreht. »Hey, lass das. Natürlich ziehe ich das Kleid aus. Spätestens wenn wir im Bett nebeneinanderliegen, würdest du eine Vorstellung davon bekommen, wie sie aussehen.« Sie streift die breiten Träger über ihre Schultern und lässt ihn dabei zusehen, wie sich langsam der Stoff über ihren Brüsten nach unten bewegt. Als sie beide Arme befreit hat, hält sie das Kleid nur noch pro forma mit einer Hand in ihrem Dekolleté fest. Sie will seinen Blick sehen und spüren, wie sehr er sie begehrt. Er muss ausgehungert sein. Wenn es zwischen ihm und seiner Ex schon eine Weile nichts mehr lief, könnte sie sich vorstellen, dass er einen ebenso großen Bedarf an Zärtlichkeiten und Intimität hat wie sie.

Langsam lässt sie ihre Hände über ihre Brüste rutschen und gibt sie Stückchen für Stückchen frei. Ihre Nippel drücken sich gegen ihre Finger und erinnern sie daran, dass sie bereit sind für feuchte Küsse und Knabbereien. Ein anderes Körperteil weiter unten meldet sich ebenfalls voller Lust. Mit ihren Daumen streicht sie als letztes über die harten Brustwarzen. Sie springen hervor. Philipp leckt sich über die Lippen. Sie erhebt sich, schiebt den Stoff über ihre Hüfte, steigt aus dem Kleid und wirft es auf den Stuhl vor dem Schreibtisch.

»Julie …«

»Ja, Philipp?« Sie stellt sich direkt vor ihn, bückt sich und greift nach seinen Armen. Sie führt sie an ihren Körper, legt seine Hände auf ihren Hintern, kniet sich auf das Bett über seinen Schoß. Ihre Brüste stehen vor seinem Gesicht. Er schluckt laut, sieht ihr perplex in die Augen, bevor sein Blick langsam nach unten gleitet und er die Starre seiner Überforderung anscheinend überwindet.

Mit beiden Händen kneift er fest in ihren Po und legt seinen Mund auf eine Brust. Er küsst sich bis zum Nippel, spielt mit der Zungenspitze sanft an der Oberfläche, reizt sie mehr, bis er das gesamte Stück wie einen gezuckerten Krapfen in den Mund nimmt. Sie seufzt und lässt gleich darauf ein Grummeln des Gefallens hören. Mit den Zähnen knabbert er vorsichtig, aber bissig genug, greift sich die andere Brust, knetet sie drängend. Julie senkt ihren Po auf ihn hinab, wodurch ihm der Nippel entzogen wird. Er schiebt sie von unten wieder zu sich hinauf und nimmt sich die andere Brust vor. Sie hält sich an seinen Schultern fest. Beobachtet, wie er mit geschlossenen Augen seine Lippen über ihre Haut gleiten lässt. Die Brustwarzen recken sich ihm entgegen, fast schmerzhaft hart sind sie. Mit einem schnellen Zungenschlag berührt er den Nippel, wandert aber unaufhaltsam weiter mit dem Mund zu der Außenseite der Brust, bis fast in ihre Achselhöhle. Dort streckt er die Zunge heraus, lässt sie zwischen den geöffneten Lippen entlang der Rundung mitgleiten. Seine Hände liegen in ihrer Taille, drücken sie fest zu ihm. Mit den Daumenspitzen streicht er über ihre Haut. Es kitzelt irgendwie, aber gleichzeitig ist es ein herrliches Gefühl, an mehreren Stellen liebkost zu werden.

Sie ist feucht, daran gibt es keinen Zweifel. Er soll es spüren. Ein letztes Mal lässt sie ihn ihren Nippel mit der rauen Oberfläche seiner Zunge flippen, bevor sie sich von ihm wegdrückt und seine Hose öffnet. Sie schiebt den Bund seiner Boxer hinunter und lässt die pralle Eichel hervorlugen. Mit der anderen Hand zieht sie ihren Tanga neben die Schamlippen. Sie setzt sich so auf seinen Schoß, dass sich ihre Scham von vorn an die Erektion schmiegt und von oben das satte Rosa mit einem ersten Liebestropfen zu sehen ist. Sie reibt sich an seiner Spitze und dirigiert sie zwischen ihre geschwollenen und feuchten Lippen. Das bringt Philipp dazu, sich mit einem Seufzen nach hinten fallen zu lassen. Es erreget sie, den Schwanz zwischen ihren Beinen zu spüren. Die Härte, die Zuckungen, mit denen er sich immer wieder aufbäumt und sich ihr entgegendrängt. Sie hat genug gespielt, will es sofort kosten – seine ganze Länge in sich aufnehmen und ihre Lust auf ihm verteilen. Bei seiner nächsten Zuckung schiebt sie sich so in Position, dass er an ihrem Eingang landet. Sie bewegt sich sachte vor und zurück, bis er einen Zentimeter in ihr Loch eindringt.

Philipp hebt den Kopf, blinzelt, als würde er nicht glauben, dass das wirklich passiert. Dass eine Frau auf ihm sitzt und in immer schnelleren Schüben seinen sagenhaften Penis in sich gleiten lässt. »Wenn du so weitermachst, komme ich sofort.«

»Eine zweite oder dritte Runde sind absolut in Ordnung für mich.«

Stöhnend lässt er sich wieder auf die dicke Daunendecke sinken. Seine Hände liegen bewegungslos auf ihren Oberschenkeln, während sie sich setzt und seinen Schwanz tiefer in sich schiebt. Sie ist so scharf, dass sie sich am liebsten auf sein Gesicht setzen würde, damit er sie leckt, bis sie kommt. Aber zuerst will sie von ihm ausgefüllt werden, spüren, wie er sich an ihr Fleisch schmiegt, wie sie zusammenpassen und wie seine Eichel ihr Inneres streichelt. Sie senkt sich erneut auf ihn hinab, ihre Oberschenkelmuskeln verkrampfen sich. Um dem herannahenden Schmerz zu entgehen, setzt sie sich mit ihrem gesamten Gewicht auf Philipps Schoß. Die Erektion steckt vollständig in ihr. Ihr Unterleib entspannt und sie spürt, wo er anstößt. Wie dieses kleine Ziepen nicht unangenehm, sondern berauschend ist, die Luft nimmt und gleichzeitig Glückshormone durch ihr Blut jagt. Sie rutscht ein wenig vor und zurück, will es noch deutlicher erleben. Ihr Kitzler wird an seinen Unterbauch gepresst. Das Rubbeln darüber zeigt ihr, wie schnell sie kommen könnte, wenn sie wollte. Aber sie will nicht, stattdessen spannt sie ihre Muskeln an und bewegt so den harten Schwanz in sich. Ihre Vagina wird angenehm gedehnt und dauerhaft stimuliert. Dieses erste völlige Eindringen macht sie wahnsinnig.

Seine Kleidung muss weg. Julie lässt ihn aus sich hinaus gleiten, ein enttäuschtes Ächzen entflieht seiner Kehle. Sie steht auf und zieht seine Hose herunter. Philipp hilft mit, schiebt die Boxershorts hinterher und streift sich die Söckchen ab.

Als sie sich ihren Tanga ausziehen will, stoppt er sie.

»Lass ihn an, ich habe gehört, das soll die Klitoris um ein Vielfaches stimulieren.«

Sie grinst ihn breit an. *Nichts lieber als das.*

Er zieht sie an der Hand auf das Bett, rutscht nach oben, sodass sie mit den Köpfen auf Höhe der Kissen liegen. Er küsst sie, schiebt seine Zunge zwischen ihre Lippen und umkreist ihre. Sie schmeckt die Süße des Zitronenbonbons, das er auf dem Heimweg gelutscht, das Bier, von dem er eben einen Schluck genommen hat und ihn. Seine liebliche Lust. Außerdem riecht und fühlt sie ihn. Schöner könnte es kaum sein.

Lange scheint er in der Position nicht verweilen zu wollen. Er gibt ihr einen Kuss, rückt an ihrem Körper hinunter, lässt eine Hand über ihren nackten Bauch entlang der Brustwölbungen zu ihrem Nabel bis zu ihren Hüftknochen gleiten. Flink leckt er über ihre beiden Knospen, grinst sie verschmitzt an und leckt erneut daran.

»Darüber habe ich so lange nachgedacht. Wie es sich wohl anfühlen würde, neben dir zu liegen, nackt, und deinen Körper zu erkunden«, haucht er zwischen ihren Brüsten. »Erinnerst du dich an unser nächtliches Telefonat vor einer Weile? Als ich dir einen Einblick in meine Tagträume gegeben habe?«

Und ob sie sich daran erinnert. Sie hatte Lisa unverzüglich in ein Taxi gesetzt und als Julie endlich zu Hause ankam, ihrem Drang schnellstmöglich nachgegeben, das Gehörte noch einmal gedanklich Revue passieren lassen und sich zu einem Orgasmus verholfen. Ein kleines Nicken ist alles, was sie ihm jetzt zur Bestätigung gibt. Wobei er sicher auch das Zucken um ihre Mundwinkel nicht übersehen hat.

»In meinem Kopf hört es sich viel erotischer an, wenn ich daran denke, wie ich mit meiner Zunge über deine Haut fahre.« Behutsam deutet er an, was er meint. Blickt durch seine Wimpern hindurch, lässt seine Zunge über die Rundungen gleiten. »Wie ich dich koste.« Mit zarten Berührungen seiner Lippen auf ihrem Rippenbogen schiebt er sich weiter hinunter. »Doch wenn ich es dann aussprechen möchte«, er küsst sie unterhalb ihres Nabels, »fällt mir nicht viel mehr ein, als das plumpe Wort *lecken*.« Er küsst sich in Zeitlupe über den Stoff ihres Tangas zwischen ihre Beine. »Ich wünschte, ich wäre etwas fantasievoller.«

Sie hält den Atem an. Wartet auf seine nächste Berührung und die Provokation.

Sein Mund gleitet an ihren Oberschenkeln entlang, immer wieder saugt er sich fest, kitzelt sie mit seiner Zunge und haucht seinen warmen Atem über die feuchten Stellen.

»Mit Lyrik konnte ich sowieso noch nie viel anfangen. Mach einfach weiter, aber kitzel mich nicht so viel.« Sie wackelt mit dem Becken, um ihn davon abzuhalten.

Sein raues Brummen kommt tief aus dem Bauch. Das ganze Bett vibriert davon. Ob er ihr zustimmt oder damit seiner Lust Ausdruck verleihen will, ist Julie egal. Er kommt näher heran an die empfindlichen Stellen.

Mit seiner Nase streift er über ihre Unterwäsche. Von einer Seite auf die andere. Sanft berühren auch seine Lippen ihr heißes Zentrum. Er küsst sie vorsichtig, furchtbar nah an ihrer Vagina. Dabei bemerkt sie, dass der Tanga bereits feucht ist. Der Stoff ist kalt auf ihrer Haut. Sein Atem darauf verdeutlicht die Kälte. Er lässt seine Zunge an den Rändern entlanggleiten, sie fängt an zu zucken. Julie erträgt die Reizung nicht mehr, will seine Zunge unmittelbar auf sich spüren. Wieder ruckelt sie mit dem Becken hin und her, diesmal aber, um sich auf der Decke näher an ihn heranzuschieben, um die Beine etwas mehr zu öffnen und ihm den Weg frei zu machen.

Er scheint ihr Verlangen zu begreifen. Mit einem Finger streift er über den Tanga und schiebt ihn beiseite. Sie kann sich kaum vorstellen, noch mehr gereizt oder feuchter zu werden. Doch sobald seine Zunge über ihr warmes Fleisch streichelt und er ihre äußeren Schamlippen erst teilt und dann gemeinsam einsaugt, steigen ihre Erregung und ihr Puls gleichzeitig an. In der Nähe ihrer empfindlichen Stelle schiebt er seine Zunge zwischen die inneren Schamlippen, lässt sie langsam und gleichmäßig auf und ab gleiten. Julie stöhnt leise über die liebevolle Behandlung. Nach einer Weile wagt er sich an den Kitzler. Glücklicherweise ist der schon nicht mehr so empfindlich. Philipp saugt an ihm, spielt mit seinen Zähnen daran und leckt erst mit wenig, dann mit immer mehr Druck genüsslich darüber. Obwohl es leichter ist, einen klitoralen

Orgasmus zu erleben, als einen vaginalen, wünscht sie sich, dass er sich auch den anderen pochenden Erregungspunkten widmet. »Weiter runter«, flüstert sie und er reagiert sofort.

Sie spürt seine Zunge nach unten gleiten, entlang ihrer geschwollenen Lippen, in Richtung ihres Lochs. Dort angekommen, umkreist er es mit der Zungenspitze und legt eine Fingerkuppe sanft darauf. Die Zunge verharrt für einen Moment mit der gesamten Breite auf ihrer Scham. Bis er weiter leckt, langsam auf und ab. Sie wölbt sich, genießt den Rausch und die Hitze, die sich in ihr ausbreitet.

Nach ein paar Sekunden nimmt Julie seinen Finger in sich auf. Nicht bewusst, aber ihre Erregung setzt einen Muskel in Gang, der den Finger wie in einem Strudel in ihr Lustzentrum zieht. Sachte schiebt er ihn weiter, dreht ihn ein wenig und zieht ihn hinaus. Er verteilt den Saft auf ihr, schleckt darüber. Ein zweiter Finger zirkelt um ihre Öffnung, benetzt sich und drückt sich mit dem ersten in sie hinein. Philipps Zunge macht weiter, wo sie aufgehört hatte: Mit langsamem, aber intensivem Lecken über ihre gesamte Länge. Doch Julie drängt sich heftig gegen seine Hand, sodass er beginnt, sie fester und schneller zu fingern. Jedes Mal, wenn er in sie eindringt und ihr Fleisch teilt, stöhnt sie heftig und schnappt nach Luft. Er legt seine Fingerkuppen an ihren G-Punkt, gleitet mehrmals über die Riffeln auf der Innenseite ihrer Bauchdecke. Ihr Adrenalinspiegel schießt in die Höhe und sie wünscht sich nichts sehnlicher, als jetzt zu kommen, während sein Mund an ihrem Kitzler spielt und seine Finger tief in ihr sind. Bevor sie jedoch ihren Höhepunkt erreicht, hat sich Philipp aus ihr zurückgezogen, verschmiert die Lust auf ihren Schamlippen und darum herum, zieht die Lippen auseinander, leckt ein weiteres Mal energisch durch den Schlitz und schiebt ihr anschließend seinen nach wie vor harten Schwanz mit einem Mal in ihr glühendes Loch. Sie stöhnen gemeinsam, genießen zum zweiten Mal in dieser Nacht einen ersten engen Stoß bis an das Limit. Seine gesamte Länge verschlingend und das pralle Gefühl auskostend.

»Ich will dich gleich von hinten nehmen«, hechelt er zwischen den schnellen und unnachgiebigen Stößen. »Ist das okay für dich?«

»Jaaa.« Julie kann kaum denken, wieder werden ihr G-Punkt und die empfindliche Stelle vor ihrem Loch gereizt. Sie hebt den Po ein wenig an, um noch mehr von der köstlichen Reizung zu erhalten.

Er bricht auf ihr zusammen, schnauft für einen Moment durch, bevor er sich hochdrückt, sich aus ihr zurückzieht und vom Bett klettert. An ihrem Hintern dirigiert er sie, als würde sie rückwärts zwischen seinen Beinen einparken. Sie stellt sich vor, wie es für ihn aussehen mag. Der Blick auf ihre Schenkel und Pobacken. Rosa glänzendes Fleisch, so sehr geschwollen, dass es nicht mehr verdeckt, sondern alles entblößt. Ihr Loch, das sicher tropft vor Lust und geöffnet auf seinen eingeölten Besuch wartet. Kaum hat sich der Gedanke in ihr geformt, spürt sie die Eichel über ihre Lippen gleiten. Seine warme glatte Haut drückt sich fest gegen sie. Sie greift mit einer Hand zwischen ihre Beine und zieht ihre Scham weiter auseinander, damit er besser in sie eindringen kann. Es flutscht nur so, dass Julie ihr Stöhnen nicht unterdrücken kann und mit ihren Fingerspitzen ihren Kitzler reizt.

Philipp stößt erst sanft, dann immer fester in sie hinein. Um sich ihm entgegenzustemmen, braucht sie beide Hände auf der Matratze. Schön und schade. So kann sie nicht weiter an ihrem Kitzler spielen. Aber das muss sie auch nicht. Er erhöht das Tempo, lässt ihr keine Zeit mehr zum Verschnaufen. Seine Atmung verrät ihr, dass er kurz davor ist, abzuspritzen.

»Es geht viel zu schnell, aber ich komme jetzt.« Die Verzweiflung in seiner Stimme paart sich mit Genuss.

Sie kann es auch spüren, die leichte Welle der überbordenden Erregung. Das passiert ihr oft, wenn ein Mann kurz vor dem Orgasmus steht und sein Schwanz an Größe und Härte ein letztes Mal zulegt. Aber das Kommen reicht meist nicht aus, um sie mitzuziehen. Um es zu unterstützen, legt sie ihre Finger noch einmal kurz auf ihre Klit, massiert sie in kreisenden Bewegungen. Würde es noch eine Weile so weitergehen, könnte sie mit ihm kommen.

Doch er schreit es bereits heraus, seine Erleichterung und die Freude. Sie spürt sein Zucken. Er steht bewegungslos hinter ihr, hält sich krampfhaft an ihrem Po fest. Nach einem Augenblick des Durchatmens lässt sie sich erschöpft nach vorn fallen. Er folgt ihr, rollt sich auf den Rücken und legt einen Arm um sie herum. Ihr Herz klopft nicht mehr ganz so wild in ihrer Brust, als sie sich an ihn kuschelt. »Das war ... hui.«

Er lacht. »Hui? Das war hui? Da hast du Recht, es hat mir auch sehr gut gefallen, dich so zu spüren. In dir zu stecken, dich zu schmecken und alles Weitere.«

»*Alles Weitere* ist auch eine besonders eloquente Beschreibung.« Sie grinst ihn an.

»Wohl wahr. Fräulein Sarkasmus, Sie sind manchmal ganz schön ironisch. Wie gesagt, die Poesie liegt mir nicht besonders.«

Sie kringelt sich, muss aber husten und schüttelt sich, nachdem erst der Husten- und dann der Lachanfall vorbei sind.

»Gehts wieder?«

»Beinahe wäre ich erstickt, aber nun bin ich wieder quickfidel.«

»Du bist nicht gekommen, oder? Soll ich dir meine Zunge noch mal zur Verfügung stellen?«

»Das wäre fantastisch, aber ich würde vorher duschen wollen und jetzt werde ich gerade richtig müde. Wollen wir es auf morgen verschieben?«

»Absolut! Du hast Recht, nur fünf Stunden Schlaf, damit ich morgen pünktlich bei dem nächsten Kundengespräch bin. Wollen wir dann mal ganz fidel die Zähne putzen?«

Als er sich auf den Weg in das Bad macht, schaltet er die Glasscheibe wieder durchsichtig und lächelt Julie frech aus dem Raum an. Sie lacht, stützt sich auf den Unterarmen ab, um ihn zu beobachten. Mit der Zahnbürste im Mund winkt er sie zu sich herein. Erst ist es ihr nicht so recht, sich mit ihm gemeinsam bettfertig zu machen, doch nach einigen weiteren Kopfnickern und einladenden Gesten lässt sie sich überreden.

Wenig später liegen sie wieder im Bett, kuscheln sich unter der Decke aneinander und schnurren wie kleine Kätzchen, denen der Rücken gekrault wird.

»Bist du gern Single?«

»Schwere Frage.« Sie atmet ein paar Mal tief ein und überlegt, was sie darauf antworten soll. Natürlich wäre sie schon lieber mit einem Mann zusammen, aber sie weiß auch, dass eine Beziehung Arbeit bedeutet und es zu Problemen kommen kann. Vor allem, wenn man so viele Jahre allein verbracht hat und Entscheidungen ohne Anhang treffen konnte, wie sie es eben tut. Dann kommt hinzu, dass die Beziehung ihrer Eltern auch kein Vorbild, sondern eher ein abschreckendes Beispiel darstellt. Sie haben sicherlich gute Zeiten miteinander verbracht, aber die Affären ihres Vaters, die ihre Mutter ihm immer wieder verziehen hat, lassen ihren Vater als Arschloch dastehen und ihre Mutter als hoffnungslose Romantikerin oder sogar als schwach. Nichts, was Julie für sich in Betracht zieht. Weder fremdgehen noch eine Beziehung zu romantisieren oder schwach zu sein. Beide sind mit ihrem Verhalten so inkonsequent, dass sich Julie gewünscht hat, sie würden sich endlich trennen, damit Ruhe einkehrt. »Ich würde sagen, ja und nein. Ich bin für einen gewissen Zeitraum gern Single. Wenn eine Beziehung nicht mehr funktioniert, würde ich zum Beispiel eher die Reißleine ziehen, als aus Gewohnheit oder Faulheit zusammenzubleiben. Wenn man aber zu lange allein ist, kann es manchmal sehr erdrückend und nervenaufreibend sein. Verstehst du, was ich meine?«

»Wieso ist es erdrückend und nervenaufreibend? Ich dachte, dass man genau dann so entspannt wie nie sein müsste?«

»Na ja, du musst überall allein hin. Oder suchst dir einen Freund, eine Freundin, ein Date oder was auch immer, damit du Begleitung hast. Für Hochzeiten zum Beispiel, Partys, bei denen hauptsächlich Paare anwesend sind, Firmenveranstaltungen, zu denen man standardmäßig einen Partner mitbringt und so weiter. Natürlich übersteht man einen Abend auch allein, aber du kannst keine Urlaubserinnerungen mit jemandem teilen, kochst nur für dich allein und musst dir ständig die Frage anhören, warum du Single bist. Nein, noch besser ist die Frage, wann du denn gedenkst, Nachwuchs zu produzieren. Ich kann es nicht mehr hören!«

»Okay, das leuchtet ein, aber eine Beziehung einfach so zu beenden, das ist verdammt schwer, das kann ich dir sagen.«

»Sehe ich nicht so. Du musst dich fragen, wie gut es dir in der Situation geht und dann konsequent etwas daran verändern, damit dein Glücklichkeitslevel mindestens bei siebzig bis achtzig Prozent liegt. Wenn es bedeutet, die Person zu verlassen, die du liebst, machst du trotzdem das Richtige. Denn es zählt in deinem Leben nur eine einzige Person – du selbst!«

»Meine Tochter zählt genauso viel.«

»Du hast eine Tochter?« Julie ist perplex, bisher hat er sie noch mit keinem Wort erwähnt und sie fragt sich, was er damit bezweckt.

»Ja, sie ist bei meiner Frau.«

»Du meinst, bei deiner Ex?« Ihre Stimme ist fest, innerlich spürt sie aber eine kleine Unsicherheit in ihrer Brust aufkeimen.

»Nun, im Grunde ist sie meine Lebensgefährtin, wir sind nicht verheiratet.«

»Aber ihr seid getrennt!« Julie bettelt innerlich darum, dass er sich nur noch nicht so sicher ist, wie er seinen Beziehungsstatus nun betiteln soll. Eine Trennung ist immerhin auch für denjenigen, der geht, eine schmerzhafte Angelegenheit.

»Hm.« Er räuspert sich, sagt aber nichts weiter.

»Was heißt *hm*? Hast du Schluss gemacht oder nicht?« Jetzt keimt nicht Enttäuschung, sondern Wut in ihr auf. Diese ist laut und ungeduldig.

»Wir sind nicht getrennt, nein.«

»Wie bitte?« Ihre Gedanken rasen wie ein Ferrari auf dem Nürburgring. Er hat sie nicht verlassen? Er hat Julie eingeladen, mit nach Hongkong zu kommen? Er hat mit ihr geschlafen? All das, obwohl Julie davon ausgegangen war, dass er seine vorherige Beziehung beendet hat. Aber er hat sie nicht verlassen?

»So weit bin ich noch nicht. Ich hoffe immer noch, dass es eine Lösung für unser Problem gibt.«

»Du hast mich hierher eingeladen, obwohl ich dich erst treffen wollte, wenn du Single bist? Wieso hast du das getan? Was hast du dir dabei gedacht?«

Er massiert sich die Nasenwurzel. »Ich dachte, es wäre dir egal.«

»Nein, das ist mir ganz und gar nicht egal. Ich habe dir vorhin erzählt, dass ich so dermaßen oft an vergebene Männer geraten bin, dass ich das nicht mehr will. Und jetzt machst du mich schon wieder zur Ehebrecherin.«

»Jetzt sei mal nicht so dramatisch. Bei uns läuft es im Bett seit vier Jahren nicht mehr. Wir haben das

Agreement, dass ich auf Reisen machen darf, was ich will. Du bist also keine Ehebrecherin.«

»Du findest, dass ich ein Drama daraus mache? Warum hast du dann vorhin in der Bar deine Hände hochgehalten und mir bedeutet, dass da kein Ring steckt? Das wäre doch die beste Gelegenheit gewesen, um reinen Tisch zu machen.«

»Da hast du vermutlich Recht, aber ich bin auch egoistisch und wollte unseren schönen Abend nicht ruinieren.«

»Und du meinst, es wäre jetzt besser, mir die Wahrheit zu sagen, nachdem wir im Bett waren und es für mich überhaupt kein Zurück mehr gibt? Was denkst du dir dabei? Das ist doch kein Spiel. Ich bin hier, weil ich dich mag. Nicht, weil ich deine Affäre sein will oder noch schlimmer – ein One-Night-Stand.«

»Was hätte ich denn tun sollen? Es dir nicht sagen?«

»Wie wäre es mit von Anfang an die Wahrheit sagen, damit ich für mich entscheiden kann, ob ich mich darauf einlassen möchte oder nicht? Ich hätte wahrscheinlich noch Monate auf dich gewartet.«

»Mhm. Das habe ich wohl gründlich vermasselt.«

Sie liegt da, starrt an die Decke und versucht, ihre Tränen zu unterdrücken. Welche Optionen hat sie? Sie kneift die Augen zusammen, sammelt sich. Erstens, sie könnte runter zur Rezeption gehen und sich – für viel Geld – ein eigenes Zimmer geben lassen. Zumindest sofern eines frei ist. Ein Umzug im Hotel wäre machbar. Zweitens, sie könnte an der Rezeption nach einem bezahlbaren Zimmer in einem Hotel in der Nähe fragen. Das würde bedeuten, sie müsste jetzt mit Sack und Pack auf die Straße. Nicht unbedingt verlockend. Drittens, sie könnte den Flug umbuchen und morgen direkt zurückfliegen. Dann müsste sie jetzt für ein paar Stunden die Zähne zusammenbeißen. Das bekommt sie hin. Aber was, wenn kein Platz mehr in der Maschine ist? Ein neues Ticket bei einer anderen Airline kaufen? Viertens, sie bleibt da und ergibt sich ihrem Schicksal oder ihrer Dummheit. Je nach dem, was gerade dafür verantwortlich ist, dass sie wieder in dieser Situation steckt.

Sie schluckt. Sie ist in Hongkong, verdammter Mist. Fliegt man nach einem Tag freiwillig zwölf Stunden zurück nach Hause? Die Stadt hat sicher einiges zu bieten, das Julie gern sehen würde. Sie massiert sich die Schläfen.

Sie tut sich selbst leid. Dass sie schon wieder hier gelandet ist, in den Armen eines Mannes, den sie gut findet, der aber nicht zur Verfügung steht. Zumindest nicht für mehr als Sex. Es ist spät. Sie dreht sich auf die Seite, weg von ihm, lässt ihre Tränen in das Kissen laufen und schließt die Augen. Sie kann nicht mehr darüber nachdenken, sie muss die Entscheidung auf morgen vertagen.

3. KAPITEL

Der Fahrer hält die Mercedes Limousine vor den Treppen des imposanten Gebäudes an. Zwei Portiers öffnen die Türen für Markus und Julie. Der schlaksige Typ in weinroter Uniformjacke mit goldenen Applikationen reicht ihr die Hand, um ihr beim Aussteigen zu helfen. Sie lächelt ihn an und bedankt sich, was dazu führt, dass sein Kopf die Farbe seines Outfits annimmt. Goldig. Mit seiner Hilfe schafft sie es, ihr bodenlanges schwarzes Off-Shoulder-Kleid nicht am Fahrzeug einzusauen. Er begleitet sie noch zwei Schritte bis zur Treppe, murmelt etwas Unverständliches und saust zum nächsten Wagen, der hinter ihnen vorgefahren ist. Sie zupft ihren Rock zurecht und wartet auf Herrn Martin, der seit fünf Minuten versucht, seinen Gesprächspartner am Telefon abzuwürgen und gleichzeitig die Fliege an seinem Hals zu richten. Mit einem genervten Grummeln steckt er das Smartphone weg und zupft beidhändig an der Fliege.

»Lassen Sie mich mal.« Julie klemmt sich ihre Clutch unter den Arm, rückt die Fliege gerade und nickt ihm zu, als das elegante Stück Stoff unter dem Kragen richtig sitzt. Herr Martin hält ihr den Arm hin. Sie hakt sich ein und geht neben ihm die vielen Stufen bis zum säulengesäumten Eingang hinauf. In ihren High Heels fühlt sie sich zwar sicher, aber die Treppe später hinunterzulaufen, wenn sie den ganzen Abend darauf gestanden hat und ihre Füße schmerzen, wird eine kleine Herausforderung. Kein Geländer, an dem sie sich festhalten könnte. Vielleicht hilft ihr der goldige Portier nachher, falls Herr Martin noch nicht bereit sein sollte, die Party zu verlassen.

Der deutsche Architektenpresseball ist seine jährliche Lieblingsveranstaltung. Abgesehen von den anwesenden Branchengrößen, denen er gern die Hand schüttelt, hält er immer Ausschau nach potenziellen Kunden und versucht, Kontakte zu knüpfen. Julie hatte sich bis jetzt nicht sonderlich für die anderen Gäste interessiert. Sie hatte mit den Kollegen und Kolleginnen einen witzigen Abend verbracht. Doch dieses Mal hatte Herr Martin beschlossen, dass Julie ihm beim Kontakten unterstützen sollte. Einige Manager und Geschäftsinhaber hatten sich bisher distanziert gehalten, sobald er mit einer Visitenkarte wedelte. Obwohl sich Julie anfangs nicht sicher war, ob sie als eine Art Köder fungieren wollte, hatte sie sich darauf eingelassen. Nur, weil sie eine präsentable Frau ist, bedeutet es schließlich nicht, dass man sie darauf reduzieren und ihre Attraktivität ausnutzen darf – vor allem als Mann und Chef. Auf der anderen Seite weiß sie, dass Herr Martin ihre Arbeit schätzt und darauf vertraut, dass sie potenzielle Kunden nicht nur um den Finger wickelt, sondern überzeugt.

Mit einer Namensliste, Fotos und Google-Suchergebnissen der infrage kommenden Big Player ausgestattet, wartet sie an der Seite ihres Chefs darauf, dass es losgehen kann. Die Empfangsdamen reißen ihre Eintrittskarten entzwei und weisen ihnen den Weg zu ihren Sitzplätzen. Die runden Dinnertafeln bevölkern den Raum wie Cupcakes mit Cremehaube in der Auslage einer Konditorei. Weiße Tischdecken, weiße Gestecke und Kerzenhalter, um die Tische herum unauffällig die durchsichtigen Stühle. Auf der Bühne ein aufwendiges Bühnenbild von der Frankfurter Skyline in schwarz-weiß. Später wird der Moderator sicherlich erklären, welches Architekturbüro dieses Mal für die Gestaltung zuständig war und welcher Designer daran mitgearbeitet hat. Julie hat das Gefühl, als wäre in diesem Fall ein Bäcker der Berater gewesen. Auch die Gebäude der Skyline muten mehrstöckigen Torten an. *Ob das sogar das Dessertbuffet ist?*

»Setzen Sie sich, Julie.«

Während ihrer Überlegungen hat sie kaum mitbekommen, dass sie ihren Tisch erreicht haben. Sie lässt sich vorsichtig auf die Sitzfläche gleiten, während Herr Martin ihr den Stuhl heranrückt. »Danke sehr.«

Er setzt sich und winkt bereits dem nächstbesten Kellner zu. »Eine Flasche Moët Rosé, bitte. Und außerdem vier Flaschen Wasser. Zwei mit, zwei ohne Sprudel, bitte.« Der flinke Kellner nickt und verschwindet in Richtung der Bar. Die anderen Gäste, mit denen sie ihren Tisch teilen, sind noch nicht eingetroffen, doch Julie greift nach der Namensliste in der Mitte der Tafel, um sich schlauzumachen. Ihr wird plötzlich ganz anders. In ihren Ohren rauscht es, ihr wird heiß und kalt gleichzeitig, ihr Mund ist staubtrocken. Dort stehen zwei Namen, die ihr bestens bekannt sind. Was soll sie tun? Professionell bleiben? Abhauen?

Der Kellner schenkt ihr ein Glas Champagner ein, Julie greift es und kippt es in einem Zug hinunter. Wenigstens ihr Mund ist wieder belebt. Ihr Magen hingegen rebelliert. Die Kohlensäure wirbelt in ihr umher und sie weiß nicht, ob sie gleich mit Magensäure vermengt aus ihr hinausstrebt. Der Kellner schenkt ihr nach, ohne Fragen zu stellen. Herr Martin ist allerdings aufmerksam geworden.

»Alles in Ordnung? Sind Sie nervös?«

Julie schüttelt leicht den Kopf, legt den Glasrahmen mit der Liste auf dem Tisch ab und ihre Hand darauf, sodass nicht zu sehen ist, welche Namen ihr Sorgen bereiten.

»Zeigen Sie mal.« Er schiebt ihre Hand beiseite und überfliegt die zehn Namen, von denen zwei ihre eigenen sind. »Ach, ihr ehemaliger Arbeitgeber. Machen Sie sich keine Sorge, Sie müssen einfach nett lächeln und den Hauptgang überstehen, danach begeben wir uns auf Mission.« Er zwinkert ihr freundlich zu und tätschelt ihre Hand.

Herr Martin hat die Situation nicht vollständig durchschaut, wie sollte er auch. Nicht nur ihr ehemaliger Chef, der ein cholerisches Arschloch ist, sondern auch der Juniorpartner, mit dem sie damals eine Affäre hatte, wird sich zu ihnen gesellen. Julie versucht, ihre aufwallenden Gefühle wie Wut, Unsicherheit und Fluchtreflex niederzukämpfen. *Er hat recht, wie schlimm kann es schon werden?* Zur Not stiehlt sie sich einfach auf die Toilette oder gibt vor, telefonieren zu müssen. Sie beruhigt sich, nippt an der Champagnerflöte und atmet tief durch. Viel mehr Zeit, sich zu entspannen, bleibt ihr nicht, denn von Weitem erkennt Sie Herrn Wegner, den untersetzten Mann mit forschem Schritt, der einmal eine faustgroße Porzellanfigur nach ihr geworfen hat. Einen Buddha, um genau zu sein – Ironie des Schicksals.

Hinter ihm mit ausladenden Schritten und charmant wie eh und je, anderen Gästen zuwinkend und lächelnd, Raffael Faroga. *Verdammt.* Er sieht noch genauso unverschämt gut aus wie früher. Sein italienischer Teint und die Grübchen rufen in Julie Erinnerungen wach, die sie lange nicht mehr beachtet hat. Er war damals nicht der erste Mann gewesen, der ihr versprochen hatte, sich von seiner Freundin zu trennen, aber er war der erste Mann, der ihr Herz in tausend Teile hatte zerspringen lassen, als er seine Freundin schwängerte und nicht mal den Mumm hatte, es Julie zu beichten. Sie hatte den Job gewechselt, so schnell sie konnte, nur um diese beiden furchtbaren Männer nicht mehr ertragen zu müssen.

»Ach, Frau Bender, nett, dass wir uns auch mal wieder sehen.«

Herr Wegner reicht ihr die Hand. Sie schüttelt sie, doch ihr wird wieder schlecht und sie überlegt, wie lange sie ihren Körper davon überzeugen kann, nicht alles von sich zu geben.

»Herr Martin, wie laufen die Geschäfte? Hat Frau Bender Sie auch schon ruiniert?«

»Nun, Herr Wegner, die Geschäfte laufen bestens und Frau Bender ist diejenige, die mich auf dem internationalen Markt platziert hat. Ich wüsste nicht, wie ich sie jemals

als ruinös betrachten könnte. Aber Sie hatten sicherlich einfach Schwierigkeiten, eine Frau zu beschäftigen, die Ihnen den Rang ablaufen könnte, oder was meinen Sie?«

Innerlich machte Julie einen Luftsprung, äußerlich verkneift sie sich das Grinsen, so gut es geht. Sie senkt den Blick, damit Herr Wegner möglichst wenig von ihrer Schadenfreude mitbekommt.

Er setzt sich auf die gegenüberliegende Seite des Tisches und lässt ein aufgesetztes Lachen hören. »Jetzt tun Sie mal nicht so! Hat sich das kleine Häschen hochgevögelt? So sieht sie doch aus. Wie ein Betthäschen.«

Er stiert sie herausfordernd an, doch Julie antwortet nicht. Zum einen, weil sie weiß, dass er mit seiner Körpergröße ein Defizit als Mann hat, das er nicht anders auszugleichen weiß als mit Angriff. Zum anderen, weil alle am Tisch wissen, dass Julie hervorragende Arbeit leistet, auch wenn man sie auf ihr Äußeres reduzieren könnte. Herr Wegner jedoch scheint ihr zurückhaltendes Schweigen als Sieg zu interpretieren. Er lacht erneut, tippt sich mit dem Zeigefinger an die Stirn und dann auf Julie.

»Wusste ich doch. So eine sind Sie.«

»Herr Wegner, ich denke wir haben verstanden, was Sie sagen wollen. Wollen wir uns nun einen schönen Abend machen?« Raffa scheint den unverhohlenen Hass seines Chefs Julie gegenüber bremsen zu wollen. Er legte ihm eine Hand auf die Schulter und sprach von oben auf den Sitzenden herunter.

Der winkt ab und dreht sich zum Nachbartisch herum. »Meier, Sie altes Schlitzohr, haben Sie mir wieder ein Grundstück weggeschnappt!«

Julie atmet durch. Obwohl sie ihm keine Aufmerksamkeit schenken will, bedankt sie sich mit einem Blick und kleinem Nicken bei Raffael. Er umrundet den Tisch und reicht ihnen die Hand. »Freut mich, Sie wiederzusehen, Julie. Herr Martin, ich hoffe, es geht Ihnen gut?«

»Bestens, danke. Ihnen auch?«

»Sehr gut, vielen Dank. Dabei fällt mir auf …« Er wendet sich wieder an Julie. »Ich habe Sie eben aus Gewohnheit geduzt. Verzeihen Sie mir, Frau Bender. Darf ich mich kurz zu Ihnen setzen, um in Erinnerungen zu schwelgen?«

Nein, denkt sie so laut sie kann. *Nein, nein, nein.* Ihr Mund wird wieder trocken. Ein Seitenblick auf ihren Chef verrät ihr, dass er sie beobachtet. Sie dreht den Stiel ihres Glases zwischen den Fingern. Es ist leer. Herr Martin greift sich die Flasche aus dem Kühler und schenkt ihr nach. Um nicht unhöflich zu erscheinen, nickt sie Raffael zu.

Er lächelt und rückt sich einen Stuhl zurecht. »Wunderbar. Können Sie sich noch an das Projekt in Stuttgart erinnern und wie viele Überstunden wir auch an den Wochenenden machen mussten?«

Natürlich redet er von Sex, wie könnte es auch anders sein. Julie durfte an dem Projekt nicht mitarbeiten, weil Herr Wegner es nicht genehmigt hatte. Stattdessen hatten sie oft spätabends im Büro miteinander geschlafen. Sie war außerdem privat zu der Baustelle gefahren, hatte im Hotel auf Raffa gewartet und sich über Tage dort versteckt gehalten, damit die Kollegen keinen Wind davon bekamen. Wenn sie daran zurückdenkt, fühlt sie sich schäbig. Und dass er ausgerechnet diese Zeit anspricht, zeigt ihr, wie wenig sie ihm bedeutet hat. Er hat sie schamlos für seine Lust ausgenutzt und sie durchs Land fahren lassen. »Ja, ganz vage kann ich mich daran erinnern. Aber in den letzten Jahren sind dermaßen viele großartige Projekte entstanden, an denen ich tatsächlich beteiligt war, dass Sie mir verzeihen müssen, wenn ich nicht mehr allzu viel dazu sagen kann.« Sie zuckt verharmlosend mit den Schultern.

»Soso, viele großartige Projekte.« Er schielt an ihr vorbei zu Herrn Martin.

»Ja, Herr Martin hat von Anfang an großes Vertrauen in mich gesetzt und mich allein mit wichtigen Kunden sprechen lassen. Ich denke oder vielmehr hoffe ich, dass ich ihn nicht enttäuscht habe und unsere Teamarbeit dementsprechend wie gehabt weiterläuft.« Um ihn offiziell in das Gespräch einzubinden, dreht sie sich zu ihrem Chef um und lächelt ihn an.

Er nickt gelassen. »Absolut. Ehrlich gesagt sehe ich Sie in Zukunft als Partnerin, in ein paar Jahren, wenn Sie weiter so gute Arbeit leisten, steht dem nichts im Wege.«

Julies Herz macht einen Hüpfer. Ungläubig blickt sie ihm in die Augen, ganz vergessen das Gefühlschaos, das Raffa eben versucht hat, in ihr auszulösen. »Wirklich?«

Sie hört das Rücken eines Stuhles, Raffael hat sich wohl erhoben, erkennend, dass er keine Chance hat, die Situation zu seinen Gunsten zu entwickeln.

Herr Martin hingegen lächelt sie sicher an. »Auf jeden Fall. Aber fünf Jahre müssen Sie noch weiter machen!«

»Ich setze mich mal rüber, wir können uns ja später weiter unterhalten.«

Julie sieht Raffa kurz an, dreht dann aber den Kopf wieder zu ihrem Chef. Als Raffa außer Hörweite ist, fragt sie leise nach. »Das haben Sie hoffentlich nicht nur gesagt, um Herrn Faroga loszuwerden, oder?«

»Nicht im Geringsten. Ich meine das vollkommen ernst. Sie verdienen es sich!«

Julie staunt nicht schlecht, greift nach dem Champagner und trinkt ihr Glas erneut mit einem Zug leer. *Besser konnte es kaum werden.*

Der Kellner naht mit einer weiteren Flasche Moët, schenkt nach und sammelt gleich einige der leeren Teller ein. Es gab gebratene Jakobsmuscheln an Avocado-Raukesalat zur Vorspeise und Entenbrust in Feigen-Cassis-Soße mit kleinen Möhren, Kartoffelrösti und Spitzkohl als Hauptgang. Julie schaffte es, trotz der Seitenhiebe ihres nervigen Tischnachbarn, das Essen zu genießen und die Zeit mit anregenden Gesprächen mit den anderen am Tisch zu verbringen.

Herr Martin gibt ihr ein Zeichen. Er hat jemanden erspäht. Julie folgt seinem Blick, ein potenzieller Kunde. Es ist ein steinreicher Bankenmanager, der privat eigentlich immer auf der Suche nach Investitionsmöglichkeiten ist, jedoch von Herrn Martin bisher nicht überzeugt werden konnte. Julie tupft sich den Mund an der Stoffserviette ab, rutscht den Stuhl zurück und erhebt sich. Die Köpfe der anwesenden Männer, mit Ausnahme von Herr Wegner, drehen sich zu ihr um. Wo sie denn hin wolle, gleich gäbe es doch den angepriesenen Nachtisch von der besten Köchin Frankfurts. Sie gibt vor, die Waschräume aufzusuchen und eilt dem großen Mann in beigefarbenem Anzug hinterher. Als sie ihm näher kommt, verlangsamt sie ihre Schritte und den Puls, um ihm wie zufällig über den Weg zu laufen. Sie macht einen kleinen Bogen, um einige Tische zwischen ihn und sich zu bringen. Den Blick gesenkt, als wäre sie in ihr Smartphone vertieft, geht sie auf ihn zu. Sie versucht sogar, ihn anzurempeln, doch er fasst sie rechtzeitig mit beiden Händen an den Schultern und hält sie auf.

»Junge Dame, sie sollten den Menschen lieber ins Gesicht schauen als auf ihre Füße.«

»Entschuldigen Sie! Habe ich Sie verletzt?« Sie gibt die Entsetzte.

Er bricht in schallendes Gelächter aus. »Womit denn? Mit Ihrer Ignoranz? Weil Sie Ihrem Handy mehr Beachtung schenken als mir?«

»Ich dachte, ich wäre Ihnen vielleicht auf den Fuß getreten? Mein Handy ist aber nicht halb so beeindruckend wie Sie, Herr?« Selbstverständlich kennt sie seinen Namen und weiß bestens über ihn Bescheid.

»Gottfried Eberle. Und Sie heißen, werte Dame?«

»Julie Bender. Sagen Sie ruhig Julie zu mir.«

»Freut mich, Ihre Bekanntschaft zu machen. Mit wem sind Sie heute hier?«

»Mit meinem Chef, Herr Martin von Greenbuild. Und Sie?«

»Das sagt mir gar nichts. Ich bin mit meiner Frau hier, da ist sie auch schon. Doro!« Er winkt einer recht properen Frau, mit rotbraunem Haar in einem weinroten, etwas zu engen Kleid, sich ihm anzuschließen.

Diese schiebt sich durch die Stühle und grüßt Julie herzlich.

»Dann will ich Sie gar nicht länger aufhalten, Herr und Frau Eberle. Genießen Sie den Abend.«

»Sie halten uns doch nicht auf, kommen Sie gern später auf einen Drink an unseren Tisch. Es ist der in der ersten Reihe ganz rechts. Aber ich bin ja nun auch nicht zu übersehen und meine reizende Frau werden Sie auch wiedererkennen.«

»Das mache ich gern. Dann sehen wir uns später!«

Julie winkt ihnen auf dem Weg zur Toilette noch einmal zu und sendet eine Nachricht an Markus, dass sie einen Einstieg gefunden hat. Fehlen nur noch acht weitere.

Als sie den Waschraum verlässt, stößt sie tatsächlich mit jemandem zusammen. Ein blonder Mann, der sie mit seinen hellblauen Augen und dem lässigen Dreitagebart ein wenig an Paul Walker erinnert. Er sprintete wohl auch hinter irgendwem her. Er registriert Julie zu spät und bei dem Versuch, ihr auszuweichen, tritt er ihr auf die Zehen und gibt ihr eine Kopfnuss.

»Autsch. Mist.« Sie greift sich an den Kopf und humpelt auf einem Bein zu einer Holzbank, die mehr in den Rahmen einer Kunstausstellung, als in dieses herrschaftliche Foyer passen würde. Der Blonde folgt ihr, bietet ihr einen Arm an.

»Das tut mir wahnsinnig leid. Geht es denn?«

Sie fühlt an ihre Schläfe, wo der Typ sie erwischt hat und beschaut sich dann ihre Zehen, deren silberner Nagellack den Angriff des Killerschuhs zum Glück heil überstanden hat. »Ja, ich komme klar, gehen Sie ruhig.«

»Nicht doch, ich helfe Ihnen zu Ihrem Platz oder rufe einen Arzt, wenn Sie einen benötigen.«

»Nichts dergleichen, danke sehr.« Sie lächelt ihn an, um zu bestätigen, dass es ihr gut geht.

»Hm.« Er scheint nicht vollständig überzeugt. »In Ordnung, aber hier ist meine Visitenkarte, falls ich Ihnen das Kleid verschmutzt oder beschädigt habe. Oder falls Sie mich auf Körperverletzung verklagen wollen, ist hier die Karte meines Anwalts.« Er reicht ihr nacheinander die Pappkarten. Letztere lehnt Julie dankend ab. »Die werde ich nicht brauchen, aber interessant, dass Sie sie gleich parat haben.« Sie betrachtet ihn amüsiert. »Sie sehen nicht so aus, als würden Sie regelmäßig wegen Körperverletzung angezeigt werden.«

»Ja, das höre ich öfter. Aber das täuscht.« Er strahlt sie verschmitzt an. »Wie ist denn überhaupt Ihr Name? Nur, damit ich schon mal vorgewarnt bin, welche Anrufe und Nachrichten ich getrost ignorieren kann.«

»Julie Bender.« Sie schütteln sich die Hände. »Dann wende ich mich also direkt an Ihren Anwalt. Der sieht vermutlich sowieso viel besser aus als Sie«, sie liest den Namen von der Karte ab, »Chris Nordin.« Klingt, als ob er der kalifornischen Filmschmiede entsprungen wäre.

»Das stimmt. Aber falls Sie mal umgerannt werden wollen, rufen Sie mich an. Ich bin schnell und unkompliziert. Der Job wird erledigt und einen Draht zu meinem Anwalt bekommen Sie ohne Umschweife.«

»Ich merke es mir!« Sie steht auf, biegt zur Probe ihren Fuß und die Zehen durch, macht einen Schritt und nickt ihm zu. »Die Arbeit ruft.«

»Ich dachte, hier ist man zum Vergnügen?«

»Stimmt.«

»Und jetzt lassen Sie mich einfach so stehen?«

Julie dreht sich noch einmal zum ihm um und grinst ihn an. Sie winkt ihm mit seiner Visitenkarte. Kaum sieht sie in Laufrichtung, bleibt sie wie angewurzelt stehen. *Nicht schon wieder.*

»Julie, welch eine angenehme Überraschung.« Philipp drückt sich von der Säule ab und schlendert auf sie zu.

In ihrem Kopf rauscht es so laut, als würde sie in einer wilden Meeresbrandung stehen.

»Wie geht es dir?« Er klingt, als hätte er einen sitzen.

Sie räuspert sich, um ihre Stimme wiederzufinden. »Danke, gut. Ich muss aber auch weiter, man wartet auf mich.« Sie zeigt in den Saal, zu verzweifelt.

Philipp reagiert sofort. »Das macht gar nichts, ich begleite dich. Mit deinem Chef wollte ich sowieso mal sprechen.« Als er sich um die eigene Achse dreht, muss er sich an einer Stuhllehne festhalten, um seine Füße zu sortieren.

»Mit Herrn Martin?« Verdutzt sieht sie ihn an. Ihr Hirn rattert. *Wieso das? Kennen sich die beiden etwa?*

»Ja, mit Markus. Nachdem du so holterdiepolter am nächsten Tag aus Hongkong abgereist bist, hatte ich Kontakt zu ihm aufgenommen. Ich wollte dich im Auge behalten und mich erkundigen, was er zu bieten hat.«

»Wie bitte?« Heute scheinen ihr alle Probleme machen zu wollen.

»Schon vergessen? Ich bin Investor. Die Projekte von Greenbuild klingen nach einer guten Option.« Sein Lächeln verzieht sich zu einer schiefen Grimasse. Wie viel muss er getrunken haben, um in diesen Zustand geraten zu sein?

»Ich habe wirklich keine Lust, mit dir zu reden. Kannst du das bitte mit meinem Chef unter vier Augen ausmachen?«

»Sei doch nicht so feindselig.« Er grinst sie an, wankt von einem Bein auf das andere.

»Feindselig?« Sie kocht hoch. »Du hast mir nicht gesagt, dass du noch mit deiner Freundin zusammen bist, damit ich zwölf Stunden hinter dir herfliege und als deine persönliche Lustsklavin rund um die Uhr zur Verfügung stehe. Ich denke, ich habe das Recht, angesäuert zu sein.«

Er lächelt süffisant und bekommt Schluckauf. »Du hast doch nie gefragt.« Hicks.

»Was gefragt?«

»Ob ich Schluss gemacht habe.« Hicks. »Du hast dich nie rückversichert.« Hicks. »Also, warum schiebst du mir den schwarzen Peter zu?« Hicks.

»Julie!«

Sie wollte gerade antworten, als jemand sanft ihren Arm packt.

»Wo bleibst du denn? Wir warten doch!«

Als sie ihren Kopf dreht, steht der freundlich lächelnde Chris vor ihr. Sie ist sich jedoch nicht sicher, was er meint. »Tut mir leid.« Sie stammelt. »Ich … wurde … aufgehalten.« Sie macht eine lapidare Bewegung mit dem Arm, um auf Philipp aufmerksam zu machen. Hicks.

»Könnt ihr euch später weiter unterhalten? Es ist wichtig.«

Sie nickt, ungewiss, ob sie Philipp noch einmal ansehen möchte. Bewusst atmet sie aus und greift nach Chris' Hand. »Tut mir leid, Philipp, Chris hat recht. Ich muss los. Dir noch einen schönen Abend. Bis dann!« Ohne sich umzublicken, lässt sie sich von Chris davonziehen.

»Den kannst du nicht leiden, hm?« Mit Mitleid in den Augen sieht er sie von der Seite an. Sie schüttelt nur den Kopf. »Okay, wohin gehen wir am besten, damit er nicht gleich wieder auftaucht?«

Die Frage stellt er mehr in den Raum als an Julie, doch sie weiß genau, wo sie für eine Weile sicher ist. »Wir gehen nach vorn in die erste Reihe. Lass nur nicht meine Hand los, falls er uns noch folgt.« Sie sieht sich suchend um, doch Herr Eberle hat sie bereits erblickt und winkt ihr genauso auffällig zu wie vorhin seiner Frau. Julie zieht Chris hinter sich her.

»Oh, okay. Willst du mich kurz informieren, zu wem wir uns gesellen?«

»Gottfried Eberle, Bankmanager, potenzieller Kunde.« Aus den Augenwinkeln erkennt sie Philipp, der nicht weit entfernt steht und sie beobachtet. »Es sieht so aus, als müssten wir weiter das Paar geben und eine Weile hier am Tisch bleiben. Ist das in Ordnung? Falls es zu viel verlangt ist, verstehe ich das.«

Er lächelt sie an, schiebt zärtlich eine Strähne ihres Haares hinter ihr Ohr und hält sie für einen Moment dort. In seinen Augen sieht sie Zuneigung geschrieben. Er beugt sich zu ihr. »Nichts lieber als das«, flüstert er.

Sie senkt ihren Kopf, lehnt sich an und lässt sich von ihm in den Arm nehmen. Sie fühlt sich geborgen.

Als sie den Tisch der Eberles erreichen, werden sie überschwänglich begrüßt. »Julie, setzen Sie sich und Herr Martin, für Sie finden wir auch einen Platz.«

»Mein Name ist Chris Nordin. Es freut mich, Ihre Bekanntschaft zu machen, Herr Eberle!«

»Ach herrje. Das tut mir leid. Ich ging davon aus, da Julie vorhin erwähnte, mit ihrem Chef hier zu sein. Herr Nordin, bitte nehmen Sie Platz. Das ist meine Frau Dorothea, meine älteste Tochter und ihr Mann, mein Sohn und seine Frau, meine Jüngste ist heute nicht dabei, aber mein Anwalt und seine Frau … Man weiß nie, wie schnell man seinen Rat benötigt.« Er zwinkert Julie zu, die ihr breites Grinsen nicht unterdrücken kann.

»Wissen Sie, Herr Eberle, dass Herr Nordin mir vorhin die Visitenkarte seines Anwalts reichte, für den Fall, dass ich ihn demnächst verklagen möchte? Sie scheinen eine ähnliche Denke zu haben.«

Herr Eberle hält sich den Bauch vor Lachen. »Sehr weise, junger Mann, sehr weise!« Sein Blick schwenkt zwischen Julie und Chris hin und her. »Sie geben ein hübsches Paar ab.«

Sie dreht den Kopf zu Chris und lächelt ihn verlegen an. »Ehrlich gesagt …«

»Wir stecken noch in den Kinderschuhen«, unterbricht Chris sie. »Aber mein Wunsch wäre, eine so ausgeglichene und langjährige Beziehung mit Julie zu führen, wie Sie sie mit Ihrer Frau haben. Können Sie uns Tipps geben?«

»Seien Sie ehrlich zueinander und reden Sie nicht zu viel über die Arbeit.« Er tätschelt die Hand seiner

Frau, während er sie liebevoll anlächelt. »Apropos Arbeit.« Die gesamte Familie stöhnt auf. Er lacht und schaut in die Runde. »Nur kurz, ich verspreche es euch! Julie, Sie erwähnten vorhin Greenbuild. Mir ist so, als hätte ich den Namen doch schon mal gehört. Erzählen Sie mal, was Sie machen!«

Besser hätte es nicht laufen können.

Zwei Monate später

»Ich weiß, heute ist eigentlich dein Tag, Julie. Aber ich kann es nicht länger geheim halten. Wir heiraten!« Lisa hält ihr einen wunderschönen, schlichten Verlobungsring unter die Nase. Julie greift nach ihrer Hand und bestaunt den geschliffenen Stein.

»Nicht dein Ernst?« Sie ist geschockt, aber auch unfassbar froh, dass Lisa ihrem Traum nach Familie ein großes Stück näherkommt. »Lass dich drücken! Wie schön.« Sie stehen vom Tisch auf und nehmen sich fest in den Arm. »Herzlichen Glückwunsch, das freut mich so sehr für dich. Euch«, korrigiert sie mit einem Zwinkern an Ben.

Die beiden hatten sich nach ihrem Kennenlernen Anfang letzten Jahres regelmäßig über drei Monate getroffen, bis sie sich einig waren, dass sie mehr wollten. Lisa hatte zwar gerade erst ihre langjährige Beziehung mit Jonas hinter sich, den Umzug aus Madrid gestemmt und bei einem neuen Arbeitgeber angefangen, trotzdem stürzte sie sich nach der Überlegungsfrist voll hinein in das Abenteuer mit Ben. Seine Familie stammt ursprünglich aus Kolumbien, seine Eltern wanderten jedoch nach England aus, um der Armut und den mafiösen Strukturen im Land zu entgehen. Er hatte in Deutschland studiert und wollte nicht mehr zurück nach England. Die beiden, er und Lisa, hatten im letzten Jahr schon seine Verwandtschaft in Südamerika und England besucht, außerdem viele andere atemberaubende Reisen unternommen, auf die Julie neidisch ist. Aber es sieht so aus, als hätte Lisa jemanden gefunden, der in etwa die gleiche Vorstellung von einem erfüllten und ausgeglichenen Leben hegt wie sie. Julie sieht rüber zu Chris und formt ein ‚Wow‘ mit dem Mund. Er stimmt ihr zu.

Ein großes Stühlerücken wird in Gang gesetzt. Julies Bruder und seine Frau Becky, Max und seine Freundin Andrea, Alex und Chris beglückwünschen Lisa und Ben zu den Neuigkeiten. Als alle stehen und so langsam wieder die Blicke zum Tisch wandern, wo ein üppiger Brunch aufgetischt ist, erhebt Carlo die Stimme.

»Julie, wenn du erlaubst, würde ich auch noch etwas sagen, bevor wir uns setzen?« Er sieht sie fragend an und nimmt Becky in den Arm.

»Natürlich. Willst du eine Ansprache zu meinem Geburtstag halten? Das musst du doch nicht!« Es ist ihr klar, dass er etwas anderes im Sinn hat, aber ihn zu necken, ist immer noch eine ihrer Lieblingsbeschäftigungen.

Er lässt kurz den Kopf hängen. »Das sollte ich vermutlich tun. Gibst du mir einen Moment, damit ich darüber nachdenken kann, wie ich dich vor deinen Freunden bloßstellen kann?«

»Nur, wenn wir uns in der Zwischenzeit setzen und futtern können. Das mit dem Nachdenken dauert bei dir ja immer ein wenig länger …«

»Okay, dann hau ich es einfach raus. Ich wollte dir nur sagen, dass du Tante wirst.« Carlo strahlt sie an und gibt seiner Frau einen Kuss auf den Kopf.

»Wow!« Zum zweiten Mal steht sie perplex vor großen Neuigkeiten. »Ehrlich? Wann? Herzlichen Glückwunsch! Junge oder Mädchen? Lasst euch drücken!« Julie nimmt erst ihn, dann seine Frau in den Arm. »Wow«, wiederholt sie geplättet.

Den beiden wird von allen Anwesenden herzlich gratuliert und weitere Fragen werden gestellt.

»Ihr wollt Julie aber nicht als Patentante, oder? Das wäre bestimmt nicht gut für das Kind.« Alex grinst sie frech an. Julie schüttelt nur den Kopf und knufft ihn in die Seite.

»Ich glaube, sie wäre perfekt für den Job geeignet.« Chris umarmt sie und gibt ihr einen kleinen Kuss.

»Na ja.« Ihr Bruder will sie weiter ärgern.

»Okay, wir können ja gern später darüber diskutieren, aber ich habe großen Hunger und ich sehe mein Omelett herannahen, also bitte, setzt euch wieder.«

»Das hungrige Tier in ihr spricht. Sofort alle setzen, sonst gibts Ärger!« Carlo kann es nicht lassen.

Julie erhebt ihr Sektglas. »Schön, dass ihr hier seid und herzlichen Glückwunsch noch mal an euch und an mich.« Sie prostet allen zu, wartet aber nicht darauf, dass die anderen mit dem Lachen aufhören, sondern nimmt einen großen Schluck, stellt das Glas ab und greift nach dem Besteck. Mit Gabel und Messer bewaffnet empfängt sie ihr Omelett, das von einer freundlichen Kellnerin serviert wird.

*

Sie verabschieden sich von Julies Freunden. Alex hatte erzählt, wie er sich wieder durch Tinder spielt, aber den Endgegner hat er wohl noch nicht erreicht. Er ist Chris sehr sympathisch. Vor allem, dass er seine Dates nicht so ernst nimmt. Die Frau, die ihn vor sechs Monaten für ein zweites Date unbedingt auf Langlaufskier stellen wollte, hatte sich – nachdem sich Alex tatsächlich ein Paar Skier gekauft hatte – einfach nicht mehr gemeldet. Daraufhin registrierte er sich für einen Kurs und lernte dort zwei Frauen kennen, die er beide immer noch trifft. Glückspilz.

Julies Bruder und seine Frau scheinen auch nett zu sein. Sie hatten berichtet, dass das Elternhaus nicht so ohne Weiteres abgerissen und neu gebaut werden könne, weshalb sie sich nun nach einem Grundstück umsehen. Julie hatte mehr als erleichtert gewirkt, dass diese Überlegungen abgeschlossen sind. Verständlich. Wer möchte schon sein Elternhaus dem Erdboden gleichgemacht sehen?

Lisa und Ben kannte er ohnehin von einigen witzigen Party- und Spieleabenden und Max und seine Andrea hatte er ebenfalls bereits flüchtig kennengelernt.

Eine nette Truppe, aber Alex ist und bleibt sein Favorit, immer eine amüsante Geschichte auf den Lippen.

Als sie sich auf den Heimweg machen, bummeln Julie und er an den geschlossenen Geschäften vorbei und begutachten die Schaufenster. Ein sonniger Sonntag.

»Wollen wir uns gleich auf den Balkon setzen und uns ein bisschen inspirieren lassen, wohin wir im August fliegen könnten?«

»Sehr gern«, antwortet sie lächelnd. Händchenhaltend laufen sie weiter der Sonne entgegen. »Was kochst du mir denn heute Abend nun eigentlich?«

»Das ist geheim. Du darfst dich der Küchentür auch nicht mehr als drei Meter nähern.«

»Puh, das könnte schwierig werden. Was ist, wenn ich mal das Bad aufsuchen muss? Für wie lange wird die Sperrzone eingerichtet?«

»Für ungefähr drei Stunden, aber eine Stunde davon werde ich auch nicht in der Küche sein, wir können uns also gemeinsam beschäftigen. Und auf dem Weg ins Bad musst du dir die Nase zuhalten.« Er lächelt ihr verschmitzt zu.

»Das klingt spannend.« Sie kichert vor sich hin.

Sie betreten Julies Wohnung, entledigen sich der Schuhe und Sommerjacken, greifen sich die Kissen für die kleine Lounge draußen und machen es sich mit einem Laptop, kühlen Getränken und Sonnenbrillen gemütlich.

»Wie wäre es mit London?« Er war zwar schon dort, aber nur für einen Termin und hat kaum Zeit gehabt, sich die Stadt anzusehen.

»Hm. Wäre jetzt nicht meine erste Wahl für einen Sommerurlaub. Wie wäre es mit Griechenland?«

»Okay, finde ich auch gut, aber wir müssen auf jeden Fall nach Athen. Die Stadt soll sehr interessant sein.« Kultur und Geschichte interessieren ihn sehr. Ein Land wie das der Griechen, hat in diese Richtung einiges zu bieten.

»Aber auch auf eine Insel und so richtig schönen Strandurlaub für ein paar Tage, okay?«

»Sicher doch. Warte, ich gebe es schon mal in die Suchmaske ein und schaue, was die Seite ausspuckt.«

Julies Handy klingelt. Sie springt auf und läuft dem Klingelton hinterher. Vermutlich hat sie es sogar noch nicht aus ihrer Handtasche herausgeholt, denn er hört lautes Rascheln und etwas auf den Boden fallen. Sie nimmt das Gespräch an.

Die Website zeigt ihm einige luxuriöse Hotels in Athen an. Eines der Häuser trägt einen Namen, der ihn stutzig werden lässt. Es erinnert ihn an seine Ex. Elaia. Das Hotel liegt an einem Olivenhain. Daher der Name. Dorthin sollte er wohl nicht mit Julie fahren, sonst ist er mit seinen Gedanken immer woanders und hat ihr Bild vor Augen.

Dabei fällt ihm ein, dass er ein paar Bilder von ihr löschen sollte. Am besten gleich. Er klickt sich auf sein Profil bei Facebook und beginnt, alle Fotos, die sie zeigen, zu entfernen. Er hatte immer gedacht, dass sie einmal eine Familie gründen und zusammen grau und schrumplig werden. Doch da hatte er sich offensichtlich getäuscht. Die atemberaubende Frau mit den sinnlichen Lippen und dem wallenden schwarzen Haar hatte die Karriere im Ausland ihm vorgezogen. Sie hatten es mit einer Fernbeziehung versucht, doch nach kurzer Zeit den Schlussstrich gezogen.

Jetzt, einige Monate später, konnte er sich endlich dazu überwinden, den Rest von ihr aus seinem Leben zu streichen. Gerade als Julie ihr Telefonat beendet und zu ihm zurückkehrt, schließt er die Seite. Er lächelt sie an. »Na, wer war das?«

»Mein Onkel, er hat mir von seinem neuen Hund erzählt. Wieder ein Sheepadoodle.«

»Ich weiß, du möchtest auch einen Hund haben, aber dafür darfst du nicht mehr so viel arbeiten. Oder du machst dich selbstständig, dann kannst du ihn überall mit hinnehmen.«

»Sich selbstständig zu machen birgt einige Risiken und den Hund kann ich auch nicht mit zum Kunden oder auf eine Baustelle mitnehmen.«

»Aber mit ins Büro.« Er zieht sie zu sich auf das Kissen. »Verschieben wir das Thema und kümmern uns um unseren Urlaub, das sollte einfacher zu lösen sein.«

»Ist gut. Oder …«

»Oder? Was möchtest du machen?«

»Wie wäre das?« Sie gibt ihm einen langen forschen Kuss und spielt mit ihrer Zungenspitze um seine. Sie saugt seine Unterlippe ein und lässt ihn ihre Zähne spüren.

Ein wohliges Gefühl breitet sich in ihm aus. Sein Penis zuckt und durch das Anschwellen drückt er sich schmerzhaft gegen die Nähte der Jeans. Unterhosen trägt er nur unter seinen Anzughosen. Es ist schon im Alltag äußerst befreiend und geil, sein bestes Stück an dem Stoff reiben zu spüren. Mit Erektion ist es noch besser. Chris rückt seinen Steifen zurecht. Julies Hand streichelt gemächlich über seine Brust, verharrt bei seinen Brustwarzen, streift darüber und gleitet anschließend weiter hinunter. Mit ihren Nägeln krault sie stimulierend über seinen Bauch, fährt an dem Hosenbund entlang und umfasst schließlich die Wölbung in der Hose.

»Nur vom Küssen?«

Sie haucht ihm ins Ohr, was seine Erregung weiter steigert. Wenn etwas schnell geht, dann dass eine Frau wie Julie ihn heiß macht. Er bestätigt ihr schnurrend, dass sie recht hat.

Sie öffnet Knopf und Reißverschluss der Hose, schiebt ihre Hand hinein und massiert seinen Schwanz. Das Adrenalin rauscht in den Adern, er riecht Julies Haar und ihre Pheromone, die ihn wahnsinnig machen. Er öffnet die Augen, bemerkt, dass sie draußen, sichtbar für alle Nachbarn sind und gibt ihr zu verstehen, dass sie reingehen sollten.

Auf dem Weg in die Wohnung läuft sie mit schwingenden Hüften vor ihm her, zieht sich ihr Top über den Kopf und wirft es auf das Sofa. Auch ihren BH öffnet sie flink und lässt ihn fallen. Sie hat es anscheinend eilig. Beim Gehen zerrt er sich die Jeans hinunter. Sie beugt sich nach vorn, als sie ihre Hose inklusive ihres Höschens hinunterschiebt und entblößt ihm so ihren wunderbar runden Hintern. Er stellt sich direkt hinter sie und presst sich an ihre Rundung. Mit den Händen wandert er nach vorn zwischen ihre Schenkel und sucht sich den Weg zu ihren Schamlippen. Sein Schwanz drückt sich von hinten an sie, was Julie mit einem erregten Seufzen quittiert. Der Sessel, vor dem sie steht, dient ihr jetzt als Stütze. Sie stellt sich breiter auf und Chris' Fingerkuppen kreisen um ihre Lustzone. Er zieht probeweise die Haut ein wenig auseinander. Wie er es sich gedacht hat. Es gibt ein Schmatzgeräusch, als ihre Lippen sich trennen.

Mit einem Finger fährt er durch das feuchte Fleisch. Er hat das Bedürfnis, sie zu schmecken, sinkt auf die Knie, drückt sie am Po nach vorn, sodass sie mit den gespreizten Knien auf die Sitzfläche des Sessels gelangt. Er öffnet ihre Pobacken, genießt für einen Moment den Blick auf ihren rosafarbenen Eingang. Mit einem Daumen gleitet er über ihre weiche Muschel. Sie erzittert von der Berührung, schiebt ihm ihr Becken entgegen. Mit seiner Nase nähert er sich, nimmt die aufwallende Lust wahr und setzt die Zunge genau auf ihr Loch. Er leckt darüber, spürt, wie ihn seine Lust zu übermannen droht, und will sie am liebsten sofort penetrieren. Doch zuerst sollen Julies Säfte fließen und ihm den Weg in ihr Paradies ölen.

Mit langsamen Bewegungen schiebt er seine Zunge immer wieder durch die aufgezogenen Lippen. Ihr leises Stöhnen wechselt sich mit raschen Atemzügen ab. Chris spielt mit ihrer Klitoris, saugt sie in seinen Mund und lässt sie zwischen den Zähnen langsam entgleiten. Er kann spüren, wie sich ihr Blut dort staut, der ganze Bereich schwillt und pulsiert. Also wird er etwas fester mit seinen Zungenschlägen, leckt wie ein Hund seinen Wassernapf leer. Doch Julies Brunnen versiegt nicht. Eher im Gegenteil – je mehr er leckt, desto mehr weißes Gold drückt sich aus ihrem Loch. Er schiebt seine Zunge so weit hinein, wie er kann, stimuliert ihren Kitzler mit den Fingern und saugt sich an ihr fest. Es ist, als hätten sich ihre Schleusen geöffnet. Ihr Stöhnen wird lauter und ihr Saft brandet in Wellen in seinen Mund. Das reicht ihm, er will sie jetzt spüren. Er gibt ihr einen Kuss auf die Scham, steht auf, reibt sich ein paar Mal über den halberschlafften Penis, um ihn wieder vollständig zu mobilisieren. Seine Eichel dreht er in ihrer feuchten Scham, benetzt sie mit Julies Lust. Als die Erektion wieder ihre ganze Manneskraft zeigt, schiebt er die befeuchtete Spitze Zentimeter für Zentimeter in das kaum geöffnete Loch. Damit er ihre Schamlippen nicht mit hineinschiebt und ihr wehtut, zieht er mit einer Hand die Haut erneut zur Seite. So öffnet sich auch das Hitze ausströmende Innere besser für seinen Schwanz. Die Rutschpartie macht ihn wild. Er drängt sich in sie und genießt das Gefühl, bis zum Anschlag in ihr zu stecken. Er stützt sich auf ihrem Hintern ab, begutachtet, wie sie ineinanderstecken, fühlt ihre Enge und will nie wieder da raus.

Julie scheint mehr zu wollen. Sie bewegt ihren Oberkörper ein wenig nach vorn, entzieht sich so fast seinem gesamten Schwanz und kommt ihm dann energisch entgegen, sodass er sich tief in ihren Unterleib bohrt. *Das kann sie haben.*

Statt sich abzustützen, greift Chris ihr Becken, hält sich an den spürbaren Knochen fest und beginnt, sie langsam, aber hart zu stoßen. Immer wieder beobachtet er, wie sein glänzender Penis in ihr verschwindet, sieht ihren Po vibrieren von dem Aufprall auf sein Becken und seinen Bauch. Manchmal wünscht er sich, in ihr anderes Loch zu gleiten, das vermutlich noch enger und erregender ist, aber so weit sind sie noch nicht. Ihren Arsch erkundet er ein anderes Mal. Jetzt konzentriert er sich voll und ganz auf die Riffeln, die er in ihr spürt und die Feuchtigkeit, die er mit jedem Vorstoß aus ihr herausdrückt. Und auf sie, wie sie über ihren Kitzler reibt, dabei gelegentlich seinen Schwanz oder die Hoden streift und ihn noch schärfer macht. Er erhöht das Tempo, fängt an zu schwitzen, will ihr geben, was sie erbeten hat. Ein kleiner Geburtstagsfick. Von hinten.

Da fällt ihm ein, dass sie etwas noch nicht zusammen probiert haben. »Komm mal mit aufs Sofa.« Er löst sich von ihr, knallt ihr fest die Hand auf den Hintern und zieht sie auf die Beine. Drüben soll sie wieder auf alle viere, er kniet sich dahinter, schiebt seinen Steifen mit einem Ruck in sie hinein und bedeutet ihr anschließend, sich mit ihm gemeinsam nach hinten zu setzen. Sie sitzt quasi auf seinem Schoß, ihre Füße unter seinen Eiern und die Arme nach vorn auf das Polster gestellt. Chris hebt sein Becken an, stützt sich hinten ab und rammt ihr in dieser ganz speziellen Position den Schwanz noch viel empfindlicher in den Körper. Sie stöhnt sofort laut auf und auch Chris kann es nicht mehr zurückhalten. Dieser Quickie ist fabelhaft. Er beschleunigt wieder sein Tempo, hört die schmatzenden Geräusche, die aus Julies Vagina kommen, sieht noch viel besser, wie er in sie hineingleitet und sich seine Eier zusammenziehen.

»O Gott«, hört er sie stöhnen. »Jaaa!«

Das spornt ihn zu Höchstleistungen an. Er will es jetzt wissen, will sie kommen hören und spüren. Will sich in ihr entladen, seine Lust hinausschreien und die selige Entspannung genießen. Auch wenn es eigentlich zu schön ist, um aufzuhören. Er braucht die Erlösung und er will Julie mitreißen. »Julie, ich komme.« Er pumpt so schnell er kann seinen Prügel in ihr heißes Loch, spürt, wie ihm die Lust den Schaft emporsteigt, sich die Hoden zusammenziehen und er es nicht mehr zurückhalten kann. Ein weiterer Stoß und er entlädt sich in ihr. Doch ihr Orgasmus bleibt aus. Er schiebt sich noch zwei Mal in sie, hofft, mit seiner restlichen Steifheit die Punkte zu erreichen, die ihr zum Glück verhelfen. Aber es kommt nichts. Er kann nicht mehr. Die Zuckungen, die sein Schwanz vollführt, rauben ihm jegliche Kraft und schalten sein Gehirn für weitere Überlegungen aus. Erschöpft lehnt er sich auf sie, hält sie fest, um sie mit sich seitlich auf das Sofa fallen zu lassen. So kann er noch in ihr bleiben und das Gefühl genießen.

Nach einer Weile des Durchschnaufens und über die Schulter Anlächelns, muss er doch fragen. »Wieso bist du nicht gekommen? Ich dachte, du wärst kurz davor gewesen?«

»Keine Ahnung, aber es war trotzdem schön!«

»Das zählt nicht. Ich will, dass du mit mir kommst.«

»Klar, das ist super, wenn es funktioniert, aber das kannst du nicht erwarten. Manchmal braucht es einfach länger und manchmal klappt es nicht.«

»Schon klar, aber heute ist dein Geburtstag und ich will, dass du kommst.«

Sie dreht sich so weit zu ihm herum, dass sie ihm einen Kuss geben kann. Dabei rutscht sein erschlaffter Penis aus ihr hinaus. »Keinen Druck aufbauen, bitte.«

»In Ordnung, aber du bist heute dran. Also werde ich dich noch ein bisschen verwöhnen. Gib mir nur einen Moment, um Luft zu holen.«

»Der Tag ist noch nicht vorbei und wenn ich mich recht entsinne, hast du eine Stunde, während das Essen im Ofen ist, oder?«

Sein Smartphone klingelt. Es liegt draußen auf dem Balkon. Julie macht Anstalten, aufzustehen. »Nicht. Lass es klingeln, ich schaue später, wer es ist.«

»Du glaubst, ich wollte nackt dein Handy holen?« Sie kichert. »Ich gehe auf die Toilette, wenn du mir das gestattest?«

Schon steht sie und Chris schafft es gerade noch so, ihr einen Klaps auf den Hintern zu geben. »Na gut«, sagt er mehr zu sich, erhebt sich ebenfalls und läuft ohne sich zu bedecken hinaus. Sollen die Nachbarinnen doch schauen. Stört ihn nicht.

Als er das Handy in die Hand nimmt und den Namen auf dem Display erkennt, verkrampft sich sein Magen. Auch sein Schwanz, sofern das möglich ist, zieht sich noch weiter zurück. *Wieso ruft sie jetzt wieder an?*

*

Sie rekelt sich auf dem Sofa, nachdem er seiner Versprechung, sie zu verwöhnen, ausufernd nachgekommen ist. Er robbt sich zu ihr hoch und legt seine Hand schützend über ihre Vagina, damit sie dem Orgasmus bestens nachspüren kann. In seinem T-Shirt sitzt der Geruch nach gebratenem Gemüse und Rotweinsoße.

»Mhm. Es riecht schon so gut und ich bekomme langsam Hunger.«

»Ich sollte auch dringend mal in die Töpfe schauen. Kann ich dich kurz allein lassen?«

»Wenn du mit einem Snack wiederkommst?« Sie grinst ihn frech an.

Er gibt ihr einen Kuss. »Das wird vermutlich nicht nötig sein. Wenn alles geklappt hat, bringe ich gleich dein Geburtstagsmahl mit.« Er steht auf, strubbelt sich durch die Haare und reicht ihr eine Hand, damit sie sich aufsetzen kann.

»Na, dann sollte ich mich mal besser anziehen«, ruft sie ihm hinterher.

Er lugt noch mal ins Zimmer und antwortet ihr mit einem ebenso breiten Grinsen. »Nicht meinetwegen!«

Er trägt zwei gut gefüllte, aber genauso ansprechend hergerichtete Teller herein, stellt sie auf dem gedeckten Tisch ab, sodass Julie sein Werk bewundern kann. Das zarte Rinderfilet liegt gebettet auf Rotweinsoße, ergänzt von Rosmarinkartoffeln und Bohnen im Speckmantel.

»Das schnuppert vielleicht gut! Und es sieht fantastisch aus!«

»Das freut mich, aber wichtiger ist doch, dass es auch schmeckt.« Er greift sich die Weinflasche, die er bereitgestellt hatte, und gießt die dunkelrote Flüssigkeit in die bauchigen Gläser. Kurz bevor er sich auf seinen Platz ihr gegenüber setzen kann, greift sie in seinen Kragen und zieht ihn zu sich herunter. Sie bedankt sich mit einem vollmundigen Kuss für den Tag und seine Arbeit. »Danke.«

Er zwinkert ihr zu und lässt sich seufzend auf seinen Stuhl fallen. Sie stoßen an und kosten von dem Wein. Er schmeckt. In der Sekunde in der er nach dem Besteck greift, klingelt erneut sein Smartphone.

»Ich dachte, du hättest Geburtstag und dein Telefon müsste heute unaufhörlich klingeln?«

Sie zuckt mit den Schultern. »Stell es doch aus?«

Er nickt, erhebt sich und beugt sich über den Couchtisch, um die Seitentaste hinunterzudrücken, die das Teil stumm stellt.

Sie beobachtet ihn belustigt, weil er offensichtlich zu faul ist, um den Tisch herumzugehen und sich lieber darüber streckt – vorsichtig versteht sich, damit er nicht das Gleichgewicht verliert und die Glasplatte zerbricht.

Er kehrt zu ihr zurück und schnauft. »Jetzt essen wir aber! Lass es dir schmecken.«

Julie schiebt sich den ersten Bissen in den Mund und schließt die Augen, ob des lieblichen Geschmacks der Soße, des beinahe schmelzenden Fleisches und dem Genuss eines selbst gekochten Essens, da vibriert sein Handy von Neuem. Sie springt kauend auf, klaubt das Smartphone vom Sofa und legt es neben ihn auf den Tisch. Sie schluckt viel zu schnell hinunter. »Geh halt ran. Irgendjemand versucht, dich scheinbar verzweifelt zu erreichen.«

»Ich hab aber keine Lust.« Er schiebt den Regler auf dem Display nach links, um das Gespräch abzulehnen. Bevor er dazu kommt, das Gerät auszuschalten, poppt eine Nachricht auf dem Display auf, die Julie aus den Augenwinkeln lesen kann. *Ich komme nach Frankfurt.* »Wer kommt nach Frankfurt?« Sie kann sich nicht mehr zurückhalten.

»Ein übereifriger Kollege, der wohl vergessen hat, dass es Sonntag ist.« Mit einer verkniffenen Miene tippt Chris eine Antwort und schaltet anschließend das Telefon aus.

»Und wenn es wichtig ist?«

»Ist es nicht. Das kann ohne Probleme bis morgen warten. Er hat einfach nur vor, sich einzuschleimen und aufzusteigen.« Jetzt zuckt er mit den Schultern.

In der Branche der Unternehmensberater heißt es, ähnlich wie bei den Bankern, fressen oder gefressen werden. Da man sich aber einige Dinge abschauen kann und schnell lernen muss, orientieren sich die jungen Kollegen an denen, die als aufstrebende Berater gehandelt werden. Zumindest hat Chris es ihr so geschildert und sich mit einer Spur Bescheidenheit dazu bekannt, dass er bei seinem Arbeitgeber als einer ebenjener Angesehenen gilt. Julie kann sich nur zu gut vorstellen, dass er sich vor seinen Freunden nicht so bescheiden gibt, sondern sich feiert und innerlich platzt vor Stolz. Allerdings spürt er auch täglich den Druck, das hat er ihr erst letztens erklärt. Es gibt nur eine Richtung – nach oben. Versagen ist keine Option.

Sie genießen ihr Essen in Stille. Bis Julie ihn erneut lobt und sich für seine Umsorgung bedankt. »Ich lasse mir für deinen Geburtstag auch etwas einfallen. Zeit habe ich zwar nicht mehr viel, aber kochen und den Rest bekomme ich auch hin.«

»Ich dachte, Kochen wäre eine zu große Herausforderung für dich?«

»Hey!« Sie streckt ihm die Zunge raus. »Das stimmt gar nicht. Ich halte mich einfach nur an das, was ich kann.« Sie hebt bewusst eine Augenbraue. »Eine Nummer raussuchen und was Leckeres bestellen«, ergänzt sie lachend. Er fällt in ihr Gelächter ein.

»Das ist völlig in Ordnung für mich. Hauptsache du bist dabei.« Sie küssen sich über den Tisch hinweg. »Apropos Herausforderungen. Hast du noch mal darüber nachgedacht, ob du dich nicht doch selbstständig machen möchtest? Das würde dir guttun. Du wärst dein eigener Chef und so eine neue Aufgabe setzt unheimlich viel Energie frei.«

»Du meinst, ich bin dir nicht energetisch genug?«

»Nicht doch. Du weißt, was ich meine. Die Aufregung und Anspannung, wenn man einen neuen Kunden gewinnt, seine lobenden Worte, wenn man sein Projekt abschließt und der Kontostand, wenn er den letzten Betrag der Rechnung begleicht. Das ist ein bombastisches Gefühl. Glaub mir.«

»Und was ist mit den Phasen dazwischen? Wenn man keine Kunden gewinnt, wenn man auf dem Zahnfleisch kriecht, weil man alles allein machen muss und sich die furchtbaren Kommentare anhören muss, was alles schiefläuft und am besten noch eine Finanzierung platzt. Dann sitzt man da allein in seinem Kämmerlein und heult sich die Augen aus.«

»Dafür hast du doch mich. Ich berate dich die ganze Zeit, unterstütze dich und halte dir das Händchen, wenn es mal nicht so gut läuft. Aber irgendwann kannst du dann deine eigenen Angestellten herumschicken, dich nur noch mit deinen Lieblingskunden treffen und den Rest jemand anderes erledigen lassen.«

»Das klingt schon spannend. Vor allem, wenn du das mit mir machen würdest.«

»Du brauchst mich aber gar nicht dafür.« Er schaut ihr in die Augen, als könnte er immer noch nicht begreifen, warum sie solche Selbstzweifel hat. »Ich wusste sofort, als ich in dich reingerannt bin, dass du so viel mehr auf dem Kasten hast, als eine bloße Angestellte zu sein.«

»Partnerin, in ein paar Jahren.« Immerhin hat sie die Zusage ihres Chefs. Das ist nicht zu verachten. Bis dahin muss sie einfach weiter gute Arbeit leisten.

»Aber willst du wirklich so lange warten, bis sich jemand dazu entscheidet? Du könntest die Zeit wenigstens sinnvoll nutzen und dich weiterbilden, damit du als Partnerin einen eigenen Geschäftsbereich führst und dich nicht nur den Ideen der anderen unterordnest.« Inzwischen sieht er verzweifelt aus.

»Wo liegt denn das Problem? Ich komme gut damit zurecht, mich unterzuordnen und die Visionen anderer Realität werden zu lassen.«

»Aber du kannst mehr. Das will ich doch nur aus dir herauskitzeln.«

»Hm.« Sie weiß nicht, was sie darauf antworten soll. Sie mag ihren Job und sie hat sich, seit der Aussprache mit Herrn Martin, im Büro gut arrangiert. Die Projekte sind spannend und sie kann ihrem Wunsch, die Welt ein Stückchen besser zu hinterlassen, als sie sie vorgefunden hat, folgen. In diesem Ausmaß wäre das kaum in einem anderen Job oder Umfang möglich. Denn jedes grüne Gebäude, das gebaut wird, reduziert den Strom- und Heizbedarf der Gesellschaft. Sinnvoll wäre natürlich auch, bestehende Gebäude umzurüsten. Sie so zu gestalten, dass Belüftung, Bewässerung und allgemein die Versorgung der Menschen im Gebäude den neuesten Standards entspräche. Das ist allerdings ein kompliziertes Thema, das aufgrund von Bauvorschriften, Kosten und Lärmbelästigung selten in Betracht gezogen wird.

»Denk drüber nach. Ich meine es ja nur gut mit dir!« Er erhebt sich, gibt ihr einen Kuss auf die Stirn und räumt die Teller in die Küche.

Ihr Blick fällt auf sein Handy. Am Ende sitzt sie sonntags abends noch am Schreibtisch wie dieser arme

Typ, den Chris eben abgewürgt hat, und schuftet sich wund, um ihre Selbstständigkeit finanzieren zu können. Dann gäbe es kein leckeres Dinner und keine mittäglichen Sexstunden. Seufzend schiebt sie den Gedanken beiseite. Sie dreht sich herum und sucht im Raum nach ihrem Smartphone. Es liegt auf dem gepolsterten Hocker neben dem Sofa. Sie greift es sich und legt sich auf die Couch, die Füße hoch auf die Rückenlehne.

Hey, Alex, was denkst du, eigne ich mich als Unternehmerin? Chris meint, ich solle mich selbstständig machen ...

Hey, Julie, ich bin ja noch ein paar Tage in der Stadt. Lass uns mal essen gehen und darüber sprechen. Aber grundsätzlich würde ich sagen, ja! Genieß noch deinen Abend. ;)

Sie legt das Handy beiseite, weil sie sieht, wie viele Geburtstagsnachrichten sie erhalten hat. *Morgen*, denkt sie und zappt durch das TV-Programm.

Eine Woche später

Julie hat eine anstrengende Arbeitswoche hinter sich, sie hat es sich draußen in ihrer kleinen Lounge gemütlich gemacht. Im Bikini, mit Sonnenbrille, einem Buch und einem Krug eisgekühlten Zitronenwasser. Der Krimi ist so fesselnd, sie kann die Augen kaum von den Seiten lösen. Als es klingelt, ruft Chris ihr aus dem Bad zu, dass sie bitte zur Tür gehen soll. Es ist beinahe so, als wäre er eingezogen. In seiner Männer-WG verbringen sie nur wenig Zeit, da es dort immer etwas schmuddlig und laut ist. Mit Mitte dreißig scheinen die Jungs noch nicht richtig im Leben angekommen zu sein. Oder zumindest nicht Julies Vorstellung von Ordnung und Sauberkeit zu teilen.

Schweren Herzens legt sie den Wälzer beiseite und drückt sich von der Liege hoch. Als sie die Gegensprechanlage erreicht, klingelt es bereits zum zweiten Mal. »Ja doch«, entgegnet sie dem Ding genervt. Sie hebt den Hörer ab und sieht auf das Bild, das die Kamera von dem Störenfried unten vor der Tür übermittelt. Eine Frau, recht hübsch mit schwarzem Haar, steht dort und tippelt mit den Fingern gegen die Hauswand.

»Hallo?« Julie kennt sie nicht, zumindest wüsste sie nicht, woher. Vielleicht eine Nachbarin, die ihren Schlüssel vergessen hat? Die Frau nähert sich mit dem Kopf dem Sprechfeld.

»Hallo? Ist Chris da?«

Ihr Akzent klingt irgendwie spanisch. Aber wieso fragt sie nach Chris? »Ähm. Wer ist denn da?«

»Ich will mit Chris sprechen. Ist er da?«

»Das habe ich schon verstanden, aber sagen Sie mir erst mal Ihren Namen.« Deutlich kann sie spüren, wie sie die Augenbrauen zusammenzieht und ungehaltener über diesen Besuch wird.

»Elaia. Ist Chris also da?«

Auf einmal steht Chris neben Julie und scheint schockiert. Sie hält die Sprechmuschel zu, in der Hoffnung, dass die andere nicht mitbekommt, dass Julie mit ihm spricht. »Wer ist das?«

Sein Mund steht offen, und es fällt ihm sichtlich schwer, einen geraden Gedanken zu fassen. »Oje.«

»Was heißt *oje*? Kennst du sie?«

»Sag, dass es hier keinen Chris gibt.«

Weil aktuell kein anderes Wort aus ihm herauszuholen ist, überbringt Julie der Frau namens Elaia die Nachricht.

»Ich habe ihn gehört. Er soll runterkommen. Vorher gehe ich hier nicht weg.«

Julie hängt den Hörer ein und starrt Chris verständnislos an. »Wer ist sie?«

»Meine Ex.«

»Und was macht deine Ex vor meiner Haustür?« Sie holt tief Luft. »Hast du ihr etwa meine Adresse gegeben?«

»Nein, das habe ich natürlich nicht getan. Ich weiß nicht, wie sie hierherkommt. Sie müsste eigentlich in Brasilien sein.« Er zieht sich seine weißen Sneakers an und greift nach dem Schlüsselbund, den Julie immer griffbereit neben der Tür ablegt. Bevor sie ihn zurückhalten kann, ist er aus der Tür geschlüpft und hat selbige hinter sich zugezogen. Julie steht verdattert an der gleichen Stelle, bis ihr die Idee kommt, die Gegensprechanlage wieder in Gebrauch zu nehmen.

Die Frau steht mit verschränkten Armen vor dem Eingang. Die Tür öffnet sich und Chris tritt aus dem Gebäude. Julie schluckt. Sie presst den Hörer an ihr Ohr, aber als sie sieht, wie Elaia ihm um den Hals fällt und er nichts unternimmt, um sie davon abzuhalten, wird ihr schwarz vor Augen. Sie klammert sich an die Kommode. *Was geschieht hier?*

Langsam richtet sie sich wieder auf. Den Hörer hält sie noch umklammert, leise dringt Chris' Stimme an ihr Ohr.

»Wie hast du mich hier gefunden? Was machst du überhaupt hier?«

Die beiden haben sich voneinander getrennt und stehen sich nun wie zwei keifende Katzen gegenüber. Julie beruhigt sich etwas.

»Du hast mich immer noch freigeschaltet. Erinnerst du dich?«

»Du meinst, du hast mich getrackt? Verdammte Scheiße, was ist los mit dir? Ich habe dir gesagt, es ist vorbei und du sollst nicht nach Frankfurt kommen.« Er greift sich an den Kopf und macht erst einen Schritt zurück, dann zwei nach vorn und pikst ihr seinen Finger in die Schulter. »Geh nach Hause.«

»Du weißt, dass das mit uns nicht vorbei ist. Wir gehören zusammen.« Wie ein Fels steht sie vor ihm, lässt sich nicht überzeugen.

»Es ist vorbei.« Widerspricht er ihr halbherzig.

»Nein, du liebst mich und ich liebe dich. Da nutzt es auch nichts, unsere Fotos zu löschen.«

»Deswegen bist du hier? Weil ich aufgeräumt habe? Wenn ich gewusst hätte, dass dich das triggert, hätte ich das lieber schon vor einem halben Jahr gemacht.«

Julie entfährt ein kleines Grollen, Chris sieht direkt in die Kamera, als hätte er sie gehört und führt Elaia ein Stück weg. Keine Chance mehr, das Gespräch zu verfolgen. Mist. Eigentlich ist es auch seine Privatsache und sie sollte nicht lauschen, jetzt tut es ihr leid, dass sie genauso übergriffig ist wie die andere. Sie vertraut ihm schließlich. Doch die Frau ist aus Brasilien angereist, um ihn zu sehen und zurückzugewinnen. *Was soll daraus nur werden?*

Zehn Minuten lässt er sich Zeit, bis er in die Wohnung zurückkehrt. Julie tigert im Wohnzimmer auf und ab. Sie hat sich ein T-Shirt übergeworfen, damit sie sich in ihrem Bikini nicht so völlig entblößt fühlt.

Er steht ihr gegenüber, hält den Blick gesenkt. »Es tut mir leid, Julie.«

»Was jetzt?« Meint er den gesamten Vorfall oder etwas anderes?

»Ich werde sie erst mal im Gästezimmer in der WG unterbringen und dann weitersehen.«

Hä? »Entschuldigung, was hast du gerade gesagt?«

»Sie hat kein Hotelzimmer und das Zimmer ist ja frei, deswegen habe ich ihr angeboten, dort zu schlafen.«

»Für wie lange?«

»In einer Woche geht ihr Rückflug.«

»Und du bleibst so lange hier?«

Er wird immer leiser. »Ich schlafe besser auch dort. Ich will dich hier nicht belästigen.«

Sie hat das Gefühl, ihm eine reinhauen zu müssen. »Belästigen? Du bist hier quasi eingezogen, leckst mich jeden Abend zum Orgasmus und glaubst jetzt, du würdest mich belästigen?«

»Nein, ich meine nur mit ihr. Mit Elaia.«

Sie atmet tief durch. Immerhin ist es nicht seine Schuld, dass sie hier aufgetaucht ist. Na ja, ein bisschen vielleicht. Er hat den Schlussstrich nicht endgültig genug gezogen. Das kann man nachholen. »Okay, pass auf. Du googelst jetzt schnell, welches Hotel das nächste ist, damit sie nicht mehr weit fahren muss, rufst an und reservierst ihr ein Zimmer. Dann organisieren wir ihr ein Taxi und setzen sie da gemeinsam rein. Das wird ihr ein deutliches Zeichen sein. Du bleibst hier, stellst die verflixte Verfolgungsfunktion in deinem Smartphone aus und gut ist. Dann kann sie sich überlegen, ob sie umbucht und morgen nach Hause fliegt oder die Woche im Hotel verbringen will.«

Er lauscht ihrem Plan, fühlt sich aber sichtlich unwohl. Er räuspert sich. »Das kann ich nicht machen. Sie ist extra hergeflogen. Ich hätte ihr gegenüber so ein schlechtes Gewissen …«

Sie lässt ihn nicht ausreden. »Und was ist mit mir? Wir sind ein Paar! Wie soll ich mich fühlen, wenn du eine Woche mit ihr in deiner Wohnung verbringst? Soll ich hier brav sitzen und warten, ob du dich für mich entscheidest?«

Er zuckt betreten mit den Schultern.

»Ist das dein Scheißernst?« Sie fällt vom Glauben ab. Bisher hätte sie ihm sein zögerliches Verhalten zu gern verziehen. Doch das geht zu weit. »Ich bin enttäuscht von dir!«

Wortlos streckt sie ihren Arm aus und deutet auf die Tür. Von einer glücklichen Julie mit Freund, hat sie sich innerhalb von zwanzig Minuten in eine unglückliche Lauscherin ohne Freund entwickelt. Sie spürt ihre Tränen heraufdrängen, als er sich abwendet und tatsächlich einige seiner Sachen zusammensucht und im Flur verschwindet. Als er die Tür öffnet, spürt sie einen Luftzug an ihrem Bein. Für einen Moment passiert nichts. Sie fragt sich, ob er wirklich rausgeht. Dann schließt sich die Tür und kein Laut ist mehr zu hören. Sie macht ein paar Schritte in Richtung Flur, um nachzusehen, ob er noch da ist. Nein, er hat sich entschieden, seiner Ex zu folgen. Sie lässt den Kopf hängen und die Tränen kullern. *Wieso?*

Drei Monate später

Die Tränen laufen ihr über die Wange, sie tupft vorsichtig mit einem Taschentuch, um ihre Wimperntusche nicht zu verwischen. Leise schnäuzt sie die Nase, um kein Aufsehen zu erregen. Die vielen gut gekleideten Menschen, die in den Stuhlreihen hinter ihr sitzen, verfolgen gebannt die Trauung von Lisa und Ben. Gelegentlich hört sie, wie Taschentuchpackungen aufgerissen und Nasen geschnäuzt werden. Sonst ist es ziemlich still im Raum. Der Trauredner, der die Zeremonie durchführt, ist ein humorvoller Mittvierziger, der sowohl musikalisch, als auch poetisch ganz den Vorstellungen der beiden entspricht. Doch die Schönheit des Augenblicks lässt einige Augen feucht werden, obwohl er angekündigt hatte, niemanden zum Weinen bringen zu wollen.

Julie sitzt seitlich hinter den beiden, betrachtet immer wieder das elegante weiße Kleid von Lisa, mit einem dezenten Blumenmuster und aufgestickten Pailletten. Die Friseurin hatte am Morgen auch Julies Haare hochgesteckt, nur einzelne Strähnen hängen gewellt auf ihrer Schulter. Es kitzelt sie. Und die Haarnadeln piksen ihr in die Kopfhaut. Sie würde zu gern kratzen, aber sie hat sich vorgenommen, vor den Augen all dieser Menschen – auch wenn sie sie vermutlich nicht beachten – keine komischen Dinge zu vollführen. Sie will still halten, aber es juckt wirklich. Angestrengt versucht sie, an etwas anderes zu denken, dem Schmerz keine Chance zu geben.

»Julie?«

Sie erschrickt. »Ähm, ja?«

»Ich glaube, du hast deinen Einsatz verpasst.« Der freie Trauredner grinst sie an, Lisa, Ben und alle anderen schauen auf sie. *Verdammt.*

»Oh, Entschuldigung.« Sie springt auf, das Papier mit der Fürbitte segelt von ihrem Schoß auf den Boden und sie steht mit dem Absatz auf dem Saum ihres Kleides. Hektisch bückt sie sich, stößt sich den Kopf an Lisas Stuhl, verliert dabei das Gleichgewicht und landet auf ihrem Po. Schadenfreude macht sich im Raum breit, das leise Gekicher entwickelt sich zu lautem Gelächter und prasselt auf sie ein, wie sie halb unter dem Stuhl der schönen Braut liegt. Diese reicht ihr eine Hand, aber weitere helfende Hände strecken sich ihr entgegen. Julie ergreift zwei davon und lässt sich aufhelfen. Das Blut steht ihr im Kopf, ihr Gesicht glüht. Sie muss ein Bild für die Götter abgeben. Verheult, nicht zugehört, hingefallen, rot angelaufen und aus dem Konzept gebracht. Der Mann zieht sie auf die Beine und sieht ihr in die Augen. »Alles in Ordnung?«

Sie nickt und flüstert ein Danke. Lisa reicht ihr von unten den Zettel mit ihrem Text.

»Willst du nach deiner Showeinlage, dann jetzt weitermachen, damit wir alle irgendwann etwas zu essen bekommen?« Der freie Redner fixiert sie, seine Mundwinkel zucken und mit der Hand deutet er auf die Stelle neben sich, die sie einnehmen soll, wie sie es einen Tag zuvor geprobt hatten.

»Na gut, wenn Sie meinen.« Gespielt genervt zuckt sie mit den Schultern. Sie trottet zu ihm hin. »Hätten Sie sich mal vorher eine Stulle geschmiert.«

»Hey. Hat es eigentlich wehgetan?«

Ein ihr unbekannter Hochzeitsgast, ungefähr in ihrem Alter, hat sich Julie genähert und sie von der Seite angesprochen. Sie dreht sich zu ihm herum und lässt Lisa für einen Moment aus den Augen. Er ist unscheinbar, so blass, als wäre er seekrank und seinen Anzug könnte er bereits zu Konfirmation vor zwanzig Jahren getragen haben. »Du meinst, als ich vom Himmel gefallen bin?«

»Ich dachte, du wärst vom Stuhl gefallen, nicht vom Himmel.«

»Ach so. Es klang, als würdest du mich mit dem lahmsten Anmachspruch der Welt angraben.« Sie zeichnet Gänsefüßchen in die Luft. »Du bist so hübsch, du musst ein Engel sein.«

Er scheint ihr immer noch nicht ganz folgen zu können. Vielleicht hat er den Spruch noch nie gehört. Dabei hat sie ihn bereits sowohl von den Typen in der Stadt, als auch von den Landeiern zu hören bekommen.

»Wie auch immer«, ergreift er nach einem Moment der Stille wieder das Wort. »Ich wollte nur hören, ob du dich verletzt hast.« Mit einem etwas verkniffenen Ausdruck wendet er sich zum Gehen.

Julie sieht ihm verwirrt hinterher. *Hat sie ihn gerade beleidigt?* Sie hat keine Zeit, darüber nachzudenken. Ben steht plötzlich vor ihr.

»Ah, du hast also schon seine Bekanntschaft gemacht.«

»Nicht wirklich. Wer ist er denn?«

»Na, das ist Marty, mein Kollege. Der einzige hetero Single auf unserer Hochzeit.«

»Nicht dein Ernst?«

»Doch mein Ernst.« Er strahlt sie feixend an. »Trifft er etwa nicht deinen Geschmack? Lisa hatte erwähnt, dass er dir vielleicht zu klein sein könnte.«

»Ich schätze, selbst wenn ich versuchen würde, mit ihm ins Gespräch zu kommen, würde er mir heute nur noch Körbe geben. Aber um das klarzustellen, er trifft nicht meinen Geschmack.«

»Mhm. Wir hätten gern mehr Singles eingeladen, aber das hättest du uns dann finanzieren müssen.«

»Schon gut, ich komme klar. Für den einen Abend zumindest.« Sie grinst ihn an. »Was kann ich denn für dich tun?«

»Kannst du die Kids für eine Minute beaufsichtigen? Es gab einen kleinen Traubensaft-Unfall und meine Schwester würde sich gern sauber machen. Es dauert nicht lang. Sie wartet vorn auf dem Spielplatz. Geht das?«

»Sicher! Ist doch keine Frage. Aber fangt mit dem Shooting nicht ohne mich an!«

»Machen wir nicht! Danke dir!« Er gibt ihr einen flüchtigen Kuss auf die Wange und begibt sich zurück zu Lisa und ihren Eltern. Julie blickt ihm hinterher und lächelt in sich hinein. Für ihre Freundin hatte das Leben in letzter Zeit einiges parat gehalten. Abgesehen von der Verlobung und der Blitzhochzeit. Bens Exfrau hatte ihren Kampf gegen ihn aufgegeben und sich auf geteiltes Sorgerecht eingelassen. Plötzlich war Lisa also zur Teilzeitmama geworden, hatte sich mit Ben Häuser angesehen und überlegt, auf das Dorf zu ziehen, damit die Kinder Platz zum Spielen haben. Eine Wendung, die weder Julie noch sonst jemand hatte kommen sehen. Und nun war es einfach passiert. Von der Großstadt liebenden Auswanderin zur häuslich werdenden Ehefrau und Mutter. Sie freut sich für Lisa. Sie hat das Glück verdient. Julie hingegen steht wieder am Anfang und fragt sich, wohin sie gehen soll, um ihrem Glück näherzukommen.

Zuallererst muss sie wohl auf den Spielplatz gehen.

Einen Monat später

Die alte Dame sitzt auf einer Bank zwischen zwei Bäumen, hält ihr Gesicht in die Sonne und die Augen geschlossen. *Adrett, wie eh und je.* Nur der Krückstock, der zwischen ihren Beinen steht und auf dessen Knauf sie ihre Hände abgelegt hat, lässt erahnen, dass sie körperlich nicht mehr mit ihrem geistigen Zustand mithalten kann.

Julie setzt sich wortlos an das andere Ende der Bank und macht es Greta nach. Die Oktobersonne schickt ihre letzten warmen Strahlen auf die Erde, das sollte man ausnutzen.

»Schön, Sie wiederzusehen, Julie.«

Ihre Augen sind noch immer geschlossen, aber Julie könnte nicht mit Sicherheit ausschließen, dass Greta gelunzt hat. »Danke, ich finde es auch schön, Sie wiederzusehen. Geht es Ihnen gut?«

»Bestens. Wie Sie sicher mitbekommen haben, ist Max glücklich und dieses Projekt damit abgeschlossen.«

»Ja, Andrea ist toll. Ich verbringe gern Zeit mit den beiden.«

Einige Minuten sitzen sie schweigend nebeneinander, bis die Sonne hinter einem Gebäude verschwindet und sich die herbstliche Kälte von unten an sie herantastet.

»Nun denn, Julie. Lassen Sie uns losgehen.«

»Wohin gehen wir heute?« Julie erwartet, wie bei ihrem Kennenlernen, eine Einkaufstour mit Greta zu unternehmen und ihr erneut die Tüten nach Hause zu tragen.

»Wir machen einen kleinen Spaziergang um das Karree und dann dürfen Sie meine Vorhänge waschen. Auf, auf, damit es mir nicht zu kalt wird.« Die tattrige Frau ist bereits zwei Schritte, wenn auch nur kleine Trippelschritte, voraus und winkt Julie zu sich heran. »Die Kurzfassung, bitte. Wie viele vergebene Männer haben Sie schon gevögelt und warum?«

Julie zieht die Luft scharf ein. Die freche Art der Greisin hatte sie verdrängt. »Ich kann es nicht genau sagen, aber es waren genug. Und warum habe ich es gemacht? Ich würde meinen, weil ich mir entweder mehr von dem Mann erhofft habe oder eben auch nicht und mit dem, was ich bekommen habe, für eine Weile zufrieden war.«

»Gut, gut. Sie haben also die beiden Seiten der Medaille entdeckt. Sie haben auch nicht mehr diesen traurigen Blick.« Greta bleibt stehen und hält Julie am Arm zurück. Sie mustert sie eingehend und nickt dann. »Ja, er ist weg. Das heißt, sie haben sich freigekämpft?«

»Ich würde eher sagen, ich wurde so tief verletzt, dass aus meinem Gesicht nichts anderes als Enttäuschung sprechen kann. Es dürfte überhaupt kein Platz mehr für andere Gefühle sein.«

»Na, na. Täuschen Sie sich nicht. Sie haben eine Stärke in sich gefunden.«

Julie seufzt, sie hat keine Ahnung, von was die Frau redet. Sie fühlt sich so schwach wie selten zuvor. Das ist der Grund, warum sie sich von Max hat überreden lassen, das Angebot der heiligen Greta doch anzunehmen. Sie braucht einen neuen Blickwinkel. Eine Perspektive, die ihr bisher niemand aufzeigen konnte. Vielmehr, die Perspektive zu ersetzen, die ihr von einem gewissen Menschen erst neulich geraubt wurde. Wenn sie irgendeine Alternative zu diesem Programm gehabt hätte, hätte sie es vorgezogen. Aber es gab nichts mehr, außer sich Zuhause einkringeln und heulen. Davon hatte sie genug. Also ist sie hier.

Mit ihrem Krückstock ist Greta nicht besonders flink, aber schnell genug für ein normales Gehtempo. Julie schlendert neben ihr her, atmet und wartet auf ihre Impulse. Doch gerade scheint es der Prophetin etwas zu anstrengend zu werden. Sie keucht schwerer und macht kleinere Schritte. Zwischendurch hält sie kurz an. Sie kramt ihn ihrer Handtasche und reicht Julie den Schlüsselbund. Mit der freien Hand deutet sie auf die Eingangstür. Julie eilt voraus und öffnet die Tür des Neubaus. Als Greta eintrifft, sieht sie geschafft aus. Sie drückt den Knopf für den Aufzug und lehnt sich in der Kabine gegen die kühle Wand.

In ihrer Wohnung lässt sie sich sofort auf einen Stuhl fallen, der neben der Garderobe steht. Ihre Atmung beruhigt sich und das Glas Wasser, das Julie ihr reicht, bringt wieder ein wenig Farbe in ihr Gesicht.

»Puh, das Karree ist mittlerweile auch schon fast zu viel für mich.«

»Sie sollten sich vielleicht nicht so überanstrengen.«

»Seien Sie so gut, Julie, und lassen Sie mich das entscheiden. Wer rastet, der rostet – hat meine Mutter schon gesagt und sie war bis zu ihrem Tod in der Lage, sich selbst zu versorgen. Das ist mein Plan. Also.« Mit viel Geächze drückt sie sich vom Stuhl hoch, schiebt die abgestreiften Schuhe unter die Hutablage und hängt ihre Jacke an einen Haken. »Sie finden eine Leiter in der Kammer hier vorn, das Waschpulver steht im Regal daneben.« Sie zeigt auf eine schmale Tür.

Julie holt beides heraus und folgt der zierlichen Frau in die Küche. Ohne darauf zu warten, dass sie noch weitere Anweisungen erhält, stellt sie die Leiter vor dem Fenster auf und steigt darauf. Die Plastikhäkchen, die in einer Schiene fahren, sind recht spröde und lassen sich nicht mehr so leicht aufdrücken. Es dauert eine Weile, bis Julie die beiden Vorhänge abgefriemelt hat. Als sie von der Leiter hinunterklettert und fragen will, wo die Waschmaschine steht, ist Greta bereits vorgelaufen, spaziert ins Badezimmer und deutet auf das Waschbecken.

»Sie haben keine Waschmaschine?«

»Schätzchen, das sind die guten Spitzenvorhänge von meiner Mutter, die schmeißt man nicht einfach in die Waschmaschine!«

Stumm rollt Julie die Augen, wobei ihr einige Dinge als Erwiderung einfallen würden. Sie krempelt die Ärmel hoch, verschließt den Abfluss des Beckens und lässt warmes Wasser hineinlaufen. Mit dem Messbecher schüttet sie etwas Waschmittel hinein. Greta beobachtet die Vorgänge mit Argusaugen.

»Fein, dann fangen Sie mal an zu walken, ich hole mir meinen Hocker.«

Julie taucht die feinen Vorhänge unter Wasser und lobt innerlich, dass Greta in einem Neubau mit durchdachten Sanitäranlagen wohnt. Das Waschbecken ist groß und der Hahn hoch genug, dass man sich die Hände ordentlich darunter waschen kann, aber niedrig genug, um nicht alles unter Wasser zu setzen.

Die Prophetin setzt sich auf ihren mitgebrachten Klapphocker. Nach einem Moment der Stille räuspert sie sich vornehm. »Hat Max Ihnen von meiner Vergangenheit erzählt?«

Julie schüttelt den Kopf. »Nein, ich weiß nichts über Sie.«

»Gut, gut. Dann lassen Sie mich kurz erzählen, was Sie wissen sollten. Ich hatte drei ältere Brüder. Meine Eltern haben mich vergöttert, weil sie sich immer schon ein Mädchen gewünscht hatten. Das war als Heranwachsende toll, weil sie immer versuchten, meine Wünsche zu erfüllen. Allerdings, wenn man derart verzogen wird und immer bekommt, was man haben möchte, hat man es später im Leben sehr schwer.« Sie räuspert sich erneut. »Ich war dazu auch noch recht attraktiv, davon sieht man jetzt leider nichts mehr, aber damals, glauben Sie mir, Julie, ich habe den Jungs die Köpfe verdreht. Zuerst den Freunden meiner Brüder, reihenweise. Dann den Freunden meines Vaters. Ich spielte mit meinen Reizen, testete, wohin es mich führen würde. Und ich bekam, was ich wollte. Ich schlief mit den Männern, führte Affären und zerbrach Beziehungen, um sie alle für mich zu haben. Rückblickend betrachtet, kann man mich durchaus als Biest bezeichnen. Ich sah etwas, jemanden, den ich wollte, und ich bekam ihn. Wie Sie sich denken können, blieb ich nicht ungestraft.«

Julie blickt sie interessiert an. »Was ist passiert?«

Greta nickt gedankenverloren. Es scheint ihr nicht wirklich leicht zu fallen, die alte Geschichte preiszugeben.

»Nun, eine der verlassenen Ehefrauen stellte mich an den Pranger. Sie setzte einen Privatdetektiv auf mich an. Der wiederum fotografierte mich mit den vielen Männern, die ich mir warmhielt. Sie alle sorgten schließlich für mein Wohlbefinden, für meinen Unterhalt und für den Spaß in meinem Leben. Ich hatte mein Jurastudium nie abgeschlossen und auch nie gearbeitet. Ich war wie diese Ehefrauen, die reich heiraten, ohne selbst je verheiratet gewesen zu sein. Die Männer gaben mir alles. Nun, das Blatt wendete sich, als in einer Tageszeitung ein riesiger Artikel über mich auftauchte. Der Privatdetektiv hatte ganze Arbeit geleistet.«

Wieder nickt sie in Gedanken. Es sieht so aus, als grüble sie darüber, wie sie dieses Dilemma hätte verhindern können.

»Ich war ungefähr in Ihrem Alter, als das passierte. Die Bilder in der Zeitung und der ausführliche Bericht darüber, wie ich das Leben bestritt … Das Wort Parasit fiel mehrere Male. Meine Familie wandte sich von mir ab. Die Männer trennten sich. Es waren andere Zeiten, Julie, heute würde keine Zeitung überhaupt noch solch einen Artikel drucken, aber damals … Ein Massaker. Ich hatte nichts mehr. Ich wusste nicht einmal, wo ich wohnen sollte. Und ich musste meine Wunden lecken. So landete ich in einer Kirchengemeinde, die mich zur Nonne machen wollte, damit ich Buße täte. Ich war anfangs immer noch das verzogene Kind, aber ich lernte schnell, dass Regeln, ob gesellschaftliche oder religiöse, Halt geben.

Verstehen Sie mich nicht falsch, Julie. Meine Eltern haben die Umstände vielleicht begünstigt, aber ich trage die Verantwortung für meine Taten. Dass ich nicht weggesperrt wurde, ist das größte Wunder meines Lebens. Aber warum habe ich es so weit getrieben? Es gab Momente, in denen ich mich fragte, ob ich nicht damit aufhören sollte. Ich tat es nicht, weil es bequem war. Damals, ohne die ganzen neumodischen Errungenschaften wie Handy und Internet, als nicht alles vernetzt war, da hatte man ein leichtes Spiel. Und ich hatte die Regeln verinnerlicht. Niemals zu viel erzählen, geheimnisvoll bleiben und mit den Reizen spielen. Was ich nie getan hatte, weil ich nicht musste, war, mir zu überlegen, was ich mir wünsche. Wirklich wünsche. Nichts Materielles, sondern für mein Leben. Was ich in zehn, zwanzig oder dreißig Jahren erlebt und erfahren haben wollte. Ich wollte mich auch nie festlegen. Heiraten und Familie? Ich dachte, ich hätte ewig Zeit für diese Entscheidung. Doch dann war alles obsolet. Ich war die Geächtete, niemand kam mir zu nahe. Vor allem keine Männer.

Ich verließ meine Heimat, fand einen Job in einem Anwaltsbüro als Sekretärin und begann, mein Karma reinzuwaschen. Mit der Hilfe an Bedürftigen. An Frauen, die häusliche Gewalt erlitten. An allen Menschen, die bereit waren, meine Hilfe anzunehmen. Nach einigen Jahren, die viel Arbeit und Mühe kosteten, erhielt ich eine Ausnahmegenehmigung, mein Studium abzuschließen. Doch ich zog nie Profit aus dem Beruf. Alles, was über meinen Grundbedarf an monetären Mitteln hinausging, spendete ich. Ich nahm nie wieder Geschenke an, bat nie wieder um etwas. Um meine Verfehlungen gutzumachen.«

Regungslos steht Julie an dem Waschbecken und lauscht Gretas Erzählung. Es fällt ihr schwer zu schlucken. Diese Frau quält sich ein langes Leben mit den Konsequenzen ihres Handelns. Es klingt schon fast nach Selbstgeißelung. Dafür, dass sie jung und dumm war. So wie Julie.

»Damit wären wir an dem wichtigsten Punkt unserer Unterhaltung angelangt. Was wünschen Sie sich, Julie?«

»Sie meinen in Bezug auf die Männer?«

»Zum Beispiel. Oder ganz allgemein. Was wünschen Sie sich?«

»Ich wünsche mir, gesehen zu werden, geliebt zu werden, die Nummer eins zu sein.« Sie kommt sich dämlich vor, dass ihr als Erstes diese Worte aus dem Mund sprudeln. Nachdem sie diese unglaubliche Geschichte einer starken Frau gehört hat, verlangt sie, die Nummer eins für einen Mann zu sein.

»Sie wollen nicht mehr die zweite Frau sein?«

»Ja. Ich habe genug davon, mir anzuhören, welche Probleme die Ehefrau verursacht. Ich habe genug davon, zu hoffen, dass sich einer von ihnen für mich entscheidet. Ich habe genug davon, mich zu bemitleiden und von meinen Freunden bemitleidet zu werden.« Mit jedem Satz reibt sie den Stoff energischer zwischen ihren Händen. Sie produziert ein heftiges Wellentreiben in dem Becken, das für überschwappende Spritzer sorgt. »Entschuldigung.« Julie betrachtet die Wasserflecken um sich herum. »Haben Sie ein Handtuch, dann wische ich es gleich weg?«

»Später, später! Was stört Sie noch an ihrer aktuellen Situation oder daran, wie es immer wieder mit den Männern läuft?«

»Ich finde es furchtbar, wenn sie die Schwänze einziehen. Wenn sie nicht den Mumm haben, mir von Anfang an oder dann, wenn sie es merken, zu sagen, dass sie ihre Frauen doch lieben und bei ihnen bleiben wollen. Wieso können sie nicht Klartext mit mir reden?«

»Reden Sie denn Klartext mit den Männern?«

Julie weiß nicht, wie sie darauf antworten soll. Ihr fällt ein, was Philipp ihr bei der Veranstaltung an den Kopf geworfen hat. Dass sie nie nachgefragt habe, ob er wirklich Single ist. Das mag sein, aber vorher hatte sie doch eigentlich deutlich … Hatte sie es so deutlich formuliert? Dass er sich erst melden soll, wenn es die andere nicht mehr gibt? Okay, sie hat es vielleicht anders ausgedrückt, aber sie hat es so gemeint. Sie holt Luft, als wäre sie eine Minute unter Wasser gewesen.

»Haben Sie den Männern ihre Erwartungen mitgeteilt und definiert, was Sie sich von ihnen wünschen?« Greta scheint Julie unter die Arme greifen zu wollen.

»Ich habe wohl eher selten gesagt, dass ich mit ihnen zusammen sein will und dass sie ihre Frauen verlassen sollen«, gibt sie kleinlaut zu.

»Nun, das würde sie auch zu einem Biest machen, nicht wahr? Wenn Sie die Ehe dieser Männer ernsthaft in Gefahr bringen würden. Sie vor eine Wahl stellten und Druck ausüben würden. Es hätte sein können, dass sich der ein oder andere Mann sogar für Sie entschieden hätte. Und dann?«

»Und dann passt es vielleicht gar nicht. Ich schätze, ich wollte erst einmal ausprobieren, ob wir zusammenpassen.«

»Im Bett.«

Ihre trockene Bemerkung kränkt Julie, aber sie versteht auch, was Greta damit sagen möchte. »Nicht die klügste Entscheidung, wenn Sie es so sagen. Das Zwischenmenschliche wäre viel wichtiger gewesen, wenn ich eine richtige Beziehung zu einem dieser Männer in Betracht gezogen hätte.«

»Hm.«

Julie konzentriert sich wieder auf die Vorhänge, die das Wasser ganz grau gefärbt haben. Sie drückt sie unter die Wasseroberfläche, knetet sie und zieht sie wieder heraus. Eine beruhigende Arbeit.

»Und, was wünschen Sie sich nun, Julie?«

»Ich möchte raus aus dem Teufelskreis. Freiheit für meinen Geist und mein Herz. Glück für mich allein und mit jemandem zusammen, aber nur, wenn ich nicht mehr das Sexobjekt bin.«

»Glauben Sie mir, das Sexobjekt zu sein ist okay. Wenn die Spielregeln definiert sind und es für Sie einen

Ausgleich darstellt. Sie brauchen aber auch alles andere. Begehen Sie nicht wieder den Fehler, einer Fantasie nachzujagen. Klären Sie für sich und für alle Mitspieler, was Sie von ihnen erwarten und was Sie dafür geben. Wenn jemand Ihre Grenzen missachtet, weisen Sie ihn darauf hin und ziehen Sie Konsequenzen.«

»Das bedeutet, bei jedem Flirt, den ich anfange, muss ich betonen, dass ich nur mit Single-Männern schlafe? Dass ich grundsätzlich auf der Suche nach einer Beziehung, aber für ein Tête-à-Tête offen bin? Das klingt irgendwie nach einem Killer.«

»Denken Sie doch nicht so kompliziert. Sie haben jetzt begriffen, was Sie an den vergebenen Männern reizt. Sie wollten den Schuh ausprobieren, bevor Sie ihn kaufen. Mit einem freien Mann auf dem Markt kamen Sie bisher gar nicht ins Gespräch, weil er Ihnen an den Lippen hing, Ihnen nachgelaufen ist und Ihnen Angst gemacht hat. Sie hätten für ihn eventuell Ihre Freiheit aufgeben müssen. Aber wie Sie eben selbst gesagt haben, Sie wünschen sich Freiheit für Geist und Herz. Sie sind doch frei, Julie. Freier könnten Sie nicht sein. In jeder Beziehung. Suchen Sie nur nicht mehr so angestrengt nach der Liebe. Sie wird Sie finden, wenn Sie bereit dafür sind.«

Mit diesen Worten erhebt sich die heilige Greta von ihrem Stuhl, verlässt das Bad und ruft Julie aus dem Flur zu, dass sie sich hinlegt. Sie solle die Vorhänge auswringen und aufhängen. Und die Tür hinter sich zuziehen, wenn sie fertig sei. Damit herrschte Stille in der Wohnung, bis auf das leichte Plätschern des Wassers im Waschbecken.

4. KAPITEL

VOR EINEM JAHR
(32)

»Es ist Zeit, etwas zu verändern! Zeit, dein Leben in die Hand zu nehmen und erfolgreich zu werden!« Der Erfolgsguru nimmt die gesamte Bühne für sich ein. Mit großen Schritten läuft er vom einem zum anderen Ende, um ja alle Anwesenden mit seiner Energie bei Laune zu halten und seinen im Publikum befindlichen Jüngern Nähe zu ihm zu schenken. Seine Stimme wird mal lauter, mal leiser, die Botschaft übermittelt er jedoch einträglich – nicht mehr warten, sondern handeln.

Julie sitzt in dem Saal mit geschätzt tausend anderen Menschen auf unbequemen Stühlen, von denen sie sich regelmäßig erheben müssen, um irgendwelche Übungen zu machen. Zum Beispiel die Sitznachbarn kennenlernen. Dazu hat der Anzugträger eben aufgerufen.

»Steht auf und schüttelt Hände, macht Kontakte, tauscht Visitenkarten. Wer weiß, ob neben euch euer nächster Kunde sitzt oder jemand, der eines eurer Probleme lösen kann? Steht auf und lernt euch kennen!«

Sie bereut es ein wenig, dort zu sein. Dieses übertriebene Gehabe sagt ihr überhaupt nicht zu. Nun gut, jetzt muss sie da durch. Sie steht auf, sieht sich um. Die Menschen in ihrem Umkreis sind schon im Gespräch mit anderen. Wie kleine Erdmännchen sind sie sofort auf die Anweisung hin aufgesprungen und haben Augenkontakt gesucht.

»Hey, Zuckerpuppe.« Ein Bulle von Mann beugt sich drei Plätze weiter über seine Lehne zu Julie herüber und reicht ihr seine Visitenkarte mit ausgestrecktem Arm. »Wie heißt du?«

»Ich bin Julie. Ich habe leider nur Visitenkarten von meinem aktuellen Arbeitgeber, noch keine als Selbstständige.« Entschuldigend hebt sie die Hände.

»Ach, Zuckerpuppe, dit is doch schnuppe. Hauptsache dein Name steht druff!« Er zwinkert ihr zu. »Ick bin der Kev. Immobilien-Heini. Willste wat koofen oder verkoofen, bin ick dein Mann.«

Julie zieht eine grüne Visitenkarte aus der Tasche ihres Blazers und will sie ihm rüberreichen. Doch der Mann mit Schultern und Oberarmen wie Hulk quetscht sich an den wesentlich kleineren Frauen neben sich vorbei, die Tierphysiologin und Boutique-Besitzerinnen sind, wie Julie herausgehört hat. Sie blicken empört zu ihm auf und versuchen, sich so schlank wie möglich zu machen, damit er sie passieren kann. Er lässt sie ohne ein Wort der Entschuldigung stehen.

»Komm, Zuckerpuppe, wir hol'n uns 'n Kaffee.«

Während sie nebeneinander herschlendern, reicht Julie ihm die Karte.

»'Ne Architektin. Habs doch jedacht, daste 'nen gewitztes G'schöpf bist. Und 'ne schicke Karte haste da.«

In seinen tellergroßen Händen wirkt das Stück Pappe wie nach einem Durchgang im Aktenvernichter – ein Fitzel seiner selbst. Nur die grüne Farbe lässt es aufleuchten und erkennen, dass es sich um eine – heile – Visitenkarte handelt. »Und du bist 'n Berliner, wa?« Sie grinst ihn an. Er ist ihr eine willkommene Abwechslung. Auch wenn sein Dialekt auf Dauer vermutlich etwas anstrengen kann, gerade kommt ihr die gute Laune und der Spaß gelegen.

»Willste sagen, ick bin 'ne Leckerei? 'Nen Pfannkuchen?«

»Das auch!« Jetzt zwinkert sie ihm zu.

»Dit jefällt ma. Janz schön schnieke von dir, daste det so sachst. Aber recht haste och, was hat mich verraten?«

»Ich habe, sehr dezent versteht sich, das Berlinerische rausgehört. Alles in allem siehst du aber auch aus wie ein Großstädter.« Er trägt ein weißes T-Shirt mit V-Ausschnitt, das über seinen Muskeln spannt, Sneaker, die irgendwann sicher mal weiß waren, eine Jeans mit gewollten Abnutzungen und ein Goldkettchen um seinen Hals. Fehlt nur, dass er sich das Haar länger wachsen lässt, sich die Locken zurückgelt und eine Bomberjacke anzieht. Wie ein Zuhälter auf der falschen Veranstaltung, aber sie will nett sein. Außerdem hat sie sein blaues Sakko über der Stuhllehne hängen sehen, kein Grund, weiter darüber nachzudenken.

»Dezent. Ja, ja, Zuckerpuppe. Ich kann ooch 'n bis-s-chen we-ni-ger Ber-li-nern.« Er betont jede Silbe, versucht, den Dialekt zu unterdrücken.

Sie spitzt die Lippen, weil sie einen Drang verspürt, ihm die Worte vorzusprechen. Doch sie verkneift es sich, so ist es viel unterhaltsamer. Sie trinken ihren Kaffee und laufen gemächlich zurück in den Saal. Es ist mucksmäuschenstill, die Kennenlernrunde ist anscheinend beendet. Der Guru steht mit geschlossenen Augen in der Mitte der Bühne.

»Oha«, flüstert der Riese. »Ick gloob, wir müssen dem Sabbelkopp zuschaun wie a meditiat.«

Julie fängt an zu kichern und in den letzten Reihen drehen sich einige Köpfe zu ihnen herum. Die Gesichter sind gezeichnet von zusammengezogenen Augenbrauen und verkniffenen Mündern. Offenbar fühlen sie sich von ihrem unreifen Verhalten gestört. Sie entschuldigt sich wortlos und zerrt Kev mit zu ihren Sitzplätzen. Als sie wieder sitzen, dreht er sich noch mal zu ihr um, hält sich die Hand wie einen Hörer ans Ohr und formt mit seinem Mund die Worte ruf mich an.

Belustigt schüttelt Julie den Kopf und will sich gerade wieder dem noch in Stille verharrenden Guru zuwenden, als ihr Handy vibriert. Eine Nachricht von einer unbekannten Nummer.

Das Schöne ist, dass ich beim Schreiben gar nicht Berliner.

Sie lacht in sich hinein, speichert die Nummer in ihren Kontakten und tippt die Antwort.

Zum Kaffee muss eigentlich immer was Süßes gereicht werden! Wo bekomme ich jetzt einen Berliner her? Hunger!

> Wenn du mir eine Entschuldigung für den
> Chef da oben schreibst, dann hauen wir ab
> und besorgen was für deinen hohlen Zahn.

Obwohl er überhaupt nicht ihrem Typ entspricht, hat der Flirt eine Begehrlichkeit in ihr geweckt. Sie will durch die kurzen Locken fahren und seine Körperwärme spüren. Sie ist überrascht, dass er nicht auf ihre Vorlage eingeht, aber ein leichtes Hungergefühl verspürt sie tatsächlich. Laut Ablaufplan soll in einer halben Stunde die Mittagspause eingeläutet werden. So lange hält sie es noch aus.

> Ich schreibe super Entschuldigungen. Pass
> auf:
> Lieber Herr Erfolgsguru, mein Freund Kev
> kann leider nicht weiter an Ihrem Seminar
> teilnehmen, da es um meine körperliche
> Verfassung schlecht steht und ich ganz
> dringend einen Berliner zum Ausgleich
> brauche. Etwas süß, etwas salzig und zum
> Reindippen. Ich hoffe auf Ihr Verständnis.
> Hochachtungsvoll, die verhungernde Julie
> Bender.

> Genehmigt. :D

Sie hat sich zusammengerissen, hat sich das gesamte Seminar angehört, sich das ungerechtfertigt teure Mittagessen gegönnt, vergleichsweise wenig Notizen gemacht. Denn der Guru hatte viel über Selbstzweifel, Selbstmitleid und Selbstorganisation zu sagen. Kaum etwas über den Sprung in die Selbstständigkeit oder wie man sich auf dem Markt etabliert, welche Marketingkanäle in der Zukunft vielversprechend sind und wie man aus der Denke eines Angestellten in die visionäre Umsetzung eines erfolgreichen Unternehmers gelangt. All diese Informationen erhält man einzig, wenn man sich einem Coaching besagten marktschreierischen Gurus unterzieht – heute für nur fünfzig Prozent des Normalpreises, außerdem noch drei EBooks und zwei Tickets für weitere Veranstaltungen kostenlos dazu! Darauf kann Julie verzichten.

Am Abend küsst sich Kev an ihrem Hals entlang in Richtung ihres Dekolletés. Mit seinen muskulösen Armen hält er sie, krault ihren Nacken. Sie schließt die Augen, konzentriert sich auf die feuchten Lippen, die, gefolgt von seiner Zunge, einen Pfad der Erregung auf ihrem Körper hinterlassen. Er streift ihre Bluse zur Seite, lässt seine Zungenspitze über die Wölbung ihrer Brust gleiten und schiebt sie weiter hinunter auf der Suche nach ihrer Brustwarze. Sie öffnet den BH unter der Bluse, er greift beides und zieht es über ihren Kopf.

»Dit is'n Anblick, Zuckerpuppe.«

Schon hat er seinen Mund über einen Nippel gestülpt und den anderen mit Daumen und Zeigefinger in der Mangel. Er macht Geräusche, als würde er sich das herrlichste Steak auf der Zunge zergehen lassen. Über seinen Kommentar musste sie schmunzeln, doch die Berührungen zeigen Wirkung. Ihr entfährt ein kleiner Schrei, gefolgt von genussvollem Stöhnen. Diese großen Hände auf ihrem Körper, die sie streicheln, aber auch die Kraft hätten, sie zu packen und auf das Bett zu werfen. Ihre Fantasie geht auf Wanderung.

Er öffnet ihre Hose und als sie ein Stück hinuntergezogen ist, schiebt er seine Hand zwischen Stoff und ihre Haut und drückt seinen Unterarm an ihre intimste Stelle, während er mit kräftigen Fingern ihren Po knetet. So könnte er ewig weitermachen. Doch schon zerrt er an ihrer Hose inklusive Tangas und lässt sie daraus steigen.

Er grinst sie listig an, packt sie in der Hüfte und wirft sie sich im Handumdrehen über die Schulter, als wäre sie ein Daunenkissen. Sie kreischt, lacht und zappelt. Mit einem Arm hält er sie an Ort und Stelle, mit der anderen Hand gibt er ihr einige Klapse auf das Hinterteil. Einen Finger lässt er durch ihre Gesäßspalte gleiten, bis er bei ihrer Vagina angekommen ist. Er streicht durch ihre Lippen, wobei sie erst bemerkt, dass sie bereits feucht ist. *Wieso geht das nur immer so schnell?*

Sie kann nicht sehen, wie er sich seinen benetzten Finger in den Mund schiebt, aber sie hört ein Schmatzgeräusch und Gemurmel, das irgendwie nach köstlich klingt. Mit Schwung aus dem gesamten Körper katapultiert er Julie auf die Matratze des Hotelzimmers. Eilig entledigt er sich seiner Kleidung, sodass sie einen Blick auf seinen Astralleib und das Muskelspiel erhält. Kaum bemerkt er ihre Bewunderung, macht er das, was jeder Mann mit diesen Muskeln tun würde: Zeigen, was er hat. Er posiert vor ihr, lässt seine Brustmuskeln auf und ab wackeln und spannt die Oberarme zu ihrer vollen Größe an. Julie klatscht Beifall und jubelt ihm zu. Er breitet die Arme aus und lässt sich nach vorn auf das Bett fallen, als würde er von einer Bühne den Stagediver geben. Gerade rechtzeitig öffnet sie die Beine und sein Kopf landet genau dazwischen auf Höhe ihrer Knie. Sofort rutscht sie ihm mit dem Po entgegen und hebt neckisch ihre Augenbrauen, als er sie anschaut. Er lacht herzhaft und schleckt mit breiter Zunge einmal komplett über ihren Schlitz.

Zwei Monate später

»Wie läufts mit den Dates?« Alex hatte ihr eben erzählt, dass sein Arbeitgeber ihn für die restliche Zeit der Anstellung beurlaubt hat. Er leidet unter der zweimonatigen beruflichen Stilllegung, bis er bei dem neuen Job beginnen kann. Als Arbeitstier fällt es ihm sichtlich schwer, sich den ganzen Tag nur mit Sport und Zeitunglesen zu beschäftigen. Julie grinst in sich hinein, weil sie merkt, dass er davon sogar schon miese Laune bekommt. Er braucht eine Aufgabe. Dating ist eine Option, von der Julie hofft, dass sie ihn noch eine Weile bei der Stange hält.

»Mäßig.« Er räuspert sich.

»Das heißt?«

»Ich treffe da eine. Die ist eigentlich nichts, aber für den Moment ist es okay.«

»Also habt ihr eine Absprache, dass es nur um Sex geht?« Julie will nicht, dass er seine Dates über seine Absichten im Unklaren lässt. Aber genauso ist ihr bewusst, dass sich Frauen trotzdem verlieben und am Ende wieder Drama herrscht.

»Ja, ich hab ihr gesagt, dass ich nicht mehr von ihr will. Bis jetzt ist alles okay. Wir treffen uns, wenn es passt und dann gehen wir wieder getrennte Wege. Sie ist meine wabblige Freundin.«

»Entschuldige, ist das ein netter Ausdruck für mollig?«

»Nee, Mann ey! Ich stehe auf die durchtrainierten Blondinen. Weißt du doch!«

»Und wabblig heißt in dem Zusammenhang dann was?«

»Na ja, das Gegenteil von feste Freundin eben!« Sie hört sein Grinsen durch die Leitung. Wie ein kleiner Junge, dem ein frecher Witz gelungen ist.

Ehrlicherweise muss Julie darüber lachen. Das hatte sie bisher noch nicht gehört. »Verstanden. Und warum willst du nicht mehr von ihr?«

»Sie ist Sportlehrerin, was eigentlich ziemlich cool ist, weil sie in der Freizeit auch bei verschiedenen Sportarten mitmacht. Allerdings ist sie nicht die hellste Kerze auf der Torte, wenn du verstehst.«

»Hm, aber sie hat doch studiert? Und das ist der einzige Grund, warum da nicht mehr draus wird?«

»Also, nur weil man Sport auf Lehramt studiert hat, heißt das nicht, dass man hyperintelligent ist. Kunst war ihr Zweitfach, was sie nicht zu Ende gebracht hat und jetzt nur als Vertretungslehrerin macht, hauptsächlich in der Unterstufe, wo es nur ums Malen geht und nicht um irgendwelche Inhalte. Du musst dir das so vorstellen, als würdest du mit einer Achtjährigen reden. Sie kann Feuer und Flamme sein, wenn sie Lust auf etwas hat, aber sobald du versuchst, ein ernstes Thema anzusprechen, zieht sie die Augenbrauen zusammen, wirft dir Blicke des Todes zu und schüttelt heftig den

Kopf. Ich kann nicht mal mit ihr diskutieren, ob Schüler mit fremdländischen Wurzeln besser integriert werden sollten, weil sie sagt, das passt schon so, wie es ist und ich hätte sowieso keine Ahnung davon. Mit den Worten ist sie aus der Tür raus. Da dachte ich auch noch, dass sie einfach keine Lust hat, über so etwas zu sprechen, aber inzwischen bin ich dahintergekommen, dass es viel schlimmer ist. Sie versteht nicht, was um sie herum vorgeht und sie lebt lieber in ihrer Bubble des Unwissens, als sich damit auseinanderzusetzen, was auf der Welt, beziehungsweise nur in ihrer Schule geschieht. Das ist mir zu krass.«

»Okay, aber warum triffst du dich dann überhaupt mit ihr, wenn dich das so stört?«

»Weil sie echt heiß ist und im Bett eine Granate. Sorry, ist so.«

Sie prustet in ihren Tee, den sie sich vor dem Anruf aufgebrüht hatte. Ein kleines Kratzen im Hals ist bei ihr immer das erste Anzeichen für eine nahende Erkältung, die sie sofort unterbinden will. »Du bist so berechenbar, aber das macht dich auch irgendwie liebenswert.« Sie nimmt einen Schluck und verbrennt sich die Zungenspitze.

»Danke, danke. Aber kann es sein, dass du etwas kränklich klingst? Alles in Ordnung?«

»Ich versuche, es noch abzuwenden. Hoffentlich hat mich Kev nicht angesteckt.«

»Ach, der gute Kev ist also noch aktuell?« Sein stichelndes Grinsen wird diesmal sicherlich von hochgezogenen Augenbrauen unterstützt, das ist unzweifelhaft.

»Joa, das funktioniert auch ganz gut. Wenn er in der Nähe ist, meldet er sich und danach gehen wir wieder getrennte Wege«, zitiert sie ihren Freund.

»Soso, aber nichts Festes in Planung?«

»Wo denkst du hin? Ich finde ihn super witzig. Der Dialekt ist der Hammer und er nennt einfach alle Frauen Zuckerpuppe, damit er sich keine Namen merken muss. Sein Körper ist, wenn ich dich noch mal zitieren darf, echt heiß und im Bett ist er eine Granate. Sonst haben wir allerdings wenig gemeinsam und das ist völlig okay.«

»Also eine Fern-Freundschaft-Plus?«

»Sozusagen, aber er ist sehr an meinen Plänen zur Selbstständigkeit interessiert und sieht da eine gute Möglichkeit, zusammenzuarbeiten. Also mehr eine Fern-Kollegen-Plus-Sache.«

»Oh, du ziehst das in Betracht? Ist er nicht zu lässig für eure Klientel?«

Das fragt sich Julie auch regelmäßig. Greenbuild betrachtet sie als das Vorbild für ihr eigenes Unternehmen. Sie sind wirtschaftlich und gesellschaftlich angesehen, mit Kunden sowie unter den Angestellten wird ein professionell-freundschaftlicher Umgang gepflegt. Aber eben ohne Berliner Dialekt. Würde sie als Frischling auf dem Markt unglaubwürdig erscheinen? Würde sie sich damit sabotieren, jemanden wie ihn als Berater oder sogar als Partner einzubeziehen? »Das war nur so dahingesagt. Ich bin mir nicht sicher, was ihn angeht. Aber was die Selbstständigkeit angeht, mindestens genauso wenig. Ich gehe nun schon seit einem Jahr mit der Idee schwanger, bin aber noch zu keinem Entschluss gekommen. Einerseits könnte ich mir das wirklich cool vorstellen. Andererseits würde so viel Verantwortung auf mir lasten, ich habe keine Ahnung, ob ich dafür gemacht bin. Wenn Chris letztes Jahr nicht ständig von meinem unausgelasteten Geist und neuen Herausforderungen gesprochen hätte, wäre ich jetzt bestimmt noch total glücklich als Angestellte und würde mir solche Gedanken überhaupt nicht machen. Dieser Blödmann!«

»In gewisser Weise stimme ich ihm zu, du brauchst definitiv Herausforderungen, aber du schaffst sie dir eigentlich selbst. Ein Anstoß von außen ist unnötig. Denk doch nur an die Verbrüderung mit euren internationalen Partnern. Das war deine Idee und sie hat dich in dem Ansehen deines Chefs mit Sicherheit ziemlich zackig steigen lassen. Jetzt hast du ein paar Jahre nichts Neues angestoßen, vielleicht ist es an der Zeit, dich mal umzusehen?«

»Mhm. Ich denke mal drüber nach. In der letzten Zeit hat einfach nichts meine Kreativität beziehungsweise meinen Geschäftssinn angeregt. Ich habe nur abgearbeitet.« Sie kaut auf ihrer Unterlippe. Etwas in ihr wurde eben in Gang gesetzt, sie kann nur nicht greifen, was Alex gesagt hat und was dieses Gefühl, dass man etwas vergessen hat, ausgelöst hat.

»Das ist vermutlich genau das, was Chris eigentlich für dich wollte. Du solltest dich mal bei ihm melden und dich bedanken.«

»Pff, ich glaube nicht. Du hast es eben selbst gesagt, ich brauche keinen Anstoß. Er hat sich ungefragt eingemischt und sich dann auch noch mit eingezogenem Schwanz verpisst. Er bekommt vielleicht eine Nachricht zu seinem Geburtstag, aber auch nur, um ihm zu sagen, dass ich hoffe, er ist mit der Alten glücklich, sonst wäre das alles völlig umsonst gewesen mit uns.«

»Also wenn du das machst … Das wäre echt ganz schön fies.«

Sie grummelt nur, was soll sie auch dazu sagen? Als er damals versucht hatte, Kontakt zu ihr aufzunehmen, hat sie ihm ein Bild von einem Karton mit seinen Habseligkeiten aus ihrer Wohnung geschickt, der vor der Haustür stand. Er war innerhalb kürzester Zeit da und hat – nicht ohne einen Klingelversuch – die Sachen abgeholt. Das war das letzte Mal, dass sie ihn gesehen hat. Und sie hat kein Interesse daran, sich von ihm wieder das Herz brechen zu lassen. Obwohl es mit ihm wie mit einem hochwertigen Kochtopf und passgenauen Deckel gewesen war. Er hat all das verkörpert, was sie sich gewünscht hatte. Und dann hatte er sie so brutal enttäuscht, dass sie immer noch daran knabbert.

»Okay, Julie. Ich muss los. Lass mich wissen, falls ich dir mit Kontakten in der Schweiz helfen kann oder falls du dich über jemanden auslassen willst. Ruf mich einfach an!«

Sie bedankt sich und wünscht ihm einen schönen Tag. Als sie auf die Uhr sieht, wird ihr bewusst, dass auch sie dringend aufbrechen muss. Die Wohnungsbesichtigung mit Max und Andrea beginnt in zwanzig Minuten und mit S- und U-Bahn braucht sie circa eine viertel Stunde ins Nordend. Das Wort Verbrüderung geistert ihr im Kopf herum. Sie knetet ihre Unterlippe, während sie die Wanduhr viel zu lange anstarrt. Wenn sich alle verbrüdern würden …

Kev steht mit den anderen beiden bereits vor dem Stilaltbau, in dem eine Dreizimmerwohnung frei ist. Er hatte auf Julies Frage hin diverse Angebote befreundeter Makler in Frankfurt ausgegraben, doch bis auf dieses Objekt, hatte Max nichts zugesagt. Auch hierbei rümpfte er die Nase, als sie die Besichtigung vereinbarten.

Der Besitzer wusste nicht, ob er rechtzeitig vor Ort sein könnte und hatte daher Kev die Schlüssel überlassen. Der winkt schon kräftig und Max beteiligt sich spielerisch an dessen Drängelei, indem er mit großen Gesten in der Luft auf sein Handgelenk und die Uhr deutet. Andrea lacht über die beiden Clowns. Als Julie dazustößt, kann sie sich das Grinsen aber auch nicht verkneifen.

»Ich denke, ihr hättet unheimlich Potenzial als das Pantomimen-Paar *Groß und Dümmer*.«

Die Jungs halten sich die Bäuche vor lautlosem Lachen und knallen sich die Hände an den Kopf, erst sich selbst und dann jeweils dem anderen.

»Großartig, also falls ihr mit euren Jobs irgendwann nicht mehr weiterkommt … Überlegt es euch.« Sie hakt sich bei Andrea ein, die immer noch unkontrolliert kichert und sich krümmt. »Wollen wir dann?«

»Ja, Zuckerpuppe, wir wolln. Bitte, nach dir.« Er deutet ihr den Weg zu der dunklen Holzeingangstür, die von einem Rundbogen aus Sandstein umfasst wird. Der Messingknauf und die Schnitzereien zeugen von einer herrschaftlichen Vergangenheit des Hauses. Das gefällt Julie. Man kann die hier verborgene Geschichte förmlich riechen. Denn sobald Kev die Tür geöffnet hat, strömt kühle Luft mit dem Geruch nach geöltem Holz und Sandstein durch den Eingang. Sie nimmt einen tiefen Atemzug und hofft, dass Max nicht gleich behaupten wird, dass es im Treppenhaus modrig riecht.

Die breite Holztreppe mit geschwungenem Handlauf und gepflegtem Teppichboden ist das Nächste, was ihr auffällt. In ihrem Neubau ist alles schick und ordentlich, durchdacht und ökologisch gebaut. In diesem Haus zählt der Eindruck, den es auf die Besucher machen soll. Und sie ist beeindruckt. Sie fragt sich, wie abgewohnt die Wohnung ist, die sie sich ansehen.

Andrea schwärmt schon jetzt, Max ist auffallend still. Kev geht voran in den ersten Stock und nestelt an dem Schlüsselbund herum. Er findet den richtigen Schlüssel und öffnet eine der schmalen Flügeltüren, über denen sogar noch ein Fenster eingelassen ist. Auch hier sind Verzierungen zu erkennen, jedoch anscheinend mehrfach mit Lacken übermalt worden. Die hellen Dielen knarzen, als sie die ersten Schritte in den schmalen Flur wagen. Max seufzt.

Tapete blättert von den Wänden, die Lichtschalter und Steckdosen sind vergilbt und scheinen aus einem anderen Jahrhundert zu stammen. In einer Ecke steht ein kleiner schwarzer Ofen, dessen Rohr in der dahinterliegenden Wand verschwindet.

»O mein Gott. Ist das ein Holzkohleofen?« Max' Entsetzen zeichnet sich in seinen aufgerissenen Augen ab. Er quetscht sich zwischen Kev und Julie durch und hockt sich vor den Ofen. Mit etwas Gewalt und quietschenden Scharnieren öffnet er die Klappe. Darin liegt tatsächlich ein Brikett, das nicht vollständig verbrannt ist.

»Ick hab dia jesacht, dass de hia nich uff etepetete machn brauchst. Dit is 'ne Kaschemme. Ick lass erst ma den Mief raus.« Er durchquert den Flur zu der Tür rechts von Max und stößt sie auf. Julie und Andrea folgen ihm in den Raum. Er öffnet die Fenster mit seinen Pranken vorsichtig, schiebt die angebrachten Haken in die Ösen, die in der Wand eingelassenen sind, damit die Fenster offen bleiben und sieht sich zufrieden nickend im Raum um. »Dit war de Stube. Rentnastube, siehste?« Er deutet auf einen alten, abgewetzten Sessel, dessen brauner Stoffbezug ein florales Muster erahnen lässt und vermutlich ehemals goldene Fransen auf bessere Zeiten schließen lassen. Es ist das einzige Möbelstück in dem Zimmer.

Julie dreht sich wie die anderen um die eigene Achse. Man könnte viel daraus machen, wenn man bereit ist, Geld zu investieren. Vor allem die Stuckverzierungen an der Decke, die hohen Flügelfenster mit Holzläden außen und der Dielenboden würden mit ein wenig Zuwendung ein ganz anderes Bild abgeben. Hinzu kommt, dass eine Heizung eingebaut, sämtliche Leitungen erneuert werden müssten und vermutlich auch die Dämmung ein Update vertragen könnte. Sie kann Max verstehen, der sich mit Daumen und Zeigefinger um die Augen bis zur Nase reibt. Es bereitet ihm Kopfschmerzen.

Sie sehen sich das Schlafzimmer an, was in einem noch schlechteren Zustand ist, denn der Ofen hat einen Brandfleck auf den Dielen hinterlassen, die man kaum reparieren kann. Außerdem erkennt Julie Schimmel in einer Ecke und ist sich sicher, dass die anderen den Fleck ebenfalls wahrgenommen haben. Sie spricht gerade mit Absicht keinen ihrer Gedanken laut aus. Sie will weder Max noch Andrea verunsichern. Besser wäre es, mit dem Hausbesitzer darüber zu sprechen, welche Kosten er trägt. Die recht geräumige Küche ist, gelinde gesagt, ein Loch. Die Schränke hängen nur noch halb an der Wand, die Fliesen ziert ein orange-braunes Blumenmuster, zumindest dort, wo sie noch heil und nicht komplett versifft sind. Die grauen Spitzenvorhänge verdecken den Blick in den Innenhof. Das angeschlossene Duschzimmer ist mehr eine Kammer und bringt Max zum Abwinken.

»Auch noch ein Frankfurter Bad. Ehrlich, das passt überhaupt nicht zu mir. Ich will was Ordentliches. Mit Wellnesstempel und zum Direkteinziehen, ohne vorher sanieren zu müssen.«

»Nu kiek dir ma den Jammalappm an … Bist mia vielleicht 'n Früchtchen. Hab dir jesacht, was abjeht. Aussadem musste ja nich allet selba machn, kapiert? Herr Fox is ooch noch da.« Kev schüttelt den Kopf und geht voran in das dritte Zimmer. Ein kleiner französischer Balkon, der ebenfalls in den Innenhof führt, macht den Raum, trotz des allgemeinen Zustands, zu einem Hingucker.

Sein Handy klingelt. »Jo, wir sind da. Oke.« Gespräch beendet. »Herr Fox kommt hoch.«

Julie verkneift sich ihr Grinsen, beißt sich sogar auf die Lippe und dreht sich von ihm weg, damit er nicht sieht, wie sehr sie sich über seine Art amüsieren kann.

Ein fröhliches Hallo dröhnt aus dem Flur.

»Wir sind hier«, antwortet Julie erleichtert darüber, sich ablenken zu können.

Der Mann, der das Zimmer betritt, kommt ihr augenblicklich bekannt vor. Sie steht ihm am nächsten, stutzt aber, bevor sie ihm die Hand entgegenstreckt. *Woher kenne ich ihn?* »Hi, ich bin Julie Bender, die Architektin.«

»Hallo, Julian Fox. Aber ich glaube, wir kennen uns bereits, oder?«

»Kommt mir auch so vor, allerdings kann ich nicht einordnen, woher. Sie vielleicht?«

Er mustert sie für einen Moment, scheint aber nicht darauf zu kommen. »Aktuell nicht, aber es fällt mir bestimmt wieder ein. Ich habe ein gutes Personengedächtnis.« Ein kurzes Lächeln, dann wendet er sich den anderen zu, begrüßt sie mit Handschlag. »Freut mich, dass Sie alle den Weg in meine Bruchbude gefunden haben und sogar noch hier sind.«

»Es fehlt aber auch wirklich nicht mehr viel, dass ich mir ein Blaulicht auf den Kopf schnalle, mit Sirenengeheul und wehenden Fahnen das sinkende Schiff verlasse. Glauben Sie mir.« Max nickt ernst und verzieht keine Miene, dafür lacht sein Publikum umso lauter. »Wenn ich nicht die zwei überzeugenden Ladys hier hätte und einen unterhaltsamen Makler, hätten wir uns heute sicher nicht kennengelernt. Aber wenigstens Sie sehen gut aus, der Tag ist also nicht komplett verschwendet.«

»Ehm, danke für das Kompliment?« Julian blickt etwas verwirrt in die Runde.

Da sich Max anscheinend sehr darüber freut, den adretten Typen aus der Fassung gebracht zu haben, lacht er schallend und klopft ihm kumpelhaft auf die Schulter. »Keine Sorge, Andrea ist die Einzige, für die mein Herz und meine Hose schlagen.«

»Ach, Max!« Andrea klatscht sich eine Hand auf die Stirn. Sie wird ein bisschen rot, obwohl das bei ihrem dunklen Teint kaum zu erkennen ist.

Julie weiß, sie würde am liebsten im Boden versinken. Das entlockt ihr ein kleines Grinsen, trotzdem kommt sie ihrer Freundin zu Hilfe. »Wie wäre es denn, wenn wir endlich mal die Hardfacts besprechen?«

»Genau!«, grätscht Max dazwischen, bevor Julian überhaupt nur zustimmend nicken kann. »Kommen wir mal zum Punkt. Wie viel Geld machen Sie für die Sanierung locker?«

Wieder entbrennt Gelächter, doch Julie schenkt ihm einen strafenden Blick, damit er den armen Mann nicht noch mehr strapaziert und man dazu kommen kann, zu verhandeln.

»Na gut, dann lassen Sie mich mal aufzählen, was ich in Auftrag geben werde …«

Julie notiert, was der anscheinend kompetente Eigentümer geplant hat. Es gibt nicht viel mehr, was sie zusätzlich machen würde. Doch gerade die Fassade zu erneuern, würde allen Bewohnern des Hauses eine Reduktion der Heizkosten bescheren. »Ist die Wand zwischen Küche und Wohnzimmer tragend?«

»Nein, die könnte man herausnehmen.«

»Und wie steht es um die Fassade? Haben Sie über eine Erneuerung nachgedacht?«

»Haben wir, allerdings ist die Eigentümergemeinschaft noch zu keinem Ergebnis gekommen. Es fehlen Argumente, um die Sparfüchse in unseren Reihen zu überzeugen.«

»Das bedeutet, sie wohnen nicht selbst in dem Haus und spüren keinen Druck, eine Verbesserung herbeizuführen?«

»Korrekt.«

»Nun gut, dann ist das vorerst so. Allerdings gebe ich Ihnen mal meine Karte. Falls es bei der nächsten Eigentümerversammlung einen Platz für mich gibt, könnte ich der Runde erklären, welche Vorteile sie davon hätten, die Fassade bald zu erneuern.« Sie klappt ihr Notizbuch zu, klemmt es sich unter den Arm und kramt in ihrer Handtasche nach dem Visitenkartenetui. Sie findet es, reicht ihm ihren Kontakt.

»Wäre es möglich, dass Sie meinen Neffen Matteo kennen?«

Da fällt es ihr wie Schuppen von den Augen. »Sie haben Recht, vor ein paar Jahren bei einer Party bei uns zu Hause haben Sie mich mit ihm verkuppelt. Erfolglos, wie Sie sicher mitbekommen haben.«

»Er ist wieder Single, falls Sie Interesse haben?«

Hörbar zieht sie die Luft durch die Zähne ein und schüttelt leicht den Kopf, um ihn nicht zu beleidigen.

»Schade, sie hätten ein schönes Paar abgegeben. Das heißt, Sie haben einen Freund?«

Für einen kurzen Moment fragt sich Julie, ob sie lügen soll. Wenn Herr Fox Matteo erzählt, dass sie Single ist, wird er sie vermutlich wieder eine Weile nicht in Ruhe lassen. »Nein, aber es wäre mir lieber, Sie würden ihm das nicht erzählen.«

»Kein Problem. Meine Lippen sind versiegelt.« Er deutet an, mit den Fingern einen Schlüssel herumzudrehen und ihn wegzuwerfen. Sie lächeln sich an.

Kev bewegt sich auf ihn zu, streckt den Arm aus, um ihm den Schlüsselbund zurückzugeben und sich gleichzeitig laut und deutlich dafür zu bedanken, dass sich Herr Fox die Zeit genommen hat. Etwas unwirsch packt er sich Julies Arm und zieht sie in den Flur. Hinter sich hört sie, wie sich Max und Andrea ebenfalls von dem Besitzer verabschieden und bedanken.

Sie befreit sich aus dem Griff, schaut Kev fragend an und wundert sich über sein seltsames Verhalten. Sie deutet zurück auf den Raum und gibt ihm zu verstehen, dass sie sich auch noch verabschieden muss. Er zuckt übertrieben mit den Schultern und macht eine *husch, husch* Bewegung, damit sie sich beeilt. Julie verdreht die Augen und macht auf dem Absatz kehrt. Max und Andrea kommen ihr entgegen.

»Entschuldigen Sie bitte.« Sie reicht Julian Fox die Hand. »Also, ich bedanke mich auch und melden Sie sich ruhig wegen der Fassaden-Sache. Das Büro, bei dem ich arbeite, hat sich auf ökologische Bauweisen spezialisiert. Bezüglich dieser Wohnung denke ich, dass ich mit den beiden«, sie zeigt hinter sich, »eine Lösung finden werde, die sie restlos überzeugt. Es wäre toll, wenn Sie sie nicht gleich an den nächsten Interessenten vergeben.« Sie will nicht unterwürfig klingen oder gar betteln, aber in Frankfurt muss man schnell handeln und darf sich solche Chancen nicht entgehen lassen.

»Keine Sorge, wir haben eigentlich noch nicht mit Besichtigungen angefangen, das war eine VIP-Preview.« Er zwinkert ihr zu.

»Wunderbar. Dann vielen Dank und ein schönes Wochenende für Sie!«

»Das wünsche ich Ihnen auch.«

Sie spürt seinen Blick auf ihrem Rücken und hofft, dass nicht demnächst Matteos Nummer auf ihrem Display erscheint.

Als sie unten auf die Straße treten, hat ihr Kev schon eine Nachricht geschickt, die sie auf ihrem Sperrbildschirm liest und ihm verstohlen zunickt. Max und Andrea müssen nicht unbedingt mitbekommen, dass sie mit diesem irren Riesen schläft. »Lasst mir ein paar Tage, dann schicke ich euch die Pläne zu, wie ich die Wohnung rausputzen würde. Ich bin mir sicher, dass besonders du, Max, es lieben wirst.«

Max nimmt Andrea in den Arm, verzieht den Mund zu einer Schnute, nickt aber schließlich. Er sieht seiner Freundin verliebt in die Augen, winkt Kev und Julie zum Abschied zu und führt Andrea zu ihrem Auto. Zumindest vermutet Julie das, denn Andrea fährt nicht gern mit der U-Bahn.

»Stehste uff so alte Knacka, wa? Det is wie die Bude. Oldie but goldie, wa? Hehe.«

»Herr Pohl, die Wohnung ist super, aber warum bist du so eifersüchtig? Ich kenn den Kerl halt, na und? Hast du Angst, dass du deswegen nicht mehr an mein Höschen kommst, oder was?« Sie kneift die Augen zusammen und legt eine Hand auf seinen Oberarm.

»Frau Bender, ick bin doch keen Eifersüchtla. Ick zieh dia nur uff. Los jezze, ick will heut noch ma heim.«

Julie folgt ihm zu seinem Auto. Sie fahren für ein kurzes Intermezzo zu ihr. Eine Sache will ihr nicht aus dem Sinn gehen. Old but Gold. Was, wenn das die Idee ist, auf die sie gewartet hat?

Sie sitzt im Büro und starrt auf die Tastatur, auf der ihre Finger ruhen. Die Website des Umweltministeriums war wenig hilfreich. Der Fokus liegt aktuell auf der Energiewende – weg von Atomenergie –, auf der Abfallwirtschaft – weniger Plastikmüll – und auf der CO_2-Reduktion – weg von fossilen Brennstoffen –. Auch wenn Letzteres einen Unterpunkt beinhaltet, der den Einbau neuer Heizungsanlagen behandelt, spielt diese Thematik keine große Rolle und es sind kaum Inhalte zu nachhaltigem Sanieren zu finden. Es gab einen Wettbewerb vor ein paar Jahren, bei dem man Ideen einreichen konnte, wie man Eigentümern, egal welcher Gebäude, das Renovieren und Sanieren unter ökologischen Gesichtspunkten schmackhaft machen könnte. Doch die Ergebnisse sind nicht einsehbar und Julie fragt sich, wie ernsthaft das Ministerium einen Vorschlag zu dem Thema diskutieren würde. Ob man sie ignoriert?

Sie lässt sich in die Lehne ihres Stuhls fallen und legt ihren Kopf über die Kante, um an der Decke ihren Blick schweifen zu lassen und ihre Gedanken zu sortieren. Das Seufzen kommt tief aus ihrer Brust. Mit den Beinen dreht sie den Stuhl hin und her, lässt die Arme hinunterhängen und klickert mit einem Kugelschreiber.

»Julie, alles in Ordnung?« Herr Martin steht hinter ihr im Türrahmen.

Sie hebt den Kopf und setzt sich aufrecht hin. Er sollte sie nicht so sehen. »Ja, alles bestens.«

»Worüber denken Sie nach?« Sein Blick zuckt zu ihrem Bildschirm, auf dem noch immer der Artikel über den Wettbewerb geöffnet ist. »Oh, das

Umweltministerium? Gibt es etwas Neues?« Er nähert sich mit wenigen Schritten und liest die Überschrift, dann scrollt er zum Ende der Seite. »Das ist ein acht Jahre alter Artikel«, stellt er enttäuscht fest.

Sie kann seine Neugierde spüren, weiß aber nicht, ob sie mit ihm darüber sprechen will. Immerhin steht ihre Beförderung zur Partnerin auf dem Spiel, sollte sie sich außerhalb von Greenbuilds Mauern mit ihrer Idee verwirklichen wollen. »Ja, ich bin mir noch nicht sicher, wohin mich das führt.«

»Sie sehen hier also etwas? Eine Chance?«

Mit festem Blick wartet er auf ihre Antwort. Er war schon immer gut darin, zu schweigen. So seine Kunden und Partner zum Reden zu bringen, weil sie die Stille nicht ertragen können. Aber Julie kennt seine Masche und beherrscht sich. Sie legt ihre Fingerspitzen aneinander, sodass ihre Hände ein Dreieck bilden, und stützt ihr Kinn auf die Daumen. Sie verharrt reglos, hält aber den Augenkontakt. Es ist wie in einem Starr-Wettkampf, nur komplexer. Seine Mundwinkel zucken.

»In Ordnung. Bleiben Sie dran und halten Sie mich auf dem Laufenden.«

Julie nickt, gestattet sich aber erst, zu grinsen, als er gegangen ist. Sie würde es vermissen, nicht mehr hier zu arbeiten, aber das, was ihr im Kopf herumschwebt, lässt sich nicht wirklich mit Greenbuild vereinbaren.

Sie sollte eine Präsentation verfassen und weitere Recherchen anstellen. Die Förderbank, der Denkmalschutz, das Bauamt, das Zentrum für nachhaltiges Bauen, die Stiftung für Umwelt, das Umweltministerium, ein Ingenieur, ein Architekt und ein Forschungszentrum. Sie notiert sich

alles auf einem Schmierblatt, das sie aus ihrem Ablage-
korb gezogen hat, malt ein paar Pfeile und Kästchen
darunter. In die Mitte kritzelt sie ein paar Buchstaben
und umkreist sie unordentlich mit dem Kuli. *nBBfE*

Ein Riesenprojekt. Eigentlich weiß sie nicht mal, wo
sie anfangen soll, aber sie tut es trotzdem. Sie schreibt
das Wort *Kompetenz* mit einem Fragezeichen neben die
Buchstaben. Fast schon hektisch öffnet sie die Suchmaschine in einem neuen Tab und recherchiert, welche Ausbildungen und Studiums Fachrichtungen es in
diesem Bereich gibt. Vermutlich würde jede Institution
behaupten, dass eine solche Position nicht nötig sei, da
man sich bei ihnen bestens erkundigen könne, wenn
man Informationen brauche. *Doch genau da liegt das
Problem!*

In ihrem Kopf hat Julie schon viele Argumente gesammelt und es fallen ihr immer weitere ein, warum
der *nBBfE* seit langer Zeit überfällig ist. *Der nachhaltige
Bauberater für Eigentümer.* Als staatlicher Berater soll er
keinen Profit erzielen, er soll aufklären, Institutionen
zusammenbringen, Probleme beheben, die durch Bü-
rokratie entstehen und vor allem ein Ansprechpartner
für Eigentümer sein, der ihnen alle Informationen gesammelt an einem Ort zur Verfügung stellt. Eine Verbrüderung sozusagen. So, dass der willige Eigentümer
nicht durch lähmende Prozesse, fehlende oder falsche
Informationen davon abgehalten wird, eine nachhaltige Sanierung oder Renovierung anzugehen.

Natürlich könnte ein Architekturbüro wie Greenbuild, das sich sowieso schon mit der Materie auskennt,
einem Eigentümer dabei helfen, sein Projekt umzuset-

zen. Dabei entstehen allerdings zusätzliche Kosten für ihn, die Julie gern vermeiden würde. Sie will die Dinge vereinfachen, nicht künstlich verteuern.

Ob der Name bleiben wird, ist die andere Frage. Etwas zu lang und nicht besonders gut zu merken. Vorerst ist es der Arbeitstitel. *nBBfE*. Sie ist sich nicht einmal sicher, ob sie an dieser Position sitzen und arbeiten möchte. Aber zumindest hat sie Interesse daran, die stilvollen Bauten, die es auf der Welt gibt, allen voran die in Frankfurt, energieeffizient umzubauen, damit man es sich in Zukunft in diesen Häusern gemütlich machen kann. Nicht, dass man an horenden Heizkosten pleitegeht oder sogar in den Häusern erfriert.

Als Überschrift schreibt sie *Old but Gold* auf das Blatt. Vielleicht ist sie Kev ein Essen schuldig, wenn sie damit weiterkommt. Apropos Kev. Sie kritzelt seinen Namen ebenfalls auf das Blatt, schreibt *Interessenten* darunter und zieht einen Pfeil in die Mitte des Kunstwerkes. Als Makler hat er regelmäßig Kontakt zu Eigentümern. Er wäre ein optimaler Verbreiter. Zumindest für sie als Selbstständige. Für einen staatlichen *nBBfE* vielleicht auch, davon hätte er aber nichts. Und wenn Greenbuild eine neue Abteilung eröffnen würde, um eine Art *nBBfE* anzubieten, würde man vermutlich auf die großen Maklerbüros zurückgreifen. Das wäre für beide Seiten wirtschaftlicher. Bessere Kontakte, mehr Aufträge, höhere Provisionen.

Sie faltet das Blatt gewissenhaft und legt es in ihr Notizbuch. Jetzt muss sie sich erst mal um ein paar andere Projekte kümmern, heute Abend auf dem Sofa wird sie sich weiter damit beschäftigen.

*

»Julie, schnappen Sie sich den Mopp aus der Kammer und wischen Sie die Wohnung durch. Danke!« Die wöchentlichen Treffen mit Julie strengen Greta zwar an, jedoch genießt sie, dass sie einmal mehr jemanden herumkommandieren kann. *Die Büßerinnen müssen eben etwas leisten.*

»Wo ist der Reiniger?«, ruft Julie aus der Kammer.

Diese freche Jugend, die zu faul ist, zurückzukommen und in angemessener Lautstärke ihre Frage zu stellen, stattdessen einfach das gesamte Haus zusammenbrüllt. Das hätte es bei ihren Eltern nicht gegeben. »Gegenüber im Regal, hinter dem Waschmittel«, ruft Greta zurück. Ob ihr eine zusätzliche Aufgabe einfällt, um Julie dafür schwitzen zu lassen?

Julie betritt mit dem Eimer, der voll mit Schaum ist, und dem Wischmopp das Wohnzimmer.

»Erst mal müssen die Teppiche weg, die können Sie dann auch gleich ausklopfen.« *Blendend!* Greta gratuliert sich innerlich für den spontanen Einfall.

Für eine Sekunde huscht dieser Ausdruck über Julies Gesicht, der irgendetwas zwischen fragend und genervt zeigt. Sie kneift die Lippen zusammen und legt anschließend ein Lächeln auf. »Ich fürchte, die Teppiche werde ich beim nächsten Mal reinigen müssen. Ich bin zum Essen verabredet und …«

»So, so«, unterbricht sie Julie barsch. »Die Regeln für diese Treffen sollten inzwischen doch klar sein? Erst, wenn die Aufgaben erledigt sind, ist die Sitzung vorbei!« Mit ihren hochgezogenen Augenbrauen will sie Julie Unbehagen bereiten. Wenn sich die jungen Dinger zu wohl fühlen, sind sie ungehemmt und denken nicht richtig nach. Egal, in welcher Lebenslage. Auch bei Männern.

Es funktioniert. Julie zieht ihr Handy aus der Gesäßtasche und murmelt vor sich hin, dass sie absagen wird.

»Jetzt lassen Sie das sein. Für heute lasse ich es Ihnen durchgehen, aber beim nächsten Mal will ich wieder völlige Aufmerksamkeit!« Wie generös sie sein kann. *Hihi.* Es ist ihr völlig klar, dass Julie kein Essensdate hat. Das ist nur das Codewort für Sex. Zu schade, dass sie immer noch nicht gelernt hat, das Kind beim Namen zu nennen. Sie schläft mit einem Mann, ohne sich in Gefühle zu verstricken. Das ist ein Fortschritt. Dass der Mann nicht vergeben ist, ist das, was zählt. »Fangen Sie ruhig an, aber nicht zu feucht wischen!«

Julie taucht den wilden Moppkopf in das schaumige Wasser und wringt ihn anschließend in dem Gestell aus. Bedächtig wischt sie sich aus der hintersten Ecke des Raumes mit großen Bewegungen nach vorn durch. Nach zwei Bahnen wäscht sie den Mopp wieder in dem Wasser aus.

»Wie läuft es mit Kevin?«

Julie drückt die Stange noch einmal fest nach unten, um das überschüssige Wasser aus dem Textil hinauszubekommen. Es plätschert in den Eimer. »Gut.« Wieder wischt sie einige Bahnen, bis sie zu dem Sofa gelangt, auf dem Greta sitzt. Der Teppich darunter ist hellgrau.

»Versauen Sie mir nicht den Teppich!« Auch wenn sie Julies Gesicht nicht sehen kann, weiß sie, dass ihre Aufforderung mit einem Augenrollen quittiert wurde. »Nicht so frech, junge Dame! Sonst können Sie sich heute doch noch um die Teppiche kümmern.«

»Entschuldigung.«

Mehr lässt Julie nicht hören. Etwas scheint ihr auf der Seele zu liegen. »Was ist es?«, spricht Greta laut aus.

»Wie meinen Sie das?«, fragt Julie verwirrt und dreht sich zu Greta herum.

»Etwas bedrückt Sie. Lassen Sie es raus!«

»Hm.« Sie widmet sich wieder dem Wischer. Nach einem Moment der Stille räuspert sie sich. »Ich bin mir nicht sicher, ob mein moralischer Kompass inzwischen in die richtige Richtung zeigt oder ob ich immer noch den falschen Weg gehe. Immerhin schlafe ich mit einem Mann, mit dem ich sicher keine Beziehung führen würde.«

»Ihr moralischer Kompass? So etwas gibt es?«

Julie zuckt mit den Schultern. »Mir wurde von zwei verschiedenen Menschen gesagt, dass meiner kaputt ist.«

Greta legt den Kopf schief, betrachtet Julie, wie sie dasteht, verloren und trotzig. »Was bedeutet denn Moral?«

»Dass es Regeln oder vielmehr Grundsätze in einer Gesellschaft gibt, die allgemein als verbindlich angesehen werden. Wenn sich jeder daran hält, gibt es keine Probleme. Übersetzt: Schlafe nicht mit vergebenen Männern und alles ist gut.«

»Wischen Sie weiter!«

Julie verzieht das Gesicht, widmet sich trotzdem wieder dem Fußboden. Ihre Bewegungen werden schneller, ein wenig aggressiver. Nach einer Weile ist sie an dem Durchgang zur Küche angekommen und lässt sich von Greta mit einem Kopfnicken bestätigen, dass sie dort weiterwischen soll. So arbeitet sie sich vor in den Flur, durch das Schlafzimmer und in das Bad. Greta bleibt auf dem Sofa sitzen und blättert durch die Fernsehzeitung. Sie lauscht Julies Schnaufen, dem gelegentlichen Anecken an Türrahmen sowie dem Plätschern des ausgewrungenen Wassers. Julie leert den Eimer aus und verstaut die Utensilien in der Kammer. Greta braucht nicht aufzustehen, um etwas mitzubekommen. Die Geräusche verraten ihr alles. Daher weiß sie auch, dass Julie im Türrahmen steht und auf eine Reaktion von ihr wartet. Sie sieht jedoch nicht auf, tut so, als wäre sie in das Fernsehprogramm vertieft.

»Haben Sie nichts dazu zu sagen?«, fragt Julie unwirsch.

»Wozu?« Nein, einfach wird sie es ihr nicht machen.

»Zu der Sache mit meinem moralischen Kompass.«

»Oh. Ich dachte, die Sache wäre erledigt?« Ob Julie mittlerweile ahnt, dass Greta gern diese Spielchen spielt?

»Nein, ist es nicht. Ich will wissen, ob es als moralisch verwerflich gelten könnte, dass ich mit einem Mann schlafe, von dem ich nichts weiter möchte, außer vielleicht einer Freundschaft.«

»Ach, Julie, jetzt kommen Sie schon. Haben Sie in den letzten vierzig Minuten denn nichts gelernt?« Es amüsiert Greta. Julies verstörter Blick, ihre verzweifelte Körperhaltung und das unsichere Kopfschütteln, als könnte sie sich nicht entsinnen, was in den letzten vierzig Minuten überhaupt passiert ist. »Ich habe Ihnen extra Zeit gegeben, selbst auf die Lösung zu kommen. Das ist doch nicht so schwer! Die Antwort liegt direkt vor Ihnen. Aber lassen Sie es mich noch einmal zusammenfassen.« Sie klappt die

Zeitschrift zusammen und legt sie beiseite. Die Hände faltet sie wie zu einem Gebet in ihrem Schoß. Inszenierung ist wichtig. »Also, Sie sind Single. Sie treffen einen Mann, der ebenfalls Single ist. Richtig?« Julie nickt. »Wunderbar.« Greta klatscht in die Hände, Julie erschrickt. »Da haben wir es doch schon. Niemand wird durch dieses Arrangement verletzt! Oder übersehe ich etwas?«

Julie kaut auf ihrer Unterlippe. »Ich traue mich aber nicht, es meinen Freunden zu erzählen. Warum?«

»Wovor haben Sie denn Angst? Dass man Ihnen den Spaß daran verbieten könnte? Das würden Ihre Freunde sicherlich nicht tun. Dass man erwarten könnte, dass aus Ihrem Techtelmechtel eine Beziehung entsteht? Aha!« In Julies Gesicht zuckte es, als sie das Wort Beziehung ausgesprochen hatte. »Sie fürchten, Ihr Umfeld könnte Druck auf Sie ausüben?«

»Nein, das würden sie nicht tun.« Vehement schüttelt sie den Kopf. »Ich fürchte, ich schäme mich einfach für den Mann.«

Für eine Sekunde verliert Greta die Beherrschung über ihre Mimik und ein Lächeln drängt sich auf ihre Lippen. Schnell schluckt sie den Spott hinunter. »Nun, das ist ein anderes Thema.« Sie gibt sich grüblerisch.

»Bin ich deswegen ein schlechter Mensch?« Julies traurige Augen hoffen auf eine Verneinung.

»Seien Sie doch kein Narr! Also wirklich!« Miesepetrig drückt sich Greta auf die Füße und wackelt mit den eingerosteten Gliedern an Julie vorbei in die Küche. »Es fehlt Ihnen lediglich an der inneren Bereitschaft, zu Ihren Überzeugungen zu stehen. Sie quälen sich regelmäßig mit schlechtem Gewissen. Hören Sie auf damit und klären Sie für sich und mit allen anderen klipp und klar, was Sie möchten. Was Ihnen Ihr Herz sagt. Dann handeln Sie danach. Punkt aus Ende. Und jetzt raus hier. Ich muss etwas essen.«

*

Auf dem Heimweg philosophiert Julie über das eben Gehörte. Sie kommt jedoch nicht dazu, die Gedanken zu Ende zu führen. Kev steht bereits vor ihrer Tür, als sie dort eintrifft.

Kaum hat Kev die Wohnungstür hinter sich geschlossen, packt er Julie und trägt sie ins Wohnzimmer. Er legt sie auf das Sofa, drängt sie mit einem wilden Kuss tief in die Polster, zieht sich sein Shirt über den Kopf und streift auch den Rest seines Outfits hastig ab. Julie muss lachen, besieht sich das Spektakel, springt allerdings sofort auf, als es an der Tür klingelt. Wie Kev zwischen weiteren Küssen erzählte, hat er während des Wartens bereits Essen beim Thai bestellt.

Der Bulle, der auf dem Weg zur Tür nackt hinter ihr herläuft, kneift ihr mehrfach in die Pobacken, was sie zum Kreischen bringt. Als sie die Tür öffnet, um die Tüte mit duftenden Speisen in Empfang zu nehmen, staunt der Lieferbote im Flur nicht schlecht, ob des großen Nackten mit stolzer Erektion. Julie bedankt und entschuldigt sich gleichermaßen bei dem unfreiwilligen Voyeur und schließt die Tür vor seiner Nase, damit er nicht auf dumme Gedanken kommt. Kev nimmt ihr die Tüte ab und zieht sie zurück zum Sofa.

Julie hat Schwierigkeiten, sich auf seine Liebkosungen zu konzentrieren. Immer starrt sie auf die Tüte mit dem leckeren Essen, das jetzt leider kalt wird. Und das so herrlich riecht. »Mhm.«

»Dit jefällt dir, wa?« Er hebt seinen Kopf von ihrem Bauch, um sie anzusehen.

Sie entscheidet, dass das Essen einen Quickie überleben wird und nickt ihm aufmunternd zu.

»Na denn.«

Das war seine Art, zu sagen, dass er weitermacht. Er lässt seine Zungenspitze wieder über ihre Bauchdecke gleiten. An ihrem Bauchnabel verharrt er, gibt ihm einen Kuss und versucht, die Haut in den Mund zu saugen. Noch ist die Erregung in Julie nicht so weit gesteigert, dass sie die Papiertüte vollends vergessen hat. Sie schielt zu ihr rüber, schließt aber schnell wieder die Augen. Kevs Mund bewegt sich zur rechten Seite ihres Bauches. Er saugt sich fest und lässt seine Zunge fest über ihre Haut schnellen. Ihr stockt der Atem. Es ist, als würde er sie zwischen den Beinen lecken. Eine ähnliche Empfindung löst dieses Spiel in ihr aus; kribbeln, nicht denken können und Hitze, die ihr aus der Körpermitte langsam, aber sicher bis ins Gesicht aufsteigt. Das Kribbeln ist zwischen ihren Beinen angekommen. Kev aber noch nicht. Eine Hand legt sie auf seinen Kopf, krault ihn vom Nacken bis zur Stirn durch die kurzen Locken. Er streichelt ihre Schenkel. Die Finger gleiten sanft immer näher an ihr Lustzentrum, ihre Muskeln ziehen sich zusammen, je näher er kommt. Sie hebt ihre Hüfte, streckt sich ihm entgegen. Seine Zunge schlängelt sich weiter hinunter. Über ihren

Hüftknochen, entlang der Oberschenkelfalte bis neben die pulsierenden Schamlippen. Er wiederholt den Weg auf der anderen Seite. Sie hat das Gefühl, zu verglühen, braucht eine Abkühlung. Doch stattdessen fühlt sie seine raue Zunge über ihre erregte Haut gleiten, langsam und zart. Fest genug, um ihr einen Schauder nach dem anderen durch den Körper zu jagen. Die Gänsehaut manifestiert sich, hört nicht mehr auf. Er schiebt ihre Lippen auseinander, ohne seine Hände zu Hilfe zu nehmen. Die liegen schwer auf ihren Beinen, beruhigend und beunruhigend zu gleich. Sie hat ihm gesagt, dass für sie das Gefühl seiner Zunge intensiver ist, wenn er die Haut zur Seite spannt. *Warum hält er sich so zurück?*

Er züngelt zwischen ihren Schamlippen auf und ab. Umspielt ihren Kitzler und drängt in sie. Gerade, als sie etwas sagen will, verschwindet seine Zunge. Sie hebt den Kopf, um nachzusehen, was Kev treibt. Er steht breitbeinig vor ihr, hat eine Hand um seinen prächtigen Schwanz geschlossen und reibt ihn sich hart. Julie setzt sich auf, will ihm behilflich sein. Sie nähert sich und streckt die Zunge raus, sodass sie vorsichtig an seine Spitze stößt. Er hält inne und sie betrachtet es als Einladung, ihre Lippen um seine Eichel zu schließen. Doch er reibt weiter und sie zieht sich zurück, da er mit seiner Faust immer wieder an ihr Gesicht stößt. Sie wartet einen Moment, ob er sie noch einmal spielen lässt. Irgendwann lehnt sie sich zurück, gibt ihm den Blick auf ihr Heiligstes frei und zieht die Haut über ihrer Klit ein Stück nach oben. Ein Bein aufgestellt, müsste er nun das Paradies vor Augen haben. Seine Pupillen verdunkeln sich. Sein Takt wird schneller und kurz darauf springt er wie ein Raubtier auf Julie drauf, schiebt sie unter sich so zurecht, dass er in sie eindringen kann. Er setzt an und Julie merkt sofort, dass er nicht hart genug ist. Trotz seines unterstützenden Griffes zwischen den Hoden an die Wurzel, fehlt es ihm an Standkraft, um seinen Schwanz in sie zu schieben.

Sie legt ihre Hand an die beiden Kugeln, lässt sie zwischen den Fingern herumploppen, massiert die Samenstränge und streicht mit dem Daumen über seine Spitze. Selbst, als sie mit ihm zwischen ihren Schamlippen spielt, ihn hindurchzieht, ihn um den Kitzler kreist und sanft mit Daumen und Zeigefinger rubbelt, gibt es keine andere Reaktion als seinen Rückzug.

Kev lässt sich neben ihr auf das Sofa plumpsen, stöhnt genervt auf und reibt sich die Stirn. *Der Muckimann scheint nicht bei der Sache zu sein. Das ist das erste Mal, dass er nicht performt.* Schon in ihrem Kopf klingt der Gedanke so furchtbar, dass sie sich dafür ohrfeigen könnte. Sie ist sich nicht sicher, ob sie fragen soll, warum es nicht geklappt hat, vor allem, weil er vorhin wie ein geiler Bock in ihre Wohnung gestürmt ist.

»Keenen blassen, was det soll«, kommentiert er ungefragt in den Raum.

»Wo bist du denn mit deinen Gedanken?« Sie legt ihre Hand auf seinen Brustkorb. Ein bisschen Zuneigung und Unterstützung kann schließlich nicht schaden.

»Wat meinsten damit? Et jeht enfach nich.«

»Ist doch kein Problem. Wie wärs, wir essen erst mal was und dann schauen wir weiter?«

Seufzend streckt er sich, schiebt ihre Hand von sich und verschwindet im Bad. Darüber kann sie nur den

Kopf schütteln. Um ihm den Einstieg später zu erleichtern, zieht sie nur ihr Höschen wieder an und greift sich einen seidenen Morgenmantel aus dem Schlafzimmerschrank, den sie locker zubindet. Aus der Küche holt sie Teller, Besteck, Servietten und Bier.

Sie deckt den Tisch, öffnet die Flaschen und wundert sich, dass sich Kev immer noch nicht hat blicken lassen. Mit einem Bier setzt sie sich wieder auf das Sofa, nippt daran und stellt es auf dem Couchtisch ab. Ihr Smartphone vibriert und das Display erwacht. Julie zieht es zu sich heran und erkennt, dass sie eine Nachricht von ihm erhalten hat. Ungläubig sieht sie von ihrem Handy in Richtung Flur und zurück. *Sitzt er ernsthaft auf Toilette und schreibt ihr?*

Sie öffnet den Chat und liest sich seine lange Nachricht durch.

> Ich weiß nicht, warum das eben nicht geklappt hat. Das nervt mich total, ich bin doch ein Hengst! Und du bist scheißheiß, da darf das noch viel weniger passieren. Is klar, dass das nur Sex ist mit uns, aber dann muss das auch reibungslos funktionieren und ich hab gerade versagt …

Julie schnauft, obwohl es ihr durchaus gefällt, so eine Nachricht zu bekommen – bisher hat kein Mann so offen mit ihr über seine Gedanken gesprochen. Auch wenn es streng genommen nicht von Angesicht zu Angesicht stattfindet. Aber diesen Druck müsste er sich ihretwegen nicht machen.

... Ich weiß nicht, was los ist. Und ob ich das noch länger mitmachen kann, mit dem Nur-Sex-Haben, weiß ich auch nicht. Ey, Zuckerpuppe, keinen Schimmer, ob ich in dich verknallt bin, aber dieser alte Typ letztens hat mich echt gestört ...

Also doch eifersüchtig. Sie lächelt.

... Könnte ich nicht verkraften, wenn du den Oldie ranlässt. Vor allem nicht, während wir hier dieses Ding laufen haben ...

Okay, das geht jetzt aber zu weit. Sie haben das Agreement, dass jeder machen darf, was er will. Wenn es zeitlich passt, haben sie ihre Schäferstündchen und sonst eben nicht. Keine Einschränkungen, ob nebenbei noch etwas anderes läuft oder nicht. Sonst wäre es ja wie eine Beziehung. Das war nicht die Absprache.

... Jedenfalls musste ich das mal loswerden. Ich versuche, gleich wieder der Alte zu sein.

Weil sich immer noch nichts rührt, tappt Julie barfuß zum Badezimmer und klopft sacht an die Tür. Sie hört ein gedämpftes *Hmpf* und das Drehen des Schlüssels. Er steht wie ein vom Regen bedröppelter Knirps an die Wand gelehnt. Den Blick gesenkt, die Finger reibt er aneinander. Sie streckt die Arme aus und zieht ihn an ihre Brust, drückt ihn ganz fest.

»Oke, langt.« Er schält sich aus ihrer Umarmung, sieht aber immer noch nicht wirklich glücklich aus. »Ick bin schließlich der Mann hia.«

Mit einem prüfenden Blick versucht sie, hinter seine Fassade zu schauen. Doch er scheucht sie mit wedelnden Händen und *husch, husch* aus dem Bad. Es ist ihm sichtlich unangenehm, dass er sich ihr so geöffnet hat und weiß nicht, damit umzugehen. Julie schnappt sich ihr Bier und setzt sich an den Tisch. So normal wie möglich kommuniziert sie mit ihm. Fragt, was er bestellt hat und tut ihm von allem etwas auf.

Es dauert noch eine Weile, bis sich Kev wieder halbwegs entspannt hat und mit ihr plaudert wie zuvor. Sie kann seine Anspannung absolut nachvollziehen. Lebhaft erinnert sie sich daran, wie es sich anfühlt, so ein Geständnis abzulegen, aber keine Erwiderung zu erhalten. Als wäre man ausgesaugt. Ausgelaugt. Auf dem Weg, unglücklich zu werden, aber noch muss man das Gesicht wahren. Erst später, wenn man allein ist, dann bricht das Universum über einem zusammen, die Lichter gehen aus und der Sturm im Herzen nimmt seinen Lauf.

»Hör mal«, sagt sie zwischen zwei Bissen. »Ich habe eine Idee für ein Business. Oder vielmehr für eine staatliche Behörde.« Er legt den Kopf schief und betrachtet sie eingehend. Sie legt ihre Gabel beiseite und setzt sich zurück. »Kommt drauf an, wie weit wir kommen.« Sie betont das wir. Auch er legt das Besteck weg und wischt sich den Mund ab. Ob es ein Akt des Mitleids ist, ihn vollends einzuweihen, und sie es später bereuen wird?

»Ick versteh nur Bahnhof.«

Sie lächelt zurückhaltend. »Je nachdem, ob die Politik und die Lobby die Idee gut finden, könnte es eine staatliche Behörde werden oder, wenn sie nicht drauf abfahren, könnten wir ein lukratives Business daraus machen. Sinnstiftender wäre eine Non-Profit-Geschichte, aber man kann ja nicht alles haben.« Sie zuckt mit den Schultern. »Aber wichtig für dich ist, dass ich in jedem Fall auf dich zähle. Allerdings als professioneller Kollege, nicht als mein Lebensgefährte.« Es gibt keinen anderen Weg, um es ihm schonend beizubringen. Eine Beziehung steht außer Frage. Ihr Herz sinkt ihr in die Hose, als sie seine traurigen Augen sieht. »Es tut mir wirklich leid, dass ich nicht so fühle wie du. Ich wünschte, es wäre anders, aber unsere Abmachung ist genau das, was ich im Augenblick vertrage und brauche. Nicht die Suche nach Liebe oder Dramen um Männer und Gefühle. Nur Sex. Für den Ausgleich. Du kannst dich gern zurückziehen und wir beenden das. Darüber wäre ich nicht böse, aber bei diesem Projekt hätte ich dich gern dabei.«

»Ick muss drüber nachdenken. Erzähl ma, wat de jeplant hast.« Er widmet sich wieder seinem Essen und lässt Julie erklären.

Einen Monat später

Lisa verdrückt einen Apfel nach dem anderen. Sie erhielt die ärztliche Anordnung, sich nicht anzustrengen, ihr Knie nicht zu belasten. Also sitzt sie in einem Campingstuhl und sieht den fleißigen Helfern beim Arbeiten zu und schont den gerissenen Meniskus. Julie amüsiert sich zwar ein wenig über ihre Freundin, aber im Grunde würde sie lieber daneben sitzen. Seit Tagen hilft sie auf der Baustelle von Lisas und Bens neuem Haus. Erst haben sie Wände rausgeschlagen, bis der Staub ihnen die Lungen verklebt hat, dann den Schutt in Karren geladen, bis ihnen die Arme abgefallen sind und der Rücken steif wurde. Jetzt wird an einem Ende des Hauses bereits neu tapeziert, während auf der anderen Seite noch alte Tapete abgezogen wird. Sie wechseln sich ab, damit der Körper immer mal wieder anders belastet und der Eintönigkeit Einhalt geboten wird.

»Hier, bitte.« Lisa reicht ihr eine kleine Flasche Wasser.

Julie legt den Spachtel auf den Boden und dreht den Plastikdeckel mit dreckigen Fingern ab. »Danke.« Sie nimmt einen tiefen Zug, genießt, wie die kühle Flüssigkeit ihr innerlich einen kleinen Schock verpasst und ihr Mund von der klebrigen Trockenheit befreit wird. *Wer kommt auf die Idee, im Hochsommer zu renovieren?* »Aber ehrlich gesagt, würdest du mir mit einem Bier eine größere Freude machen.«

»Ach was! Hätte ich ja überhaupt nicht gedacht. Na gut, dann gehe ich jetzt mal – das – Fass – an – zapfen!« Sie reckt sich für die letzten Worte in Richtung Flur und ruft sie laut durch das Haus. Es ertönt lautes Gejohle von der anderen Hausseite. »Die Männer beschweren sich seit dem ersten Tag, dass ich sie falsch versorge. *Wasser und Gemüsesticks*, als würde ich sie vergiften wollen.« Lisa schüttelt entrüstet den Kopf. »Gestern Abend habe ich mit Ben und den anderen einen Deal gemacht. Es wird angezapft, wenn du das Kommando gibst, sonst ufert diese Renovierung eher in einem Saufgelage aus und wir werden überhaupt nicht fertig. Also für morgen kannst du dir mit dem Kommando auf jeden Fall noch mal eine Stunde länger Zeit lassen.«

Julie lacht über die Ernsthaftigkeit, mit der Lisa ihr diesen Auftrag gibt. »Geht klar, Chefin! Aber wir arbeiten ja noch weiter, ist ja nicht so, als würden wir jetzt mit Bier in der Hand die Werkzeuge fallen lassen und uns in die Klappstühle fläzen.«

»Vielleicht nicht beim ersten, aber das zweite lässt die Männer schon etwas aufgedrehter und weniger konzentriert werden. Ich sag ja nur, dass wir irgendwann fertig werden müssen. Ich will einfach nicht auf einer Baustelle leben.«

»Wir packen das schon! Kümmer du dich um die Verpflegung und um dich. Den Rest machen wir, schnell – ich versprechs!«

Sie zwinkert ihr zu, was Lisa anscheinend besänftigt. Sie zieht mit ihrer Krücke von dannen und kehrt eine Weile später mit einem frisch gezapften Bier zurück.

Gerade als Julie das Glas zum Mund führt, klingelt ihr Telefon, das auf der Fensterbank liegt. Sie nippt nur, läuft rüber und sieht auf dem Display Max' Name. Weil sie mit ihren dreckigen Fingern nicht zugreifen will, stellt sie das Bier auf den Sims, reißt sie sich ein weißes Papiertuch von der Küchenrolle und wischt sich grob damit ab. Max legt auf, doch Julie ruft ihn direkt zurück.

»Hey, Max, sorry, bin gerade bei Lisa im Renovierungschaos. Was gibts denn?«

»Du, Herr Fox hat mich gefragt, ob ich dich bezüglich deines Angebots noch mal fragen kann. Ob du wirklich bei der Eigentümerversammlung vorbeigehen könntest, um denen etwas über Energiespar- beziehungsweise Kostensparpotenzial zu erzählen?«

»Ja klar, kann ich machen. Aber ich hatte ihm doch meine Karte gegeben, warum meldet er sich nicht direkt bei mir?«

»Keine Ahnung. Vielleicht hat er Angst vor dir?« Max grinst hörbar.

»Haha. Sehr witzig. Okay, weißt du denn, wann die Versammlung stattfindet?«

»Jep. Heute.«

»Neee.« Julie atmet schwer aus. Sie sieht auf das Bier auf dem Fenstersims, an sich hinunter, auf die staubigen und verkleisterten Shorts, ihre ehemals schwarzen Sneakers, die leicht stoppligen Beine dazwischen. So kann sie unmöglich dahin gehen.

»Doch. Und, um dir die Sache richtig schmackhaft zu machen, es fängt in einer Stunde an.«

»Mist.«

»Jep. Aber ich bitte dich ganz lieb, vielmehr sagt Andrea, ich soll dich ganz lieb bitten, dass du für das Gemeinwohl hingehst und natürlich für uns.« Im Hintergrund hört Julie seine Freundin ganz viele *Bittes* rufen.

»Das ist doch Mist.«

»Sagtest du bereits. Komm schon, Julie, gib deinem Weltverbesserungssinn einen Schubs und schwing dich ins Auto.«

Sie lässt den Kopf hängen, kickt mit der Schuhspitze gegen ein golfballgroßes Stück Putz und schnaubt. »Verdammt. Na gut. Aber sag ihm, ich komme direkt von einer Baustelle. Und schick mir bitte seinen Kontakt, damit ich ihn anrufen kann, falls ich mich verlaufe oder so.«

»Jaja, du verläufst dich auch so oft. Was willst du von ihm – der ist doch viel zu alt für dich.«

»Ich will überhaupt nichts von ihm. Meine Güte. Er ist so was wie mein Kunde. Zumindest, wenn ich mich heute geschickt anstelle. Außerdem solltest du mich nicht ärgern, schließlich willst du, dass ich das für euch mache.« Ein bisschen Bissigkeit lässt sie zu, dafür, dass er ihre Abendplanung komplett über den Haufen wirft.

Lisa taucht neben ihr auf und deutet auf das Bier. Argh, das hat wohl nicht geklappt mit dem Weiterarbeiten, obwohl es schon Bier gibt. Sie zuckt entschuldigend mit den Schultern.

»Ist ja gut, alles easy. Kümmer du dich um die Eigentümer und wir kümmern uns um deine Dates.«

»Nein, danke. Das bekomme ich schon allein hin, aber ihr könntet mich mal zum Grillen einladen, ich verzichte nämlich für euch heute auf ein schönes Stück Fleisch und jede Menge Bier.«

»Ist eingetütet! Danke dir! Bis dann.«

So schnell kann sie nicht schlucken, da hat Max das Gespräch bereits beendet. Julie legt das Handy auf die Fensterbank zurück und sucht Lisas Blick. Ihre Freundin ist streitlustig, das kann sie sehen. »Tut mir leid, sieht so aus, als würde ich das Werkzeug für heute doch fallen lassen müssen. Nur auf den Klappstuhl werde ich mich wohl nicht setzen.«

»Was ist, wenn ich dich hier festkette?«

»Ähm, du meinst als Tapezier-Sklave?«

»Ja, genau. Du bekommst genug Leine, um dich im Raum zu bewegen und die Wände bis nach oben zu erreichen. Genug Wasser und Snacks für die ganze Nacht und morgen bist du mit allem fertig.«

»Klingt nach einem Plan, allerdings würde man mich vielleicht als vermisst melden.«

»Ach, ich erzähle Max, dass du von der Leiter gefallen bist und eine Nacht Ruhe brauchst.«

»Okay, sehr durchdacht von Ihnen, Frau Entführerin. Es gibt nur einen Haken.« Julie nickt bedächtig und kaut auf der Unterlippe.

»Welchen?«

»Du bist gehandicapt und wirst mich nicht aufhalten können.« Julie schnappt sich ihr Handy, macht ein paar schnelle Schritte zur Tür und winkt ihr von dort aus zu.

»Das ist gemein!«

»Ja, aber bald verwandelst du dich vom Humpelhasen wieder in eine flotte Forelle, dann kannst du mich schnappen«, trällert Julie durch das ganze Haus.

Sie setzt sich in ihr Auto und ist fünfundvierzig Minuten später bei dem Gebäude, in das Max und Andrea in ein paar Monaten einziehen werden. Herr Fox hatte ihnen die Zusage gleich gegeben und den Mietvertrag vorgelegt, den Vorschlägen zur Umgestaltung hatte er auch zugestimmt. Max hatte Julies Entwürfe gesehen und sich kurzerhand entschlossen, dass die Wohnung sein neues Heim werden soll. Wenn nun im Zuge dieser großen Baustelle im Haus, gleichzeitig die Energiebilanz verbessert werden könnte, wäre das ein Glück für Max, aber genauso für die anderen Bewohner und Eigentümer.

Als sie aussteigt, hat sie die Informationen von Max und Julians Kontakt erhalten. Sie drückt auf das Hörer-Symbol und lauscht dem Tuten in der Leitung.

»Julian Fox hier.«

»Hallo, Herr Fox, Julie Bender. Ich stehe vor dem Haus, wo soll ich hinkommen?«

»Warten Sie, ich lasse Sie rein, wir sind im Garten.«

Kurz darauf öffnet sich die Haustür und ein strahlender Julian nimmt sie in Empfang. »Ich bin Ihnen so dankbar, dass Sie vorbeigekommen sind! Das ist großartig! Die nächste Versammlung wäre vermutlich erst im kommenden Jahr gewesen. Sie wissen ja, wie das ist.«

»Kein Problem, ich hoffe, Sie stören sich nicht an meinem Arbeitsdress. Ich habe Urlaub und helfe einer Freundin bei der Renovierung.«

»Nicht doch, Sie sehen bezaubernd aus. Aber Urlaub? Wenn ich das gewusst hätte! Sie müssen doch nicht in Ihrem Urlaub zu solch einer witzlosen Veranstaltung gehen.«

»Das macht nichts, ich hatte es angeboten und ich sehe in diesem Haus wirklich großes Potenzial. Das ist mir wichtig!«

»Nun gut, dann kommen Sie, die anderen warten schon ganz gespannt, was Sie zu berichten haben.« Er strahlt sie wieder an.

Bezaubernd? Er hat ein Talent, Frauen ein wohliges Gefühl zu geben. Julie freut sich über seine galante Art, ihr Outfit zu übersehen. Doch bezaubernd, das findet sie etwas zu charmant. Sie sieht aus, als wäre sie einen Marathon gelaufen. Verschwitzt und dreckig. Was ist nur in sie gefahren, in diesem Zustand hierherzugehen? Sie läuft hinter ihm her und wünscht sich, wenigstens den Zopf neu gebunden zu haben. Oder Deo benutzt zu haben. *Oje.* Sie kneift die Augen kurz zusammen, um alle Gedanken daran, wie sie von den Eigentümern gleich wahrgenommen wird, beiseitezuschieben.

Er dreht sich halb zu ihr um. »Da sind wir.« Er tritt aus der hinteren Tür hinaus in einen schattigen Innenhof. Eine große Eiche steht in der Mitte, gesäumt von schmalen Beeten mit bunten Blumen. Die gepflegte Rasenfläche reicht für drei Sonnenliegen und einen aufblasbaren Pool. Das ist ihre Art, Flächen zu vermessen. Indem sie gedanklich Dinge darauf platziert. Der gepflasterte Teil ist groß genug für einen langen Tisch und zehn Stühle. Sechs Stühle sind besetzt, Julian rückt ihr einen der freien zurecht.

»So alle zusammen. Das hier ist Frau Bender von dem Architekturbüro Greenbuild. Wie angekündigt.« Ein eher zurückhaltendes Begrüßungsgemurmel kommt auf.

Julie blickt in die Runde und bedankt sich bei Julian. Er setzt sich neben eine schwarzhaarige Frau, die ihn sanft anlächelt.

»Vielen Dank, dass Sie mich empfangen. Und entschuldigen Sie bitte mein Erscheinen. Die Kurzfristigkeit der Einladung hat mich direkt von einer Renovierung hierher befördert. Also bitte, schnuppern Sie heute nicht an mir!« Das hat funktioniert. Die Gruppe lacht.

Sie beginnt, den Anwesenden zu erklären, dass eine Erneuerung der Fassade unter gewissen Bedingungen eher Kosten spart, als sie zu verursachen. Dass Fördergelder beantragt und Kleinstkredite zu besonders günstigen Konditionen aufzunehmen sind. Dass im gleichen Zuge das Belüftungs- und Heizkonzept des Hauses erneuert werden könnte und dadurch das Gebäude für viele Jahre nicht nur attraktiv für Mieter und Käufer würde, sondern auch lukrativ für die Eigentümer. Immer wieder spürt sie den bohrenden Blick der Frau zu Julians Linken. Wenn sie hinüberschaut, senkt diese jedoch den Kopf und vermeidet es, Julie in die Augen zu sehen. Julian hingegen folgt Julies Ausführungen und Gesten, als würde sie Geschenke für ihn auspacken. Seine Augen werden immer größer, sein Lächeln breiter, sein Nicken freudiger. So einfach ist es, einen Mann zu erfreuen. Mit Wissen über Sparpotenzial.

Sie beendet ihren ausführlichen Vortrag mit einer Fragerunde, die scheinbar obsolet ist, da alle Anwesenden den Kopf schütteln.

Julian klatscht motiviert in die Hände. »Wunderbar! Vielen Dank, Frau Bender! Es scheint, als wären vorerst alle Fragen geklärt. Wie wäre es, wenn ich mich nächste Woche, wenn Sie nicht mehr im Urlaub sind, bei Ihnen melde und Ihnen von dem Ausgang der heutigen Versammlung berichte?«

»Sehr gern!« Sie lächelt ihn an und nickt.

»Dann geleite ich Sie noch hinaus.« Er springt förmlich auf, stößt dabei beinahe den Holzstuhl um und erwischt die Schwarzhaarige mit seinem Ellenbogen. »Oh. Entschuldige.« Er packt sie mit den Händen von oben an den Schultern und gibt ihr einen Kuss auf den Kopf. Eine vertraute Berührung.

Doch er hält sich nicht länger mit ihr auf, sondern lächelt erneut Julie zu und bedeutet ihr, vorzugehen. Julie verabschiedet sich und wünscht der Gesellschaft noch einen schönen Abend.

Im Hausflur schiebt sich Julian an ihr vorbei, um ihr die Tür zu öffnen. Sie riecht plötzlich sein Aftershave und eine fruchtige Note, die ihr sofort ein Glücksgefühl durch den Körper schickt. Sie kann es nicht einordnen. Ist es Erdbeere, Himbeere, Wassermelone? Am liebsten würde sie noch einen tiefen Atemzug von dem Duft nehmen, um es herauszufinden, doch sie traut sich nicht. Unschlüssig steht sie vor ihm, zupft an ihrem T-Shirt und kaut auf ihrer Unterlippe. Die Enge des Flures lässt sie einen Schritt hinaus in die Hitze machen. Sie schreitet an ihm vorbei, ihr Arm streift seinen. Wie elektrisiert zuckt sie zurück und auch Julian streicht sich über die Stelle. Sie sehen sich in die Augen. Sein mildes Lächeln, die ausgeprägten Lachfalten und sein Blick, der ihr viele Botschaften zu übermitteln versucht, lassen sie erstarren. *Was soll sie sagen?*

Aus dem Garten ruft jemand nach ihm. Julie räuspert sich verlegen. Er sieht ein wenig betrübt aus.

»Herr Fox.« Sie reicht ihm die Hand.

»Nennen Sie mich Julian.«

»In Ordnung. Julian, vielen Dank, dass Sie mich haben reden lassen. Ich hoffe, ich konnte die anderen überzeugen, dass es sie nicht teuer zu stehen kommt, ökologisches und wirtschaftliches Denken zu vereinen.«

Sein Gesichtsausdruck weicht auf. Er ergreift ihre Hand und drückt sie so sanft, wie die andere Frau ihn vorhin angesehen hatte. Mit Zuneigung. Zumindest fühlt es sich für Julie so an. »Ich habe zu danken. Und ich bin mir sicher, dass wir gute Chancen haben. Sie haben das Thema hervorragend umrissen und viele Fragen beantwortet. Das ist, was ich mir erhofft habe.«

»Das freut mich. Dann …«

»Darf ich Sie auf einen Kaffee einladen?«

Julie ist perplex. Es ist eine Sache, davon zu schwärmen, wie er riecht und wie elektrisierend sich die Berührung angefühlt hat. Doch ein Date? »Es tut mir leid, aber Sie sind mein Kunde und es scheint, als hätten Sie eine bezaubernde Frau an Ihrer Seite. Solange sich das nicht ändert, werde ich Sie nicht privat treffen. Ich wünsche Ihnen noch einen schönen Abend und viel Erfolg. Melden Sie sich einfach, wenn es eine Entscheidung oder weitere Fragen bezüglich des Projektes gibt.« Sie wendet sich zügig ab, doch er hält noch immer ihre Hand in seiner. Energischer zieht sie sie zurück.

»Ihnen auch einen schönen Abend, Julie.« Ganz langsam gleiten seine Finger über ihre Haut, ein trauriges Lächeln überzieht seinen Mund.

Julie steigt in ihr Auto und hat Bedenken. Wenn er sich in sie verliebt, wird es wieder einmal kompliziert. Vor allem, da er scheinbar eine adrette Frau an seiner Seite hat. Sie seufzt. Er ist durchaus ein anziehender Mann und er duftet nach Sommer, doch wenn sie eines gelernt hat, dann dass die körperliche Anziehungskraft nicht genug ist, um eine Beziehung zu gewährleisten. Und vor allem, dass sie sich nicht mehr mit vergebenen Männern einlassen will. *Er ist tabu.*

5. KAPITEL

»Hey, Julie, wie geht es dir?«

Selbst durch das Telefon hört Julie, wie bedrückt Andrea ist. »Hallo, Andrea, danke, bestens und dir?«

»Ich bin ratlos und könnte deine Hilfe gebrauchen.« Ihre Stimme bebt, als würde sie Tränen zurückhalten. »Aber vorher muss ich dir leider noch eine schlechte Nachricht überbringen.«

Oh, oh. »Ist irgendetwas mit Max?« Die Sorge kriecht Julie in die Glieder. Gespannt hält sie die Luft an.

»Greta … Greta ist heute Nacht gestorben.«

Die Stille, die sich in der Leitung ausbreitet, wird nur durch Andrea's gelegentliches Seufzen unterbrochen. Julie fühlt sich wie überfahren. Die alte Frau war ihr in der letzten Zeit ans Herz gewachsen. Die Trauer hüllt sie wie eine viel zu schwere Decke ein und raubt ihr die Fähigkeit, einen klaren Gedanken zu fassen.

»Julie, bist du noch da?«

»Ja. Ich weiß nicht …« Sie schluckt. »Ich weiß nicht, was ich sagen soll. Das ist … sehr, sehr traurig. Wie geht es Max? Soll ich vorbeikommen?« Die Idee ist über ihre

Lippen, bevor sie richtig darüber nachgedacht hat. Etwas zu tun zu haben, könnte ihr helfen, den Schock zu verarbeiten. Wobei sich Julie nicht als Nahestehende betrachtet hätte. Doch sie ist diesem Menschen, der heiligen Greta, zu Dank verpflichtet und weiß, dass Max in ihr eine Art zweite Familie hatte.

Andrea atmet erleichtert aus. »Ja, bitte komm her. Max ist apathisch. Ich weiß nicht, was ich tun soll. Seit der Betreuungsdienst vorhin angerufen hat, ist er so blass. Offenbar wusste er nicht einmal, dass er ihr Notfallkontakt ist.«

»Ich bin auf dem Weg.« Sie greift sich ihre Handtasche und die Autoschlüssel.

Fünfzehn Minuten später erreicht sie den Altbau, dessen Fassade immer noch nicht erneuert, dafür aber Andrea's und Max's Wohnung rundum saniert und umgebaut wurde. Sie betritt das Zuhause der beiden und wird von Andrea wortlos in eine feste Umarmung gezogen.

Julie schluckt den Kloß in ihrem Hals hinunter. »Was kann ich tun? Wo ist Max?«

Andrea deutet auf den Durchgang zum Wohnzimmer. Julie geht voran und lugt um die Ecke. Max sitzt teilnahmslos auf dem Sofa und zappt durch die TV-Programme. Erst, als sich Julie neben ihm auf dem Sofa niederlässt, sieht er sie für einen Moment mit wässrigen Augen völlig verstört an, wendet seinen Kopf wieder dem Fernseher zu und schaltet um. Sie legt ihm eine Hand auf die Schulter und mit der anderen greift sie nach der Fernbedienung, um das Gerät auszuschalten. Er lässt alles geschehen. Es ist, als wäre er in Trance. Julie seufzt, tauscht einen Blick mit Andrea, die im Durchgang stehen geblieben ist und nun mit den Schultern zuckt.

»Max …« Julie hat keine Chance, weiter zu sprechen, denn er erhebt sich abrupt und verlässt die Wohnung. »Sollen wir ihm hinterhergehen?«

Andrea seufzt ebenfalls und schüttelt langsam den Kopf. »Ich kann ihn tracken, falls er nicht wiederkommt. Aber ich schätze, er geht eine Runde spazieren oder so.«

»Dann lassen wir ihn.« Julie lehnt sich zurück. Der Tod ist ein notwendiges Übel. Trauer genauso. Vermutlich steckt Andrea wie Julie noch im Schock über den Verlust. In Julie regt sich nur die Fassungslosigkeit. Sie raubt ihr die Gehirnaktivität. Tränen spürt sie noch nicht herannahen, auch keine Wut oder Verzweiflung. »Wie kommst du klar, Andrea?« Auch wenn sich Andrea und Greta nur ein paar Mal gesehen haben, ist es schwer vorstellbar, dass sich die vorwitzige Alte nicht auch in ihr Herz geschlichen hat.

»Ich fühle mich wie ausgeschaltet. Am liebsten würde ich in die Küche eilen und etwas backen. Aber es kommt mir falsch vor, vor allem wenn ich den leidenden Max sehe. Also bleibe ich stehen, zerknete den Aktionismus zwischen meinen Händen und hoffe, dass bald wieder alles normal ist.«

»Verstehe ich.« Hinter Julie im Hof kracht es plötzlich so laut, dass sie zusammenzuckt. Auch Andrea rümpft verdutzt die Nase. Sie eilen auf den Balkon und beobachten, wie Max mit einer Axt auf eine alte Holzkommode einschlägt. Späne fliegen durch die Luft und die einst solide gebaute Kommode wird in ihre Einzelteile zerlegt.

Der grazile, stylische Max scheint die Wutphase erreicht zu haben. Andrea steht der Mund offen und auch Julie ist mehr als erstaunt ob dieses Anblickes. Gern hätte sie ihm gesagt, dass Greta mit Sicherheit nicht gewollt hätte, dass man ihren Tod betrauert, sondern ihr Leben stattdessen feiert. Aber es sieht nicht danach aus, als wäre Max aktuell empfänglich für solche Worte. Abgesehen davon fühlt sich Julie besonders unbehaglich, diese Plattitüden auszusprechen.

Schweigend beobachten sie ihn, bis sich Andrea abwendet und in die Küche verschwindet. »Kaffee?«, ruft sie.

Eine Woche später

Das Ping ihres privaten E-Mail-Programms ertönt. Julie schnappt sich ihr Smartphone und liest die Antwort des Diplom-Ingenieurs des Zentrums für nachhaltiges Bauen. Ihr Herz macht einen Hüpfer. Er schreibt, dass er großes Interesse an einer Zusammenarbeit hat. Sie kann es kaum fassen. Das ist nun die vierte Zusage. Die staatlichen Behörden haben dagegen noch nicht auf Julies Anfrage reagiert. Sie rechnet aber auch nicht mit einer zeitnahen Antwort. Die Mühlen mahlen verdammt langsam im deutschen Staat.

Das Glücksgefühl, das sie durchströmt, ist nur von kurzer Dauer. Eine Erinnerung auf ihrem Handy erscheint. Die Beerdigung der heiligen Greta findet bald statt. Es ist Zeit, aufzubrechen.

Sie nimmt ihren schwarzen Mantel vom Stuhl, wirft ihn über und schlüpft in die Ärmel. Ihr Kleid, die Strumpfhose und die Stiefeletten hat sie farblich an den traurigen Anlass angepasst. Keine Farbe. *All black everything.* Mit der Handtasche im Arm verlässt sie das Büro und verschwindet in der U-Bahn-Station. Es ist ein großer Verlust für die Welt. Das würde Julie jederzeit bestätigen. So wie sie haben vermutlich noch hundert andere Menschen von Gretas Sicht auf die Dinge profitiert. Nie hat ihr jemand Geld gegeben, sie zum Essen eingeladen oder sich anderweitig erkenntlich gezeigt. Weil sie es nicht wollte. Sie hat sich zwar nicht als Prophetin bezeichnet, doch in gewisser Weise hat sie sich so verhalten. Sie hat viel gegeben. Jedem, der bereit war, es anzunehmen.

Als sie die Bahn an ihrem Ziel verlässt, fragt sie sich, ob sie einmal mit der gleichen Liebe und Zuneigung von der Welt verabschiedet wird. Max hatte in der *Frankfurter Alte Presse* den Termin der Beisetzung mitgeteilt, daraufhin erschienen am folgenden Tag Dutzende Traueranzeigen und Leserbriefe in der Zeitung, die von Gretas Wundern berichteten. Es ist unfassbar, wie deutlich dieser Mensch seinen Fußabdruck auf der Welt hinterlassen hat. Ohne ein Bau- oder Kunstwerk für die Nachwelt zu hinterlassen. Sie hatte Menschen hinterlassen. Glückliche Menschen. Die alle sehr traurig über ihren Tod sind. Julie möchte der Welt noch viel mehr geben, als nur ein paar schöne Gebäude. Sie ist nicht fertig. Sie möchte mehr wie Greta sein und positiv auf die Gesellschaft einwirken.

Der Friedhof wird von einer hohen Mauer umgeben. Die Steine sind gezeichnet vom Wetter, von übermütigen

Kindern, die daran hinaufklettern wollten und ihre Initialen verewigten sowie von Fahrzeugen, die vermutlich nicht freiwillig dagegen knallten. Der Friedhof in ihrem Heimatdorf wirkt viel friedlicher, nicht derart geschunden. Stellenweise sind große Stücke aus dem Sandstein herausgebrochen. Auch das Land, das dahinterliegt, erregt mehr Mitleid als Trauer. Es ist, als würde die gesamte Anlage nach Ruhe und Frieden schreien in der turbulenten Stadt.

Julie biegt um die letzte Ecke vor dem Eingang und ist überrumpelt von der Flut an Menschen, die sich durch das schmiedeeiserne Tor bewegt. Eine schwarze homogene Masse fließt förmlich vorwärts, schweigend und andächtig hinauf auf die unscheinbare Anhöhe und hinunter auf der anderen Seite, wo unter einer großen Kastanie ein Loch ausgehoben ist. Auf einem dezenten Altar steht eine schlichte weiße Urne. Schräg dahinter hängt das Bild einer vitalen, strahlenden Greta. Ein Gesteck aus weißen Rosen liegt davor, auf der Schärpe stehen die Worte *Für immer bei uns*.

Max steht etwas abseits, starrt auf seine Füße. Die Hände in den Manteltaschen, die Schultern angezogen. Noch nie hat Julie jemanden gesehen, der so traurig aussah. Als wäre er völlig allein. Sie stellt sich neben ihn, schiebt ihre Hand in seine Manteltasche und verschränkt ihre Finger mit seinen. Es gibt nichts, was sie sagen kann, um seinen Schmerz zu lindern, aber sie kann für ihn da sein. Er lässt sie mit etwas Druck spüren, dass er ihr dankt.

Andrea kommt auf sie zu, nimmt Julie in den Arm und stellt sich auf Max' andere Seite. So flankieren sie ihn, schenken ihm Wärme und Beistand. Der Pfarrer beginnt mit der Predigt.

Die Urne wird im Grab versenkt und mit einigen Blumen bedeckt. Julie sieht sich um. Sie führt Max durch all die Menschen hindurch. Es sind unzählige, die keiner von ihnen kennt. Sie sind alle dort, um sich von Greta zu verabschieden. Jetzt kann Julie ihre Tränen nicht mehr zurückhalten. Die überwältigende Liebe und Trauer all jener, die sie passieren, raubt ihr schlicht den Atem. Ihr Blick verschwimmt. Diese Wolke des Leids fixiert sich über ihr. Mit Mühe setzt sie ihren Weg fort.

Erst, als sie das Tor hinter sich lassen, hat sie das Gefühl, wieder Luft holen zu können. Sie blickt Max an. Er ist bleich, seine roten Augen zeugen von wenig Schlaf und viel unterdrücktem Gefühl. Andrea reicht ihr ein Taschentuch. Julie schnäuzt kräftig hinein und zur gleichen Zeit entweicht ihr ein geräuschvoller Pups. Panisch entschuldigt sie sich, läuft sofort rot an und hält die Hände vors Gesicht. Ungefähr drei Sekunden herrscht Stille, dann lachen Andrea und Max lauthals los. Der Bann ist gebrochen. Aus Max' Lachen wird Schluchzen und die Tränen fließen haltlos über sein Gesicht. Andrea schließt ihn liebevoll in die Arme und wiegt ihn hin und her.

Ihr Lächeln gilt Julie. »Gut gemacht«, flüstert sie ihr zu, während sie über seinen Kopf streicht.

Julie schüttelt ungläubig den Kopf über diese Peinlichkeit und die Auswirkungen. Sie befürchtet, dass dieser Vorfall noch länger Gesprächsthema sein wird und in die Annalen eingeht. Sie knurrt in sich hinein. *Wenigstens hat es Max geholfen.*

Einen Monat später

Auf dem Bauch liegend, nackt und mit geschlossenen Augen, genießt Julie die warmen Hände auf ihrem Rücken. Kev hatte ein Massageöl mitgebracht und es großzügig auf ihr verteilt. Seine Finger gleiten entlang ihrer Wirbelsäule, von den Schultern bis zu der beginnenden Wölbung ihres Hinterns. Mit den Daumen fährt er sacht über die beiden Hügel, Julie wackelt mit der Hüfte, um ihn zu mehr zu überreden. Doch er lacht und hüstelt gleichzeitig eine Verneinung.

Stattdessen bewegen sich seine Hände seitlich, sodass seine Fingerspitzen in Richtung ihres Bauches gelangen und über ihre Rippen, bis zu den flachen Brüsten, an den Achselhöhlen vorbei, über die Schulterblätter zurück zu ihrem Nacken fahren. Er knetet die verhärteten Muskeln mit Hingabe, streichelt über die Haut bis zu ihren Handinnenflächen. Julie schnurrt vor sich hin.

Mit Druck schiebt er seine Hände wieder hinunter zu ihrem Po. Dieses Mal zögert er nicht und legt sie mit ihrer gesamten Breite und Länge darauf. Er folgt der Rundung mit seinen Bewegungen, spreizt die Daumen und liebkost sie nahe der Pofalte. Julie erschaudert. Es fehlt nicht mehr viel und er stößt an ihr Heiligstes. Doch das scheint nicht sein Plan zu sein, denn er zieht die Finger zurück, knetet erneut die Backen und widmet sich dann ihren Beinen. Er beginnt bei den Füßen, massiert die Fußsohlen, entlang der Sehnen und Muskeln die Wade hinauf. Als er bei den Oberschenkeln ankommt, spürt Julie, dass er wieder Öl auf ihren Rücken träufelt. Er verreibt es über den Po bis hin zu ihren Schenkeln. Erst zart, dann intensiver streichen seine starken Hände über ihre Haut. Er gleitet seitlich an den Außenseiten hinunter, zieht Kreise bis über die Innenseiten, die ihn – dieses Mal von der anderen Seite – ihrer Scham näher bringen. Unbewusst hält sie den Atem an, bis er wieder ein wenig Abstand gewinnt und sie die Luft aus ihren Lungen stoßweise entlässt. Seine Zärtlichkeiten kitzeln und es verlangt sie nach einer richtigen Berührung. Sie schiebt ihre Knie minimal auseinander und hofft, ihm damit die Einladung auf dem Silbertablett zu servieren.

Diesmal wirkt sich ihr Verlangen auf ihn aus. Mit seinen Fingerkuppen streift er herauf, bis zu den äußeren Schamlippen, fährt daran entlang und folgt dem Pfad, bis er wieder die Pofalten zu ihren Oberschenkeln streichelt. Julie versucht, ihre Hüfte anzuheben, um ihm entgegenzukommen, aber Kev drückt sie zurück in die Laken. Mit einem beherzten Griff in ihren Schritt und dem Darübergleiten seiner Finger spürt Julie, dass er ihrem Wunsch nachkommen wird.

Er beugt sich über ihren Kopf, sie kann seinen Atem an ihrem Ohr fühlen und hören, dass die Massage an ihm ebenfalls nicht ohne Spuren vorbeigeht. »Zuckerpuppe«, flüstert er, »lass dia von mir führn. Ick mach dit schon ordentlich.«

Julie vertraut ihm, aber sie kann sich nicht so recht entspannen. Sie hat dieses Verlangen, direkt stimuliert und dann penetriert zu werden. Keine Spielchen mehr. Auf der anderen Seite hatte er es sich so gewünscht. Also fügt sie sich. Sie sperrt ihre Ungeduld in eine Kammer und legt sich gedanklich zurück auf die Liege, die ihr Körper nie verlassen hat.

Er küsst ihren Hintern, gibt ihr einen Klaps und fordert sie auf, sich umzudrehen. Sie beobachtet, wie er das Öl auf ihren Bauch tropft und es anschließend mit beiden Händen großflächig auf ihr verteilt. Um sich seiner Behandlung mit anderen Sinnen hinzugeben, schließt sie die Augen. Er cremt ihre Beine ein, spart dabei die Innenseite ihrer Oberschenkel aus, genauso wie das Bikini-Dreieck unterhalb ihres Nabels. Die Brüste überfliegt er fast, was in Julie wieder den Wunsch nach mehr Berührung auslöst. Seine Fingerkuppen gleiten am Brustansatz hin und her. Plötzlich kippt er die Finger, sodass seine kurzen Nägel Julies Haut streifen und ihr einen Schauder besorgen. Sie kann zwar nicht explizit fühlen, dass sich ihre Nippel aufstellen, aber dass sie erregt sind. Sie spannen und senden wohliges Kribbeln in den Bauch. Kev scheint die Veränderung ebenfalls bemerkt zu haben, denn er wiederholt das sachte Streichen mit seinen Fingernägeln über die gesamte Brust. Es schüttelt sie und eine Gänsehaut breitet sich auf ihr aus. Ohne Vorwarnung stülpt er seinen Mund erst über eine Brustwarze, knabbert vorsichtig daran und entlässt sie befeuchtet aus der warmen Höhle. Die kühlere Zimmerluft und sein Atmen verhelfen ihr vermutlich zu noch mehr Größe, in jedem Fall aber zu einer erheblichen Steigerung von Julies Lust. Sie streckt ihre Arme über den Kopf und windet sich auf dem Laken. Er leckt über den zweiten Nippel, nimmt ihn ebenfalls in den Mund und lässt ihn zwischen seinen Zähnen sanft hin und her wackeln. Er hat die Verbindung zu ihrem

Lustzentrum hergestellt. Hitze entwickelt sich dort und ihr Blut sammelt sich.

Sie öffnet die Augen, blickt Kev an und zieht ihn für einen leidenschaftlichen Kuss zu sich. Er stützt ihren Kopf in der Luft, vergräbt die Finger in den Haaren und zieht sie daran weg von sich. Er schmunzelt, leckt ihr über die Nasenspitze, was Julie zurückzucken lässt und woraufhin sie wieder in die Kissen fällt. Sie verzieht das Gesicht und wischt sich mit dem Handrücken über die Nase.

Kevs Hände gleiten über ihre Brüste, den Bauch und die Hüftknochen bis auf die Oberschenkel. Wieder spreizt er die Daumen ab und lässt sie auf den Innenseiten ihrer Schenkel auf ihre Vagina zuwandern. Julie betrachtet derweil den leicht erregten Penis, der auf und ab wackelt, wenn Kev sich ihren Brüsten oder ihren Schamlippen nähert. So ähnlich fühlt sich Julie auch. Als würden ihre Schwellkörper und jede Zelle nach mehr verlangen und nicken, je näher sich eine Hand an ihren intimen Stellen befindet.

Er schiebt ihre Beine auseinander, kniet sich dazwischen und versinkt mit seinem Kopf, wo sie ihn besonders gern hat. Mit seiner Zunge an ihren Lippen. Er umkreist den Bereich weiträumig, nähert sich nur langsam. Sie kann es kaum erwarten. Die Anspannung in ihren Muskeln lässt sie fast gänzlich versteifen, so sehr wartet sie auf die Erlösung durch ein Lecken. Sie fühlt seinen Atem auf ihr, er bewegt sich vermutlich nur Millimeter über ihren Schamlippen, verharrt reglos, bis Julie ihre Füße aufstellt und sich ihm öffnet. Ihre Lippen springen auf, sodass ihr die vorbeiziehende Luft auf ihrem feuchten Fleisch den Rest gibt. Sie schiebt sich ihm entgegen.

Er reagiert, gibt ihr, wonach sie verlangt. Vorsichtig, ganz langsam leckt er über die gesamte Länge, hindurch durch die Erhebungen und Täler ihrer Muschel. Um den Eingang herum, wieder rauf zu dem erregten Kitzler. Er saugt ihn ein, lässt die Zunge in ihrer gesamten Breite weich darüberstreichen. Aus Julies Schnurren bahnt sich ein Stöhnen an. Das warme Gefühl zwischen ihren Beinen, das sich in ihrem Körper ausbreitet. Das Kribbeln, das er mit liebkosenden Berührungen heraufbefördert. Die Sehnsucht nach einem Orgasmus. Julie ergibt sich Kevs aufregendem Spiel aus lecken, saugen und knabbern. Seine Zunge bewegt sich schneller, intensiver reibt sie an ihren empfindlichen Stellen. Wenn er pausiert und anschließend die kalte Zunge wieder ansetzt, stöhnt sie noch lauter auf. Die Empfindungen werden immer stärker. Ihr wird heiß im Gesicht, in ihrem Oberkörper kribbelt es nun überall, ihre Beine werden taub.

Kev platziert seine Finger an den Schamlippen und zieht sie weit auseinander. So erreicht er mehr der Nervenenden in ihrer Spalte, was sie zu lauterem Stöhnen und zum Aufbäumen animiert. Es dauert nicht mehr lange, bis es ihr kommt. Noch ein paar der köstlichen Zungenschläge und die Welle überrollt sie. Sie wartet auf den Moment, an dem das nicht enden wollende Glücksgefühl herbeieilt. Es passiert, als er wieder neu ansetzt und sich kurz vor ihrem Loch mit seiner Zunge vergnügt. Es ist der Punkt, der das befriedigende Gefühl der sich steigernden Anspannung herbeiführt. Weiche Knie im Liegen. Sie zittert, als es sie erreicht, als er den richtigen Punkt in der richtigen Intensität zur richtigen Zeit trifft und ihr die wohligen Schauder durch den Körper jagt.

Außer Atem genießt sie für einen Moment. Sie öffnet die Augen und erkennt, dass Kev selbst Hand anlegt. Doch dieses Mal hat sie andere Pläne. Sie setzt sich auf und rutscht auf Knien an ihn heran. Er lässt ihn los, doch sein prächtiger Schwanz steht von allein und zuckt, als Julie sich mit ihrem Mund nähert. Sie umschließt ihn sanft, lässt die Eichel wie die Spitze eines Eis am Stiel zwischen ihren Lippen hervorgleiten. Sie leckt darüber, schließt ihre Faust um den prallen Schwanz und reibt ihn langsam einige Male auf und ab. Damit sie an seine Eier herankommt, biegt sie die Erektion nach oben und legt die andere Hand unter den Hoden, schiebt ihn vor und saugt einen der beiden ein. Kev zuckt, als sie ihn immer wieder an ihren Zähnen vorbeidrückt und mit der Zunge daran spielt. Sie lässt ihn frei und wiederholt das Umsorgen an dem anderen Ei. Nebenbei bewegt sie ihre Finger an seiner Eichel, zieht sie über seine harte Spitze und verstreicht den hervorgequollenen Liebestropfen darauf. Sie zupft an seinem Sack, leckt darüber, bis sie den Schaft erreicht und an ihm hochwandert. Wieder lässt sie die zarte Haut durch ihre geöffneten Lippen gleiten und umschließt den Schwanz, saugt ihn ein und empfängt ihn mit ihrer Zunge. Sie lässt sie kreiseln, kitzelt ihn am Bändchen und fährt auf und ab. Nach einer Weile beschleunigt sie das Tempo, hört ihn immer lauter stöhnen und weiß, sie ist auf dem richtigen Weg.

»Du musst aufhör'n, Zuckerpuppe.« Kev beugt sich zu ihr, greift sie unter den Armen und zieht sie zu sich hoch. »Leg dich auf die Seite.«

Sie folgt seinem Wunsch, streckt die Beine aus und rollt sich herum. Das obere Bein zieht sie zu sich heran, sodass er ihr anderes zwischen seinen platzieren kann. Er drückt ihren Po auseinander, setzt den harten Schwanz an ihr Loch und navigiert ihn langsam ein Stück herein. Für einen Moment verharrt er, schiebt sich dann weiter, bevor er sich bis zur Spitze zurückzieht und mit einem Ruck wieder in sie eindringt. Das plötzliche Ausgefülltsein, die Reibung an ihrem G-Punkt und das Klatschen seiner Eier an ihrem Po erfüllen Julie mit einem Freudensturm. Er stößt nicht an, aber dennoch kann sie genau spüren, dass er in ihr zuckt. Das Schmatzen, das durch das Eindringen seines Prügels in sie verursacht wird, erfreut sie genauso, wie sein Grummeln und das Gemurmel von *heiße Frau, heißer Sex und heißer, öliger Haut*. Seine Finger gleiten problemlos über sie, er greift nach ihrer Brust, zwirbelt den Nippel und hält sich dann wieder an dem gesamten Berg fest. Mit der anderen grapscht er förmlich in ihre Pobacke, presst sich so tief in sie hinein, wie es geht und kreist mit seiner Hüfte. Der Schwanz in ihr bewegt sich so von einer, auf die andere Seite, wird ein wenig hinausbefördert, nur um gleich wieder bis zum Anschlag in ihr zu stecken. Seine Behandlung führt zu einem wilden Kribbelkonzert zwischen ihren Beinen und einer Hitzewallung, die ihr bis in das Gesicht wandert. Sie stöhnt auf. »Mach weiter.«

Wie ein Marathonläufer behält er brav den gleichen Takt bei, lässt sie nicht auf halber Strecke verdursten. Er zieht ihren Oberschenkel zu sich, was den Winkel, in dem er in sie eindringt, ein wenig verändert, sich für Julie aber anfühlt, als würde sie gleich explodieren. Sie drückt sich mit den Händen auf der Matratze ab und schiebt sich ihm entgegen. Sie will ihn tiefer spüren, will mehr davon. Sein Gemurmel verstummt, er ringt nach Luft, hört nicht auf. Stattdessen treibt er sie vorwärts, erhöht das Tempo, füllt sie mit kleinen, aber harten Stößen aus. Pumpt seinen Schwanz in sie, stimuliert ihr Lustzentrum. Sie fühlt es. Die Reibung, die ihr die nächste Welle des Glücks beschert. Sie lässt sie über sich ergehen, ruft es laut hinaus und die Anspannung entweicht zum zweiten Mal aus ihrem Körper. Ihr Becken zuckt hin und her, alles in ihr, aber vor allem ihre Vagina pulsiert vor Erleichterung. Kev scheint ihr Orgasmus die letzte Widerstandskraft zu rauben, denn sofort stimmt er in das Stöhnen ein und rammt ihr seinen Schwanz noch einige Male rein. Die Nervenenden dort senden Glückshormone durch ihre Blutbahn. Er zittert, als er sich in ihr ergießt. Sie schnauft geschafft.

»Das war ein würdiges Ende.«

»Hab ick mir jenau so vorjestellt.«

Sie liegen noch für eine Weile im Bett und lachen. Kev bricht auf und lässt sie allein zurück. Wie geplant. Julie zieht sich ihr Schlafshirt an und setzt sich auf das Sofa.

In der Anruferliste steht Alex mittlerweile recht weit unten. Sie tippt auf seinen Namen und schaltet den Lautsprecher an. Nach dem dritten Tuten hebt er ab.

»Na, Frau Bender, was verschafft mir die Ehre?«

»Du könntest dich ja auch mal melden, du abtrünniger Toast, du.«

»Was ist denn ein abtrünniger Toast?«, fragt er mit einem Lachen.

»So was, wie eine treulose Tomate, nur schlimmer.«

»Oha! Heißt das, ich bin in den Schlitz des Toasters gefallen und nun unauffindbar?«

»Na ja, ich dachte eigentlich, du wärst vergammelt und davongelaufen, aber das mit dem Schlitz ist auch okay für mich.« Sie grinst ins Telefon.

»Heee, ganz schön fies von dir. Aber gut, ich zieh mir den Schuh erst mal an. Was gibts Neues an der Front? Wie gehts dir?«

»Mir gehts gut, gerade Sex gehabt, das Projekt nimmt Form an und einen heimlichen Verehrer hab ich auch.« Normalerweise würde sie den Sex nicht erwähnen, aber manchmal macht es ihr doch zu viel Spaß, Alex herauszufordern.

»So? Das ist eine interessante Zusammenfassung.« Er räuspert sich. »Mit wem hattest du Sex?«

»Kev. Das war heute der Abschied von unserem Privatvergnügen, damit wir ab jetzt professionell zusammenarbeiten können.«

»Hm, ich dachte, ihr hättet euch sowieso nicht mehr getroffen, weil er mehr als nur Sex wollte?«

»Das hat nur kurz gehalten. Er hat mich angerufen und gesagt, er braucht ein Ventil und kommt mit den Gefühlen schon klar.«

»Ach was. Das nenne ich mal einen glücklichen Umstand. Du bist also auf deine Kosten gekommen?«

»Immer.«

»Sehr schön, sehr schön. Und sonst, hat sich die Regierung bei dir gemeldet? Wahrscheinlich wirst du schon abgehört, ohne es zu wissen.« Er kichert in sich hinein.

»Wieso sollte mich der Staat abhören? Um herauszufinden, ob ich vertrauenswürdig bin? Dann hoffe ich, sie haben eben weggehört, das ist nichts für offizielle Aufzeichnungen.«

»Das ist eigentlich auch nichts für meine Ohren und trotzdem musste ich es mir anhören.«

»Tja, selbstgewähltes Schicksal, lieber Alex.« Er brummt etwas Unverständliches in den Hörer. »Aber wo waren wir stehengeblieben? Ach ja, die Regierung. Noch keine Reaktion, nein. Trotzdem könnte es nicht besser laufen. Alle Institutionen, die nicht staatlich sind, haben meine Präsentation geliebt und mir nun nach und nach Zusagen für eine Zusammenarbeit geschickt, die ich dem Umweltministerium vorlegen kann.«

»Wow, das freut mich für dich und klingt hervorragend! Du wirst noch zum Superstar in der Baubranche.« Er feixt, aber damit kann sie umgehen.

»Dann hätte es wenigstens einer von uns geschafft.« Weder sie noch er hatten jemals das Bedürfnis, berühmt zu werden. Dennoch, einen derart großen Erfolg zu feiern, würde ihr wirklich gut gefallen.

»Okay, wir halten also fest, bei dir läuft es prima. Schön, dass du das anderen – und damit meine ich mich – so sehr unter die Nase reiben musst. Dann erzähl mir jetzt noch von deinem heimlichen Verehrer, damit ich endlich zu Wort kommen kann.«

»Oha, bist du irgendwie sauer auf mich? Ich scherze doch nur!«

»Weiß ich, sorry. War nicht böse gemeint. Also, wer verehrt dich?«

»Gute Frage. Ich bekomme regelmäßig Postkarten ins Büro geschickt. Die Motive sind fabelhaft ausgewählt, meistens grüne Natur, also Dschungel, Wald, ein verwunschener Garten und so was. Aber ich glaube, die Bilder sind selbst geschossen und ausgedruckt. Es steht nämlich weder eine Druckerei noch ein Barcode oder Preis auf der Karte. Auf der Rückseite schreibt er die Adresse der Firma, zu meinen Händen und jeweils zwei Worte. Ich bin schon dahintergekommen, dass es das Gedicht von Max Dauthendey mit Titel ‚Komm heim' ist.«

»Das muss ich jetzt noch mal kurz rekapitulieren.«

Er ist still. Sie kann ihn denken hören, weil er dann immer diese verräterischen Knackgeräusche mit seinem Kiefer macht. Als würde er die Gelenke einrasten lassen und damit den Weg frei für Gedanken machen.

»Du erhältst Bilder von einem Mann – wir gehen jetzt einfach mal davon aus, dass es ein Mann ist –, der dir ein Liebesgedicht in Bröckchen schickt. Motive, von denen man ausgehen kann, dass sie dir gefallen und Worte von einem unbekannten Poeten. Der Name sagt mir zumindest überhaupt nichts. Ist das so weit korrekt?«

»Korrekt.« Sie grinst in sich hinein, denn sie will ihn bei seinem Denkprozess nicht unterbrechen.

»Gut, du konntest aber nicht abwarten, bis du das gesamte Gedicht vorliegen hast, sondern musstest vorher recherchieren?«

»Ist das eine Frage? Dann ja, aber wer hätte das nicht gemacht?«

»Romantisch veranlagte Menschen, Julie. Romantiker hätten abgewartet. Aber seis drum. Wie viele Karten hast du inzwischen?«

»Neunzehn.« Sie beißt sich auf die Zunge. Das wollte sie gar nicht preisgeben.

»Wie aus der Pistole geschossen. Dir gefällt das demnach?«

Sie rollt die Augen, das hat sie geahnt. »Mhm. Ich kann mich der Idee nicht verwehren. Es ist nett.«

»Du weißt was *nett* bedeutet, aber weil du es vermutlich gerade einfach runterspielen willst, toleriere ich es und gehe davon aus, dass du es in Wahrheit wunderbar findest. Die wichtigste Frage: Hast du irgendeinen Bezug zu dem Gedicht, gibt es einen Anhaltspunkt, wer es dir schickt und warum? Ich meine, abgesehen davon, dass er dich mag.«

Nach einem Hinweis hatte sie ebenfalls schon gesucht, auf den Bildern, in der Anschrift und in den wenigen Worten, die jeweils darauf geschrieben stehen. Nichts, kein Symbol, keine zusätzlichen Buchstaben. Oder es ist so gut versteckt, dass sie es nicht findet. *Wer weiß* ... »Nein, ich bin noch nicht schlau daraus geworden. Ich habe sie sogar schon nebeneinandergelegt, um eine geheime Botschaft zu erkennen, aber da ist nichts.«

»Mysteriös.«

»Hm. Na ja, vielleicht zeigt er sich mir, wenn das Gedicht vollständig überliefert ist.« Sie spielt gedankenverloren mit einer der Karten, die noch auf dem Sofatisch liegt.

»Du glaubst aber nicht, dass Chris dich zurückhaben will, oder?«

Der Gedanke schockiert sie. Daran hat sie noch nicht gedacht. Soll das *komm heim* eine Anspielung sein? Aber das würde eigentlich keinen Sinn ergeben, da er gegangen ist und Julie ihn aus ihrer Wohnung geschmissen hat, nicht umgekehrt. Zumindest wenn man es wörtlich nimmt. Sie wiegt ihren Kopf hin und her. »Das wäre … Mir fehlen die Worte«, stammelt sie. »Ich kann es mir nicht vorstellen, aber jetzt, wo du es sagst, wäre es der einzig sinnvolle Kandidat. Nicht, dass ich das gut finde, aber du hast Recht, es wäre möglich.« Ihr Herz rast mit ihren Gedanken im Kreis. *Kann das sein?*

Für einen Moment hängt sie ihrem innerlichen Karussell hinterher und auch Alex bleibt still. »Ich drücke die Daumen, dass es jemand anderes ist.«

»Danke.« Sie atmet einmal tief durch, beruhigt ihren Puls, indem sie die Augen schließt und das alles beiseiteschiebt. »Was gibt es denn bei dir? Ist die Sportlehrerin noch aktuell?« Ablenkung muss her.

»Herrje, nein! Julie. Was denkst du von mir?« Er prustet vor Empörung.

»Soweit ich mich erinnern kann, ist sie eine Granate im Bett. Ist das kein Argument?«

»Das mag sein, aber nein.« Er legt auch eine Atempause ein. »Ann-Sophie hingegen hat sich wieder gemeldet.« Mit jedem Wort wurde er leiser, es hört sich so an, als ginge er in Deckung.

»Oh. Okay.« Das ist ein Thema, zu dem sie nicht viel zu sagen hat. Sie hegt eine Abneigung gegen die Frau, die sie überhaupt nicht kennt, weil sie ihr damals die Chance auf eine heile Welt mit Alex versaut hat. Sie kann nicht beurteilen, ob aus den beiden etwas wird, ob sie sich zusammenreißen und eine echte Beziehung führen könnten, aber natürlich wünscht sie Alex, dass er jemanden findet, der zu ihm passt und mit dem er eine liebevolle und ausgeglichene Beziehung führen kann.

»Was wollte sie denn?«, fragt sie der Höflichkeit halber.

»Spaß«, antwortet er trocken. »Aber wir kamen ins Gespräch und irgendwie lief es anders als beim letzten Mal. Wir haben richtig geredet – das, was mir früher so sehr gefehlt hat. Und jetzt haben wir es einfach so ohne Probleme hinbekommen. Verrückt.«

»Trefft ihr euch denn regelmäßig?« Eine kleine Wolke der Traurigkeit legt sich über Julie. Sie befürchtet, dass jetzt alles anders wird. Wenn er mit einer Frau anbandelt, so richtig, und dann auch noch mit einer, die vermutlich von Julie genauso viel hält wie Julie von ihr. Kompliziert.

»Fast jeden Tag.«

»Oh. Wow.« Mehr fällt ihr partout nicht ein.

»Ja. Ich weiß.«

Nach einer kurzen Bedenkzeit gibt sie sich einen Ruck. »Dann wünsche ich dir, dass es funktioniert und ihr ... glücklich ... werdet ... oder vielmehr bleibt.« Sie schluckt schwer.

»Danke. Ich bin gerade ziemlich glücklich, aber ich weiß auch, dass das ein schwieriges Thema für dich ist. Ist schon okay, lass uns das Topic wechseln.«

Julian räuspert sich. »Julie, würden Sie sich mit mir treffen? Ich meine, wegen des Hauses und ähm ... vielleicht auch meinetwegen?«

»Ich verstehe nicht ganz. Sie meinen, ich soll noch einmal zu einer Eigentümerversammlung kommen oder mich mit Ihnen privat treffen?«

»Eher Letzteres.« Es scheint ihn einige Überwindung zu kosten. »Ich dachte, wir könnten mal essen gehen.«

Sie sitzt verdattert an ihrem Schreibtisch und dreht sich zu ihren Kollegen um. Noch hat anscheinend keiner Notiz von ihrem merkwürdigen Gespräch genommen. »Hören Sie, das geht nicht.« Sie senkt die Stimme. »Sie sind sozusagen mein Kunde und abgesehen davon, haben Sie eine umwerfende Frau. Also bitte, rufen Sie mich nicht mehr deswegen an. Ich lege jetzt auf.« Ohne auf die Antwort zu warten, wirft sie den Hörer auf die Station. Sie ist sowieso schon gestresst davon, dass einige der Interessenten für den *nBBfE* sie regelmäßig im Büro anrufen und nach dem aktuellen Stand des Projektes fragen, da sie sich viel von einer Zusammenarbeit erhoffen. Jetzt darf nicht noch ein liebestoller Hauseigentümer dazukommen, der Fragen aufwerfen könnte.

Sie reibt sich über die Nasenwurzel und schüttelt den zusätzlichen Stressfaktor ab. Keine Gedanken mehr daran verlieren. Sie ist himmelweit im Rückstand mit ihren normalen Projekten von Greenbuild, weil sie dazu übergegangen ist, ihr kleines Nebenprojekt vorzuziehen. Ohne ihren Chef zu informieren.

Sie haut in die Tasten, formuliert mehrere E-Mails hintereinander und schickt sie im Minutentakt raus. Bis sie eine Antwort von einem Kunden erhält, die nichts als ein Fragezeichen beinhaltet. Ihr Herz bleibt stehen. Sie scrollt in der Mail runter und sieht, was sie angestellt hat. Einen elementaren Fehler. Sie scrollt wieder hoch und sieht, dass der Kunde Herrn Martin ankopiert hat. Fuck.

Ihr Telefon klingelt. Das rote Lämpchen neben dem Namen ihres Chefs blinkt. Fuck. Sie schließt die Augen, holt tief Luft und nimmt den Hörer ab.

»Rüberkommen!«

Das ist nicht gut. Sie legt auf. Lässt die Luft in ihren Lungen mit einem kräftigen Stoß frei. Schiebt den Bürostuhl mit ihren Beinen in Zeitlupe zurück und begibt sich mit gesenktem Kopf zu dem Büro ihres Chefs. Sie hat nicht aufgepasst, für eine Sekunde.

Zu spät.

Die Tür steht offen, sie klopft an den Rahmen und betritt den Raum. Herr Martin deutet auf den Sessel vor seinem Schreibtisch.

»Es tut mir leid. Ich war hektisch und habe nicht aufgepasst. Es kommt nicht wieder vor.«

»Schließen Sie bitte die Tür hinter sich.«

Sie tut wie ihr geheißen, drückt den Griff hinunter und die Tür mit Nachdruck in die Zarge. Seufzend schleicht sie zu dem ihr zugewiesenen Platz und setzt sich. Sie hebt den Kopf, ihre Blicke kreuzen sich.

»Das ist ein großer Fauxpas, Julie.« Sie nickt. »Was soll ich jetzt mit Ihnen machen?«

Doch sie kommt nicht dazu, etwas zu erwidern. Sein Telefon läutet, er kräuselt die Augenbrauen und hebt ab. »Greenbuild, Markus Martin.« Er lauscht angespannt. »Aha.« Sein glühender Blick trifft Julie, ihr wird heiß und kalt. Irgendetwas ist nicht in Ordnung. »Hm. Ja. Ich verstehe. Ich bespreche das intern, dann melde ich mich bei Ihnen. Vielen Dank. Ja. Bis bald.«

Was jetzt noch? Oder war das schon die Bank, die die Finanzierung zurückziehen will?

»Nun«, sagt er betont langsam. »Ich schätze, Sie wollen hier nicht mehr arbeiten?«

Verständnislos starrt sie ihn an. »Natürlich will ich hier arbeiten! Was meinen Sie?«

»Oh, nun ja, ich wurde gerade darüber informiert, dass Frau Bender zu einer Eigentümerversammlung erscheinen soll, um die Beratung fortzuführen und um ein Angebot vorzulegen. Ich bin etwas verwirrt. Berät Greenbuild auch Privatpersonen bei dem Umbau von Mietshäusern? Das ist mir bis jetzt nicht geläufig gewesen.«

Sein scharfer Ton schneidet Julie in ihre Trommelfelle. »Ich ... Es tut mir leid. Es geht dabei ... um dieses ... Projekt. Wissen Sie noch?« Hoffnungsvoll sieht sie ihn an, doch er lehnt sich in seinem Stuhl zurück, zuckt mit den Schultern und gibt ihr zu verstehen, dass er nicht bereit ist, ihr entgegenzukommen. »Okay, also, ich hatte Sie um Geduld gebeten, damit ich einen Plan erstellen kann, aber ich bin noch nicht so weit gekommen, wie ich gehofft hatte.«

»Stattdessen schicken Sie streng geheime Finanzierungsunterlagen und Absprachen an den falschen Kunden und machen sich nebenbei selbstständig. Das nenne ich mal einen Abgang mit einem Knall hinlegen. Julie, Sie haben sich selbst übertroffen. Gratulation. Und jetzt können Sie gehen.«

»Was? Nein!« Ihr Herz pocht ihr bis in den Hals, ihre Zunge wird ungelenk und pelzig, sie hat Panik, die sie aus dem Sessel treibt. »Bitte, feuern Sie mich nicht. Es war doch ein Versehen und ich kümmere mich darum, dass alles wieder in Ordnung kommt. Wirklich!«

»Julie, ich habe eine Schwäche für Sie, aber in der letzten Zeit waren Sie nicht so auf Zack, wie ich Sie kenne. Ihnen fehlt das Feuer, mit dem Sie Greenbuild normalerweise vertreten haben. Ich sehe keinen Grund, Sie weiter zu beschäftigen.«

Sie ist den Tränen nahe. Wieso nur hat sie es so weit kommen lassen? Wieso hat sie nichts dagegen unternommen, als sie merkte, dass es ihr über den Kopf wuchs? Selbstüberschätzung? Naivität? Dummheit? Sie weiß es nicht. Aber sie weiß auch, dass sie gerade kein gutes Bild abgibt und sich beruhigen muss. »Herr Martin«, sagt sie, fasst sich, atmet bewusst aus. »Ich sorge dafür, dass Greenbuild das Projekt nicht aufgrund meiner Dummheit verliert, aber ich werde noch etwas anderes für Sie tun. Gehen Sie zu der Eigentümerversammlung.« Sie deutet auf das Telefon. »Erklären Sie das, was wir sonst auch immer erklären: Wie man nachhaltig baut oder renoviert. Wie man dadurch nicht nur Energie, sondern auch bares Geld spart und wie man so ein Projekt angeht. Bis Sie dort waren und hoffentlich sehen, was ich sehe, gehe ich in unbezahlten Urlaub. Ich weiß, ich übertrete damit meine Kompetenz und halse Ihnen einen nicht sehr vielversprechenden Abend auf. Dafür entschuldige ich mich, aber ich flehe Sie an: Nutzen Sie diese Chance!« Mit diesen Worten öffnet sie die Tür und läuft zurück zu ihrem Arbeitsplatz. Ihr Telefon klingelt bereits wieder.

»Hallo. Greenbuild, Julie Bender.« Ihr fehlt Atemluft, von ihrem Auftritt bei Herrn Martin gerade. Sie lässt sich in ihren Stuhl fallen.

»Julie, kommen Sie zu unserer nächsten Eigentümerversammlung?«

»Nein.« Prompt legt sie auf. Julian scheint es nicht verstehen zu wollen. Und er hat ihr mit seinem Anruf bei ihrem Chef ein Riesenproblem aufgehalst. Wenn es nicht klappt, wenn ihr Chef das Potenzial auf diesem Markt nicht erkennt oder für zu gering erachtet, war es das mit ihrer Karriere bei Greenbuild. Auch wenn sie Feuer und Flamme für ihr Projekt ist, Greenbuild zu verlassen, hatte sie zumindest zum aktuellen Zeitpunkt nicht geplant. Eigentlich war ihr heimlicher Wunsch, Markus das perfekt ausgearbeitete und standfeste Konzept zu präsentieren und mit ihm gemeinsam weiter daran zu feilen. Doch die Geheimniskrämerei hat eine Fehlzündung hervorgerufen. Was tun?

Zu allererst ist Schadensbegrenzung angesagt. Sie wählt die Nummer des Kunden, dem sie vorhin fälschlicherweise die Dokumente eines anderen Projektes geschickt hatte. Es klingelt zwei Mal, bis sie ein Kruscheln in der Leitung und die sonore Stimme des netten Mannes hört. Was ein Glück, das er es ist, den Sie jetzt um Diskretion bitten muss. »Hallo, Herr Eberle.«

Über eine Woche später

Julie freut sich, dass sie abgelenkt wird. Seit zehn Tagen bangt sie um ihren Job. Für den Fall der Fälle, dass sie nicht mehr zu Greenbuild zurückkehren darf, arbeitet sie weiter an ihrem Projekt. Doch es bereitet ihr keine Freude mehr, sich damit auseinanderzusetzen. Sie fühlt sich allein und überfordert. Als hätte man ihr Pessimismus injiziert.

»Lass uns in die Buchhandlung gehen«, schlägt Lisa aufmunternd vor.

Auch sie scheint genug von Babykleidung, Lätzchen und Schnullern zu haben. Das Sortiment der kleinen Boutique ist wahrlich ein Augenschmaus, viele süße Möglichkeiten, eine werdende Mama glücklich zu machen. Nach einer Weile konnte sich Julie allerdings nicht mehr begeistern und kehrte zurück in ihr trübsinniges Grübeln.

Lisa schiebt sich mit der dicken Kugel voran durch die schmalen Gänge des Geschäftes. Sie trägt ihren Bauch wie einen schweren Einkaufskorb vor sich her. Den Oberkörper zurückgelehnt, das Kreuz gestützt und bei jedem Schritt schnaufend. *Schon komisch, dass in solchen Läden nicht darauf geachtet wird, dass man genügend Platz für die Wendung eines Walrosses oder zumindest für einen Kinderwagen lässt.*

In der Buchhandlung sieht das anders aus. Hier kann sich das Kügelchen, wie Julie ihre Freundin liebevoll nennt, unbescholten bewegen und sich sogar zwischendurch in die Leseecke setzen, um sich auszuruhen und ihre Füße von sich zu strecken.

Mit einigen Büchern hat sie es sich dort bequem gemacht, Julie schlendert aber weiter durch die Regale, greift mal zu, stellt zurück, betrachtet Cover, ohne sie wirklich wahrzunehmen. Ihr Telefon vibriert.

Schon was Neues?

Schnell antwortet sie Kev mit einem Nein und steckt das Handy zurück. Er ist ein wahrer Freund. Lässt sie nicht im Trübsal stecken, sondern animiert sie, weiterzumachen. Das Haus zu verlassen und sich zu fangen. Sie ist ihm dankbar, genauso wie Lisa. Trotzdem würde sie manchmal gern den Kopf in den Sand stecken und selbstmitleidig auf dem Sofa verharren. Seufzend trottet sie weiter. Ihre Freunde lassen sie nicht allein.

Julie bleibt bei einem Gedichtband stehen. Der farb- und glanzlose Buchumschlag zieht ihren Blick auf sich. Sie lässt ihre Fingerspitzen darüber gleiten und bemerkt die erhabene Schrift. Ihre Gedanken springen zu ihrem heimlichen Postkartenschreiber. Die fehlenden Karten dürften nun alle im Büro angekommen sein. Ob er sich mit einem dieser zentnerschweren Gedichtbände auf dem Schoß in seinem Schaukelstuhl auf der Veranda in den Schlaf wiegt? Oder ob er ganz klassisch eine Suchmaschine beauftragt hat, passende Verse für ihn zu suchen? Wie viel Romantik kann man jemandem zuschreiben, der sich die Mühe macht, Postkarten zu drucken, quasi einzelne Wörter darauf zu schreiben und sie zu verschicken? *Jede Menge Romantik.* Sie ist sich nicht sicher, ob sie damit nicht überfordert wäre. Gedankenverloren schlendert sie weiter und entschließt sich zwei Regale später, Lisa einen Besuch abzustatten.

»Na, wie gehts dem Kügelchen hier drüben?«

Lisa streicht über ihren Bauch und blickt Julie lächelnd an. »Hervorragend! Gib mir etwas zu trinken und ich bleibe den ganzen Tag hier.«

Gerade als Julie ihr antworten will, dass sie eine Flasche Wasser besorgen kann, steht ein Mann neben ihr, reicht Lisa einen kleine Flasche Apfelsaft und Julie einen To go-Kaffeebecher und einen Umschlag. Sie erkennt Julian sofort und ist dermaßen perplex über sein Erscheinen, dass ihr vermutlich sämtliche Gesichtszüge entgleiten.

Er lächelt sie freundlich an. »Dann komme ich wohl gerade zur rechten Zeit mit den Getränken. Ich wünsche den Damen noch einen schönen Tag.« Er macht auf dem Absatz kehrt und verschwindet zwischen den Regalen.

Julie schließt ihren Mund, sieht Lisa an und wieder zurück auf den leeren Platz neben ihr. »Was war denn das?«

»Er hat uns Getränke gebracht. Ist doch nett von ihm.« Lisa sieht aus, als würde sie gleich platzen vor Freude über Julies Irritation.

»Weißt du, wer das ist?« Sie findet ihre Stimme und ihre Energie wieder. »Das ist der Typ, wegen dem ich bei Greenbuild auf der Abschussliste stehe. Er hat meinen Chef angerufen und alles kaputtgemacht.« Sie redet sich in Rage, kommt kaum zum Luftholen. »Was in drei Teufels Namen macht er hier? Stalkt er mich? Woher weiß er überhaupt, dass ich hier bin, dass du keinen Kaffee trinkst und das alles?«

»Ich hab es ihm gesagt.« Lisa lächelt genüsslich.

»Wie bitte?« Julie hat das Gefühl, ihr quellen gleich die Augen aus den Höhlen, so empört ist sie.

»Er hat mich gefragt und ich habe es ihm gesagt.«

»Wieso?«

»Weil ich finde, dass ihr hervorragend zusammenpassen würdet und ich ihm die Chance geben möchte, an dich heranzukommen.«

»Du hast ... Bitte, was? Lisa, er ist ein Kunde, attraktiv, verheiratet und er ist älter als ich. Das ist genau das Beuteschema, von dem ich mich fernhalten will und jetzt sabotierst du meine Bestrebungen? Ich fass es nicht!« Sie läuft aufgeregt hin und her, wirft ihrer Freundin immer wieder ungläubige Blicke zu.

»Beruhig dich! Setz dich her und trink erst mal einen Schluck.« Sie greift Julies Arm, als sie an ihr vorbeitigert und zieht sie auf das rote Polster der Leseecke. »Julie. Hallo.« Sie schnipst vor ihren Augen herum. »Trink. So ists gut!«

Sie nippt vorsichtig. Es gleicht einer Verschwörung. Julian hat ihr einen Cappuccino gebracht, mit ein wenig Zucker, so wie er ihr am besten schmeckt. »Dir ist klar, dass ich vielleicht gefeuert werde? Die Eigentümerversammlung war am Mittwoch, heute ist Samstag. Ich habe immer noch keinen Anruf oder eine Mail von Herrn Martin bekommen. Entweder er berät sich mit den Anwälten, mit welcher Begründung er meine fristlose Kündigung rechtfertigen kann, oder er lässt mich absichtlich schmoren. Beides ist Mist. Und dann fällt mir meine beste Freundin in den Rücken. Ein grandios beschissener Tag.«

»Willst du nicht mal den Umschlag öffnen? Ich bin neugierig.« Lisa deutet auf Julies Hand.

Den hatte sie komplett vergessen. Und eigentlich will sie auch nicht wissen, was darinsteht. Egal, was dieser Mann sich einfallen lassen würde, um sie rumzukriegen, sie wird nicht nachgeben. »Dann lies du ihn doch.« Etwas zu pampig für ihren Geschmack, aber sie kann sich gerade nicht helfen. Ihre Laune ist im Keller und Lisa ist mitschuldig. Sie hält ihr das Objekt der Begierde vor die Nase und ihre Freundin greift sofort zu.

»Nur zu gern.« Der Umschlag ist nicht zugeklebt. Lisa zieht die Lasche heraus und direkt danach eine Karte im Format einer Postkarte.

Julie erhascht einen Blick auf das Motiv auf der Vorderseite. Es zeigt ein Gemälde von azurblauen Wellen mit weißer Krone vor hellblauem Himmel. Sie vermutet, dass das Original ein Ölgemälde ist. Es wurde mit einem goldenen prächtigen Rahmen versehen und sieht aus, als würde es in einer Galerie oder einem Museum hängen. Das Foto, das Julian anscheinend davon gemacht hat, erinnert sie an die Postkarten, die im Büro ankamen.

»Mhm. Sehr süß«, sagt Lisa und reicht Julie die Karte. »Solltest du selbst lesen.«

»Lies vor.«

»Okay. Wie du meinst.« Als würde sie eine Ansprache vor einer Gruppe von Menschen halten, räuspert sie sich und holt tief Luft. »Mit deinen blauen Augen – Siehst du mich lieblich an, – Da wird mir träumend zu Sinne, – Daß ich nicht sprechen kann. – An deine blauen Augen – Gedenk' ich allerwärts; – Ein Meer von blauen Gedanken – Ergießt sich über mein Herz.« Stille. »Das ist von Heinrich Heine. Er hat noch daruntergeschrieben, dass er dich gern zum Essen ausführen würde. Also Julian, nicht Heinrich.«

»Hmpf.« Ein Gedicht. Er ist also der heimliche Verehrer. Es wird ihr schmerzlich bewusst, dass ihr seine Aufmerksamkeit gefällt. Dass er sich solch eine Mühe macht. Für sie. Obwohl es eine andere Frau in seinem Leben gibt. Ist das das Zeichen, dass er bereit ist, seine Ehefrau zu verlassen? Für Julie? Nein, es ist nur die Romantisierung eines Augenblicks. Eines Augenaufschlags. Sie weiß nichts über ihn und er nichts über sie. Besser, es bleibt dabei, damit niemand verletzt wird. »Okay, bist du ausgeruht? Wir sollten gehen.« Sie steht auf, schüttelt die Beine aus.

»Wohin willst du gehen?« Mit Julies Hilfe stemmt sich Lisa von der Eckbank.

»Nach Hause? Oder mich betrinken, wahlweise.«

»Du bist doch nicht sauer auf mich, oder?« Lisa sieht etwas betreten aus.

»Nein, schon okay. Du meinst es ja nur gut. Aber bitte keine Verkupplungsversuche mehr, in Ordnung?«

»Geht klar. Dann rufen wir mal ein paar Leute an, die sich mit dir betrinken, wenn ich schon nicht kann.« Seufzend blickt sie auf ihren Bauch. »Ich würde sofort eins von den spanischen Bieren zischen. Wie heißen die noch mal?«

»Estrella.« Julie schmunzelt über die spezifischen Gelüste, die Lisa anscheinend mit sich herumträgt.

»Jaa.« Verträumt wackelt sie vorweg Richtung Ausgang.

Gestern konnte sich Julie kaum aus dem Bett zwingen. Ihr Kater und die Realität hatten sie fest im Griff. Immer noch keine Klarheit über ihre Zukunft bei Greenbuild. Kopfschmerzen, flauer Magen und ein Anruf von Julian, den sie geflissentlich ignoriert hat.

Heute ist sie zwar wieder auf den Beinen, eine gute Stimmung hält sich allerdings weiter unter der Decke versteckt und will nicht rauskommen. Sie sitzt am Frühstückstisch, knabbert lustlos an einem Stück Brot und schiebt die Heidelbeeren auf ihrem Teller von links nach rechts. Ihr Smartphone vibriert. Sie befürchtet, dass der Anrufer ein gewisser Herr ist, der nicht aufgeben will, und traut sich kaum, auf das Display zu schauen. Ihr Puls beschleunigt sich rapide, während sie mit zwei Fingern das Gerät langsam in ihre Richtung kippt und erkennt, dass es ihr Chef ist, der sie anruft. »Hallo? Herr Martin?«

»Julie, kommen Sie bitte umgehend ins Büro.« Sein Tonfall lässt keine Widerrede gelten.

»In … Ordnung. Ich … ich mache mich auf den Weg.«

»Gut. Bis gleich.« Er hat aufgelegt.

Julie beißt sich auf die Zunge. In ihrem Kopf setzt sich erneut dieses rasante Karussell in Gang. Was soll sie anziehen? Was soll sie sagen? Wie kann sie ihn überzeugen? Hat er ihre Präsentation verstanden? Natürlich, er ist kein Dummkopf. Aber wie kann sie ihm professionell gegenübertreten? Am besten sie zieht eine Bluse und Blazer an. Sie wird auf jeden Fall ihre zurechtgelegten Sätze vergessen, besser, sie schreibt sie noch schnell auf. Vielleicht darf sie auch dortbleiben und weiterarbeiten, dann sollte sie ihren Laptop und die Notizen dabeihaben. Wenn nicht? Wenn sie gefeuert wird und als Wrack aus diesem Meeting rauskommt? Sie sollte Lisa informieren, falls sie abgeholt werden muss und seelischen und moralischen Beistand braucht. Vielleicht sollte sie vorher einfach einen Schluck Wein trinken, damit sie sich beruhigt und nicht so hektisch auftritt. Eine Bluse ist schnell durchgeschwitzt, aber wenn sie den Blazer anlässt, sieht es ja keiner. Kann sie ihren Chef überzeugen, wenn sie aussieht wie ein abgekämpftes Kaninchen? Verdammt, was soll sie tun?

Sie schickt ihrer Freundin eine Nachricht, um wenigstens etwas Sinnvolles zu machen und nicht durchzudrehen. Danach fühlt sie sich schon besser, geht ins Schlafzimmer, setzt sich auf das Bett und starrt für zwei Minuten auf den geöffneten Kleiderschrank. Die Entscheidung fällt schließlich auf eine schwarze Bluse zur Jeans und einen grauen Blazer. Während sie sich umzieht, geht sie in ihrem Kopf immer wieder die Worte durch, die sie Herrn Martin sagen möchte, bevor er die Gelegenheit hat, sie rauszuwerfen. Ein Blick in den Spiegel, ein wenig Make-up, um die hektischen Flecken in ihrem Gesicht abzudecken, und mit der Bürste noch schnell das Haar zur Seite gekämmt. Fertig. Nein, Laptop und Notizbuch fehlen noch. Sie holt aus dem Wohnzimmer, was sie glaubt, eventuell zu brauchen, checkt schnell, ob sie Taschentücher in der Handtasche hat und verlässt anschließend die Wohnung.

Als sie das Büro betritt, bricht ein Gemurmel unter den Kollegen aus. Einige lächeln Julie mitleidig an, andere schütteln den Kopf. Es sieht nicht gut aus für sie. Sie klopft an die geschlossene Tür ihres Chefs, die sofort darauf von innen geöffnet wird.

»Kommen Sie rein.« Er bedeutet ihr wieder, auf ebenjenem Sessel Platz zu nehmen, auf dem sie das letzte Mal bereits saß. Sie spürt die Schwere in ihre Glieder zurückkehren, als hätte sich der Kater vom Wochenende zum zweiten Mal in ihr ausgebreitet. Ihr Magen wird flau, sie bekommt Kopfschmerzen und ihre Zunge fühlt sich trocken und steif an.

»Also, Julie«, setzt Markus an. »Sie haben mich und alle anderen hier in große Schwierigkeiten gebracht. Das wissen Sie. Sie sind verantwortungsvoll mit der Krise umgegangen. Das muss man Ihnen lassen.« Er macht eine Pause, blickt sie mit schief gelegtem Kopf traurig an.

Seine Worte klingen in ihren Ohren überhaupt nicht so übel. Er erkennt an, dass sie sich um eine Lösung bemüht hat. Das ist gut. Oder?

»Allerdings«, ihr Herz sackt ihr in den Unterleib, »muss ich an die Firma denken. Wenn all diese Menschen auf der Straße landen, weil ich mich an jemanden geklammert habe, der nicht die Leistung bringt, die wir hier brauchen, dann müsste ich mich vermutlich erhängen, weil ich die Schuld an all diesen gescheiterten Existenzen trage. Verstehen Sie das?«

Sie nickt langsam, betrachtet ihre Hände in ihrem Schoß und beginnt, plötzlich zu frieren. Er hatte noch nie durchblicken lassen, dass er ein derart sensibler Mensch ist. Sie zittert, verknotet ihre Finger ineinander und spürt, dass sie kalt und schweißig sind. Im Grunde heißt das, sie ist gefeuert. Angestrengt versucht sie, die Tränen zurückzuhalten.

»Es tut mir ehrlich sehr leid, Julie. Ich hätte mir gewünscht, dass Sie als Goldesel der Firma erhalten bleiben. Das klingt falsch und unwürdig, wenn ich es laut ausspreche, aber Sie sind nun mal ein kluger Kopf, der sich hier langfristig einen Platz als Partner hätte sichern können. Nur nicht mit dieser Arbeitsweise.«

»Aber es war doch nur ein Mal. Nur ein Fehler.« Das sind nicht die Worte, die sie sich zurechtgelegt hatte, natürlich nicht. Aber zumindest kehrt ihre Kampfeslust zurück.

»Ein verdammt großer Fehler.«

»Okay, aber es wird – nie – wieder – vorkommen! Ich verspreche es hoch und heilig. Ich werde wieder die zuverlässige und erfolgreiche Angestellte, die sie kennen.«

»Julie, ich …«

Sie steht auf, spricht mit fester Stimme. »Nein! Geben Sie mir eine Chance. Lassen Sie mich beweisen, dass ich es ernst meine.«

Er seufzt, legt wieder den Kopf schief und wirft ihr einen traurigen Blick zu. »Ich fürchte, dafür ist es zu spät.« Er öffnet eine Schublade in seinem Schreibtisch, zieht einen Umschlag daraus hervor und legt ihn vor ihr auf der Platte ab. Einen schwarzen schicken Kugelschreiber legt er daneben. »Hier sind ihre Papiere. Sie müssen noch unterzeichnen.«

Ungläubig sieht Julie auf den braunen Briefumschlag, auf dem in großen Lettern ihr Name steht. Er hat also bereits mit den Anwälten und der Personalchefin Kontakt aufgenommen und eine Kündigung aufgesetzt. Sie kann es nicht fassen. All die Jahre, die sie sich für ihn und das Büro den Arsch aufgerissen hat, Ideen eingebracht hat und immer zur Stelle war, wenn man sie brauchte. All das zählte nun überhaupt nicht mehr? Wie kann das sein? »Ich verstehe das nicht.« Erschöpft lässt sie sich in den samtenen Sessel fallen und stützt ihren Kopf ab.

»Holen Sie die Papiere raus, da steht alles drauf, was Sie wissen müssen.«

Sie sieht ihn an, wie durch einen Schleier, alles ist dumpf und in ihren Ohren rauscht es. Sein Nicken fordert sie auf, den Umschlag in die Hand zu nehmen. Er fühlt sich kalt an, rau und wie ein Fremdkörper, den sie lieber gleich wieder loslassen möchte. Mit zusammen-

gekniffenen Augen zwingt sie sich, die Unterlagen heraus-
zuziehen. Auch das Papier ist kalt. Warum ist das Papier so
kalt? Langsam hebt sie die Lider richtig, sie muss es sehen.
Muss sehen, womit sie ihre Entlassung rechtfertigen.

Ihr Blick verschwimmt. Dort stehen Buchstaben, die
keinen Sinn ergeben. Sie kneift die Augen wieder zusammen, reibt energisch darüber und hofft, so Klarheit zu erlangen. *Scheidungsvereinbarung.* Sie hat sich nicht getäuscht.
Dort steht ganz klar, schwarz auf weiß Scheidungsvereinbarung. Nennt man das heute so? Ist es keine Kündigung
mehr? Oder hat er ihr die falschen Papiere gegeben? Lässt
er sich scheiden? »Ehm, ich denke, das ist nicht für mich.«
Sie schiebt die Dokumente zurück in den Umschlag und
reicht ihn Herrn Martin.

Er lächelt. »Doch, Julie«, er klingt sehr bestimmt,
»diese Unterlagen sind für Sie. Lesen Sie!«

Sie lässt den Arm sinken, in ihrem Kopf herrschen
Chaos und gähnende Leere gleichzeitig. Was soll das?
Träumt sie? Eine Scheidungsvereinbarung als Kündigung?
*Okay, ich sehe es mir an und dann wache ich auf. Das ist doch
total hanebüchen.* Dieses Mal betrachtet sie die erste Seite
des Stapels eingehender. Ein Notariat hat die Unterlagen
erstellt und sie betreffen … Julian und Mary Fox. Sie hält
die Scheidungsvereinbarung ihres Kunden in der Hand.
Ihr Blick gleitet von dem Papier zu Markus und zurück.
Die Stille dröhnt in ihren Ohren.

»Julie, ich schmeiße Sie nicht raus. Sie sind ein Segen,
auch wenn Sie gerade mal ein wenig Mist produziert
haben.«

Die Worte finden keinen aufnahmefähigen Rezeptor in
ihrem Kopf, als würde sie in Eiswasser liegen und ihre Sy-

napsen sind eingefroren, weswegen sie den Inhalt nicht verarbeiten können. In Zeitlupe hebt sie den Blick, hat das Gefühl, ausdrucksloser nicht schauen zu können. *Was hatte er gerade gesagt?* »Was haben Sie gesagt?«

»Sie werden nicht gefeuert. Alles ist gut. Und jemand möchte Sie sprechen.«

»Moment, ich werde nicht gefeuert?«

»Nein.« Markus strahlt über das ganze Gesicht.

»Okay, das war also nur ein schlechter Scherz?« Sie hält die Luft an. Jetzt zickig zu werden, würde ihre Position vermutlich nicht verbessern.

»Ich finde, das ist ein sehr gelungener Scherz. Immerhin haben Sie für Ihren Alleingang eine kleine Abreibung verdient.« Er beugt sich über den Tisch und fixiert sie. »Jetzt kippen Sie mir aber nicht vom Stuhl.«

»Nein, schon okay. Mir gehts gut. Denke ich …«

»Gut, dann kommen wir jetzt zu den Unterlagen. Herr Fox«, er winkt durch das Fenster in den Flur, »kommen Sie rein.«

Wie betäubt sitzt Julie in dem Sessel, unfähig, die Geschehnisse zu verarbeiten und den Zusammenhang zu begreifen.

»Julie, sehen Sie mich an.«

Julians Stimme krabbelt sanft in ihr Ohr. Langsam dreht sie sich zu ihm.

»Sehr gut. Das, was du da in deinen Händen hältst, ist meine Scheidungsvereinbarung. Ich habe im vergangenen Jahr daran gearbeitet, das Thema zu einem Abschluss zu bringen und hier sind wir. Seit letzter Woche bin ich offiziell geschieden. Das hätte ich dir gern schon früher erklärt, bei einem Essen zum Beispiel, aber du hast mich ja jedes Mal zurückgewiesen, also dachte ich, ich präsentiere dir einfach das Endergebnis. Und dein Chef war so nett, mitzuspielen. Sonst hättest du mich vermutlich nur wieder abblitzen lassen und hättest meine Post ungelesen in den Müll geschmissen. Aber jetzt weißt du es. Ich bin frei und ich möchte mit dir ausgehen. Ganz offiziell in ein schönes Restaurant, damit wir uns kennenlernen können. Was sagst du?«

Sie kneift die Augenbrauen zusammen, öffnet den Mund, doch sie weiß nicht, was sie darauf antworten soll. Das ist ja wohl die größte Frechheit aller Zeiten. Erst ihre Freunde und jetzt noch ihren Chef einzuspannen. Wie viele Liebesboten hätte er sich noch organisiert? Und wie steht sie jetzt da? Wie jemand, der Berufliches und Privates nicht trennen kann. *Das geht doch so nicht.*

»Julie!« Herr Martin spricht sie energisch an. »Denken Sie nicht so viel nach. Sagen Sie einfach Ja.«

Julians weiche Gesichtszüge machen es ihr schwer, den Blick abzuwenden, doch sie tut es und widmet sich ihrem Chef. »Zuerst will ich wissen, was Sie von meiner Idee halten.« Wenn sie aus dieser Situation schon nicht rauskommt, dann muss nun wenigstens auf allen Seiten mit offenen Karten gespielt werden. Ihr Puls beschleunigt sich, als sie die unverfrorene Bedingung ausspricht. Der Bezug des Sessels juckt sie langsam an den Händen und die Nähe ihres Verehrers, der scheinbar dort hocken bleiben möchte, engt sie ein, obwohl es andererseits aufbauend ist, seine Wärme zu spüren.

»Wir machen es«, sagt Herr Martin. Das sind offenbar die Worte, mit denen er Julie abspeisen will.

»Etwas genauer, wenns geht.«

Er grinst. »Nun, ich sehe keine Chance auf eine Beteiligung der Regierung, wobei ich das natürlich begrüßen würde, aber wir machen es trotzdem. Alles Weitere besprechen wir dann morgen. Heute haben Sie frei, damit Sie sich mit Herrn Fox unterhalten können.« Sie will widersprechen, doch er wackelt mit dem Zeigefinger hin und her. »Nein, Julie, morgen geht es für Sie hier weiter. Und jetzt raus hier.«

»Würden Sie mir dann vielleicht noch erklären, wieso Sie – schon wieder – mich betreffende Informationen an eine dritte Person weitergeben und versuchen, sich in mein Liebesleben einzumischen?« Unwirsch wirft sie ihre Hand durch die Luft.

Seine Kieferknochen spannen sich schlagartig an. Es scheint, als hätte er darüber noch nicht nachgedacht. »Das ist eine berechtigte Frage.« Sein Blick ruht auf ihr, er tippelt mit den Fingerkuppen auf der Schreibtischplatte. »Es tut mir leid, dass ich Ihre Privatsphäre damit verletzt habe. Erneut! Doch ich hatte das Gefühl, dass zwischen Ihnen und Herrn Fox etwas sein muss. Immerhin haben Sie alles Mögliche vor mir geheim gehalten. Außerdem habe ich gesehen, wie Sie die Postkarten immer wieder in die Hand nahmen und da er mir erzählte, dass das sein Werk sei, erklärte ich mich bereit, Ihnen einen Schubs zu geben. Ich hoffe, Sie werden mir mein Eingreifen verzeihen …«

Sie grummelt ihn an, als sie sich erhebt und nach ihrer Tasche greift. »Für die Zukunft: Lassen Sie das bitte bleiben!«

Er atmet erleichtert aus, lacht ihre Unzufriedenheit weg und winkt ihr ein *bis morgen* zu. Julian folgt ihr hinaus auf den Flur, wo sich alle Kollegen grinsend, klatschend und jubelnd zu ihr herumdrehen.

»Ihr wusstet also Bescheid? Ihr Verräter! O Mann, wir sehen uns morgen!«

Draußen vor der Tür atmet sie tief durch. Sie sollte Lisa kurz Bescheid geben, dass sie noch einen Job hat und keine Seelsorge benötigt. Noch nicht zumindest. Was soll sie nun mit diesem Romantiker an ihrer Seite machen?

Er sagt nichts, steht einfach nur neben ihr und wartet offensichtlich auf ihre Ansage. Mit geschlossenen Augen genießt er die Sonnenstrahlen, reckt seine Nase ein wenig mehr in die Höhe. Er ist schon knuffig und er riecht atemraubend. Sie beobachtet ihn für einige Sekunden, lächelt und entschließt sich für das einzig Richtige in diesem Moment. »In Ordnung«, sagt sie. »Lass uns auf ein Date gehen.«

EPILOG

Ihr Handy vibriert in ihrer Jackentasche. Eine Nachricht von Julian.

Wann kommst du nach Hause, Liebes?

Sie lässt es zurückgleiten und schenkt ihre Aufmerksamkeit dem Gutachter des Denkmalschutzbundes. Sie darf ihn nicht verprellen, sonst wäre die gesamte Arbeit umsonst gewesen. Er ist einer von diesen Menschen, die sich nicht wiederholen, die ihre Brille auf der Nase zurechtrücken, wenn sie voller Freude einen Fehler bemerken und ebenjene kräuseln, wenn er das Gefühl hat, mit einem Dummkopf zu sprechen. Julie ist gezwungen, ihn mit ihrem Charme bei Laune zu halten, darf nur hochqualifizierte Kommentare abgeben und hält sonst lieber den Mund. Zu viel Gerede mag der Herr mit Pullunder überhaupt nicht. Er sinniert gerade über einen Holzpfeiler in der Mitte des alten Fachwerkhauses. Sie spürt erneut die Vibration an ihrem Körper. Da der Gutachter gewichtig in ihre Richtung schaut, wartet sie einen Moment, bis sie das Smartphone halb herauszieht und nachsieht, wer sie anruft. Ein Videoanruf von Julian. *Wow, er hat mal wieder überhaupt keine Geduld.* Sie drückt ihn weg.

Julie wippt auf ihren Fußsohlen vor und zurück, die Kälte kriecht ihr langsam unter die Haut. *Hoffentlich hat der Pullunder das Blatt bald vollgeschrieben und ich kann nach Hause gehen.* Keine Sekunde später blättert besagter Herr um und beschreibt ein weiteres, leeres Blatt. Julie lässt niedergeschlagen den Kopf hängen. Sie verschränkt die Arme vor der Brust und versucht, sich so warmzuhalten.

Die Kooperation mit dem Denkmalschutzbund, die Julie und Markus seit Jahren versuchen, zu etablieren, gleicht aktuell mehr einer höhnischen König-Hofnarr-Beziehung. Auf Anweisung des Umweltministeriums wird immerhin recht zügig auf Anfragen reagiert und werden Termine vereinbart. Die Prüfung der Gebäude und Umbauanträge jedoch werden von den Mitarbeitern bis in die sandkörnigste Feinheit geprüft – so lange, bis sich Greenbuild gezwungen sieht, mit einem Anruf beim Umweltministerium zu drohen.

Julie gibt sich immer alle Mühe, vor allem dem Pullunder höflich, mit dem größten Respekt und Ehrerbietung, die sie aufbringen kann, entgegenzutreten. Ihr ist bewusst, dass ihr Gezappel heute nicht hilfreich ist. Doch sie friert bis ins Mark und der Pullunder lässt sie absichtlich leiden. Das sieht sie ihm ganz deutlich an.

Wieder vibriert es. Drei Nachrichten treffen kurz nacheinander ein.

Wieso gehst du nicht ran?

Melde dich mal.

Es ist wichtig.

»Entschuldigen Sie mich für eine Sekunde, ich muss kurz telefonieren, dann bin ich sofort wieder für Sie da.«

Der Pullunder sieht sie nicht an, wedelt nur mit der Hand. Ob es ein Zeichen seines Einverständnisses sein soll oder nicht, sie verlässt den Raum, marschiert durch den Flur, drückt währenddessen auf Julians Name in der Anruferliste und tritt hinaus auf die Straße. Noch kälter. »Was ist denn los?«

»Wieso gehst du denn nicht ans Telefon?«

»Weil ich in einem Meeting mit dem Denkmalschutzbund stecke, schon vergessen?«

»Ach ja.«

»Also, was ist so wichtig?«

»Matteo ist eben Vater geworden. Ich freue mich so für ihn und Mia. Der kleine Joseph Emmanuel wiegt stolze 4.100 Gramm und misst 54 Zentimeter.«

Himmel. »Julian, das ist eine tolle Nachricht, aber es hätte auch gereicht, wenn ich dich nachher zurückgerufen hätte. Dieses Meeting ist verdammt wichtig und du zerrst mich deswegen da raus. Sag ihm schöne Grüße, aber ich muss jetzt weitermachen. Bis später.« Sie steckt das Telefon wieder in die Jacke, vergräbt ihre Hände in den Taschen und eilt zurück zu dem Herrn im Pullunder. *Dass der nicht friert.*

Er ist nicht mehr im Wohnzimmer aufzufinden, weshalb Julie durch das leere und baufällige Haus spurtet. Sie entdeckt ihn drei Räume weiter. Wieder ein Pfeiler, der seine Aufmerksamkeit erregt.

Innerlich schüttelt sie den Kopf über Julian. Äußerlich zwingt sie sich zu einem Lächeln für den quälend langsamen Gutachter.

»Also«, holt er aus und Julie weiß, dass sie noch eine Weile frieren wird.

Komm heim

Max Dauthendey, 1867 – 1918

Komm heim, komm heim, ich kann's nicht erwarten,
Schon schließt der Abend die Blumen im Garten,
Schon wird der Boden zu Füßen mir rot,
Die letzte Flamme der Sonne verloht.
Die Bäume erschrecken, der Wind geht nach Haus,
Meine Gedanken strecken sich nach dir aus.

MÄNNER-VERLAUF

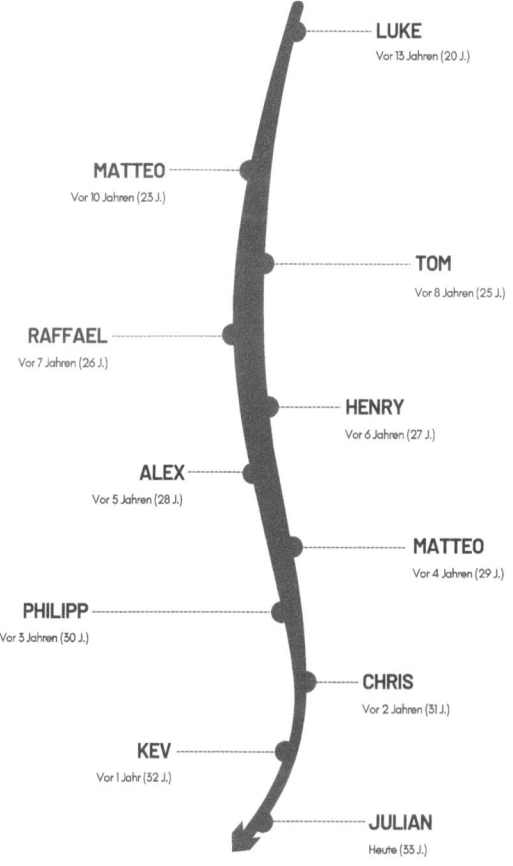

LUKE
Vor 13 Jahren (20 J.)

MATTEO
Vor 10 Jahren (23 J.)

TOM
Vor 8 Jahren (25 J.)

RAFFAEL
Vor 7 Jahren (26 J.)

HENRY
Vor 6 Jahren (27 J.)

ALEX
Vor 5 Jahren (28 J.)

MATTEO
Vor 4 Jahren (29 J.)

PHILIPP
Vor 3 Jahren (30 J.)

CHRIS
Vor 2 Jahren (31 J.)

KEV
Vor 1 Jahr (32 J.)

JULIAN
Heute (33 J.)

Warum weise ich im Vorwort explizit auf den Eigen-schutz durch Kondome hin?

Diese Frage stellte mir meine Lektorin im Zuge der Korrekturen am Manuskript. Weshalb dieser Zusatz? Es klingt und ist doch viel nobler, wenn man nicht nur an sich selbst denkt – und ein Kondom zu benutzen, schützt beide (alle) Parteien.

Das Argument verstehe ich. Allerdings glaube ich zu wissen, dass Frauen bei diesem Thema zu wenig an sich selbst denken.

In meinem Job lerne ich jedes Jahr aufs Neue, dass wir bei medizinischen Notfällen zuerst immer an uns denken sollen (Handschuhe/Masken/Kittel etc.). Je-mandem zu helfen bedeutet nicht, sich selbst in Ge-fahr bringen zu müssen. Doch allein dieser Schritt, sich nicht direkt in die Situation zu stürzen, sondern den Umweg über das Sicherheitsequipment zu gehen, fällt besonders schwer. In unseren Gehirnen schreit das »Hilfs-Gen« nämlich immer am lautesten (Los, tu was, jetzt!).

Bei der Kondom-Frage wägt man eventuell noch kurz ab, aber das »Ich-will-den-Typ-nicht-verärgern«-Gen und das »Der-Spaß-ist-größer-ohne-Kondom«-Gen, machen es jungen Frauen noch viel schwerer, stark zu bleiben und darauf zu bestehen. Daher weise ich so explizit auf den Eigenschutz hin. Sexuell übertragbare Krankheiten sind kein Spaß.

Denkt an euch selbst, liebe Frauen!

Die Autorin:

Jona Wood ist das Pseudonym einer jungen Frau, die lieber im Verborgenen bleiben möchte. Sie kam im Mai 1989 zur Welt, ist auf einem Dorf aufgewachsen und nach dem dualen Studium in der Eventbranche in eine Finanzmetropole gezogen. Auf dem Weg zu ihrer Berufung, die sie im Schreiben fand, probierte sie sich in vielerlei Hinsicht aus. Sie hat außerdem eine wahre und beständige Liebe gefunden.

Danksagung:

Zum ersten Mal schreibe ich hiermit eine Danksagung und weiß nicht, wie ich beginnen soll. Ich schätze, ich bin dankbar für alle meine Freunde und Bekannten, die, sobald ich gesagt hatte, dass ich ein Buch schreiben möchte, mich dafür bewunderten und nicht mit Pessimismus aufwarteten. Ich kann mich nicht daran erinnern, wer alles im Detail zu diesen Unterstützern gehört, da ich viele Jahre brauchte, bis ich den Mut fasste, wirklich mit dem Schreiben anzufangen. Also danke an alle, die es mir nicht ausgeredet haben!

Diejenigen, die mich auf dem Weg der ersten Veröffentlichung begleitet haben, und auch jetzt zu meinem engsten Freundeskreis gehören, sind mir lieb und teuer. DU, JR, LK, MG, SY – ich danke euch für Treue, Zuspruch und Ansporn. Für Freundschaft, dafür, dass ich euch ab und zu zitieren darf und für die willkommene Ablenkung, wenn ich euch einfach zuhören kann.

Meinem Liebsten danke ich auch, weil er versucht, mich in Ruhe schreiben zu lassen. Was ihm manchmal sogar gelingt. Und weil er immer wieder beeindruckt ist, dass ich – mal mehr, mal weniger – diszipliniert Worte aufs Papier bringe.

Außerdem danke ich natürlich meiner Lektorin Stephanie, weil sie mich ziemlich schnell auf den rechten Weg gebracht hat. Von ungeplanten und ungeordneten Entwicklungen, zu einem runden Manuskript zu kommen, ist nur mit guter Hilfe möglich! Danke dafür auch an meine beiden Testleserinnen! Und zu guter Letzt danke ich all meinen Lesern, dafür, dass sie sich an Band 2 gewagt haben, außerdem all meinen Bloggern auf Instagram und im Web für ihre großartige und liebevolle Unterstützung.

Danke, danke, danke!

Website

Instagram